장자내편 역주

-장자의 마음-

장자내편 역주

-장자의 마음-

권용호 역주

역락

≪장자≫ 읽기

장자(莊子)란 누구인가

장자는 성이 장(莊), 이름은 주(周), 자는 자휴(子休)이다. 전국(戰國)시기 송(宋)나라 몽현(蒙縣 : 지금의 河南省 商丘 일대) 사람으로, 대략 기원전 368년에서 기원전 286년 사이에 활동했다. 장자가 활동한 시기는 맹자(孟子)와 동시대이거나 약간 후대가 된다.

장자는 몰락한 귀족가정에서 태어났다. 어려서 서당에서 공부했고, 20살이 넘어서는 열국(列國)을 주유했다. 30살이 넘어서 몽읍(蒙邑)의 하급관리인 칠원리(漆園吏)를 지내기도 했다. 몇 년 후 사직하고 고향인 몽현으로 돌아와 강의와 저술활동에 몰두했다. 초(楚)나라의 위왕(威王)이 장자의 재주와 학식이 뛰어나다는 말을 듣고 천금(千金)을 꺼내 그를 재상으로 초빙하자, 이렇게 말했다고 한다.

> 어서 돌아가시오, 날 더럽히지 마시오. 내 차라리 이 더러운 하수구에서 장난치며 노닐며 즐거워할지언정, 임금에게 얽매이는 짓은 하지 않을 것이오. 죽을 때까지 출사하지 않고, 내 뜻을 즐길 것이오(子亟去. 無汚我. 我寧游戲汚瀆之中自快. 無爲有國者所羈, 終身不仕, 以快吾志焉).(≪사기(史記)·장주열전(莊周列傳)≫)

장자는 세상의 명리를 뒤로 했기 때문에 일생을 가난하게 지냈다. 한때 감하후(監河侯)에 양식을 꾸다가 조롱당기도 했고, 짚신을 엮어서 생계를 도모하기도 했다. 또 ≪장자≫ 외편(外篇)과 잡편(雜篇)을 보면, 부인이 죽었을 때

부인의 시신 앞에서 질그릇을 두드리며 노래를 불렀다든가, 자신의 임종을 맞아 제자들에게 "내 시체는 산에 버려라."라고 한 이야기들이 전한다.

사마천(司馬遷)의 ≪사기(史記)≫는 장자는 평생 동안 "10여만 자의 글(十餘萬言)"을 지었다고 기록하고 있는데, 이 책이 바로 ≪장자≫이다.

≪장자≫의 전래과정

≪장자≫는 ≪노자(老子)≫·≪열자(列子)≫와 더불어 도가(道家)를 대표하는 책이자, 중국철학과 문학에 지대한 영향을 끼친 책이다. 한나라 때에는 ≪한서(漢書)·예문지(藝文志)≫에 "장자 52편(莊子五十二篇)"이었다고 기록하고 있는 것 외에는 다른 주해서가 보이지 않는다. ≪장자≫의 주해서 등장하기 시작한 것은 현학(玄學)이 성행했던 위진(魏晉)시기였다. 당나라 사람 육덕명(陸德明)의 ≪경전석문(經典釋文)·서록(序錄)≫에는 당시 ≪장자≫의 주해서로 다음과 같이 나열하고 있다.

> 최선주(崔譔注) 10권 27편, 향수주(向秀注) 20권 26편, 사마표주(司馬彪注) 21권 52편, 곽상주(郭象注) 33권 33편, 이이집해(李頤集解) 30권 30편, 맹씨주(孟氏注) 18권 52편, 왕숙지의소(王叔之義疏) 3권

이상에서 언급된 사람들은 모두 진(晉)나라 사람들이다. 이 중 사마표(司馬彪)와 맹씨(孟氏)의 주해서가 ≪한서·예문지≫의 편수와 일치한다. 편수가 적은 나머지 주해서들은 각자의 관점에 따라 편수를 취사선택한 것으로 보인다. 이 중 다른 주해서들은 모두 실전되고 "곽상주 33편"만 현전한다. 지금 우리가 보는 ≪장자≫가 바로 이 책이다. 곽상이 주석을 단 33편은 내편(內篇) 7편, 외편(外篇) 15편, 잡편(雜篇) 11편으로 이루어져있다. 학자마다 의견의 차이는 있으나 대체로 내편은 장자 자신이 쓴 저작이고, 외편은 장자와 그의 제자들이 함께 쓴 것이며, 잡편은 장자학파나 후대의 학자들이

쓴 것으로 추정하고 있다. 당나라 때에는 20여종의 ≪장자≫에 관한 저술이 있었다고 기록되어있으나 육덕명의 ≪경전석문≫에 수록되어 있는 ≪장자음의(莊子音義)≫와 성현영(成玄英)이 "곽상주 33편"에 소(疏)를 더한 ≪장자주소(莊子注疏)≫만 전해온다. 성현영의 ≪장자주소≫는 곽상의 주석을 쉽게 풀이하고 있으나 불교이론을 가미했다는 것이 특징이다. 송나라 때에는 정주학(程朱學)이 유행했으나 그 이론적 근거를 마련하기 위해 ≪노자≫와 ≪장자≫를 연구한 주해서가 많이 나왔다. 이 중 북송 여혜경(呂惠卿)의 ≪장자의(莊子義)≫, 남송 임희일(林希逸)의 ≪장자권재구의(莊子鬳齋口義)≫는 설명이 쉽고 명료하고, 저백수(褚伯秀)의 ≪남화진경의해찬미(南華眞經義海纂微)≫는 송대 여러 학자들의 주석을 싣고 있어 참고가치가 높다. 명나라 때에는 유학에 대한 반발로 새로운 사조가 일면서 ≪노자≫와 ≪장자≫가 널리 읽혀졌다. 이 중 초횡(焦竑)의 ≪장자익(莊子翼)≫과 방이지(方以智)의 ≪홍지포장(興地炮莊)≫이 많이 읽혀졌다. 청나라 때는 고증학(考證學)의 영향으로 교감과 문장의 해석에 치중한 ≪장자≫ 주해서들이 많이 나왔다. 대표적인 주해서로는 다음과 같다.

> 임운명(林雲銘) ≪장자인(莊子因)≫, 선영(宣穎) ≪남화진경해(南華眞經解)≫, 곽경번(郭慶藩) ≪장자집석(莊子集釋)≫, 왕선겸(王先謙) ≪장자집해(莊子集解)≫, 육수지(陸樹芝) ≪장자설(莊子雪)≫, 해동(奚侗) ≪장자보주(莊子補注)≫

현대에 와서는 ≪장자≫의 전대 학자들의 연구를 토해로 고증·훈고로 새로운 해석을 하고 있는 저작과 철학과 문학사적 의의를 다룬 저작들이 많이 나오고 있다. 대표적인 주해서로는 다음과 같다.

> 마서륜(馬敍倫) ≪장자의증(莊子義證)≫, 문일다(聞一多) ≪장자내편교석(莊子內篇校釋)≫, 왕숙민(王叔岷) ≪장자교석(莊子校釋)≫, 전목(錢穆) ≪장자찬전(莊子纂箋)≫, 진고응(陳鼓應) ≪장자금주금역(莊子今注今譯)≫

≪장자≫의 사상

장자는 노자의 뒤를 이어 도가사상을 확립한 인물이다. 유가에서는 공자와 맹자를 "공맹(孔孟)"으로 추종하듯이, 도가에서는 노자와 장자를 "노장(老莊)"으로 추종한다. 그리고 이들의 사상체계를 "노장철학(老莊哲學)"이라고 한다. 장자의 사상은 심오하여 몇 마디로 개괄할 수 없으나 역자 개인의 느낀 점을 몇 가지로 나누어 적어본다.

첫째, 잊음(忘)과 비움(虛)의 경지를 강조했다. "잊음"이란 나를 잊는 것이고, "비움"이란 마음을 비우는 것이다. 이는 유가에게 말하는 "수신(修身)"의 가치와 상반되는 개념이다. "잊음"과 "비움"도 "수신"의 일종으로 보일지 모르나 장자에게 "잊음"과 "비움"은 아무것도 하지 않음으로써 도달하는 "무위(無爲)"의 경지에 가깝다. 장자는 사람들이 "잊음"과 "비움" 대신 "채움"으로만 나간다면, 명성과 이익을 쫓는 마음이 생긴다고 했다. 이 명리를 쫓는 마음 때문에 세상이 어지러워진다고 여겼던 것이다. 반대로 장자는 "잊음"과 "비움"의 경지에 이르면 마음속의 참된 나를 만날 수 있다고 했다. 이때 사람은 마음의 진정한 즐거움과 자유를 얻는다고 했다.

둘째, "무용(無用)"의 가치를 새롭게 조명했다. 일반사람들은 "유용"의 가치를 좋아하고 "무용"의 가치를 싫어한다. 이런 가치관에 반하여 "무용"의 가치를 발견한 사람이 장자였다. 장자에게 "유용"이란 자신의 재주를 드러내 자신을 위태롭게 하는 것이었다. 장자는 사람이든 사물이든 "유용"해지려고 한다면, 하늘이 부여한 천성을 잃고 단명하게 된다고 했다. 장자는 "사람들은 쓸모 있는 것의 쓸모는 알아도, 쓸모없는 것의 쓸모는 모른다."(<인간세>)라고 비판했다. 그리고 목재로써 가치를 잃은 상수리나무와 상구(商丘)의 나무, 몸이 기이하게 생긴 지리소(支離疏)라는 사람을 예로 이들의 "무용"이 오히려 이들이 천수를 다하게 만든 요인이었다고 설파한다.

셋째, 만물은 모두 같다는 "만물제동(萬物齊同)"의 입장을 주창했다. 장자는 도(道)의 입장에서 보면, 세상에 존재하는 시비(是非)·빈부(貧富)·귀천(貴賤)·피차(彼此)는 서로 구분이 없으며 같기 때문에 사람들이 이를 위해 다툴 필요가 없다고 여겼다. 장자는 이렇게 말한다.

> 세상에 가을 짐승의 가는 터럭보다 큰 것은 없고, 태산보다 작은 것은 없다(天下莫大於秋豪之末, 而大山爲小).(<제물론>)

현실의 기준에서 보면 짐승의 터럭은 가장 작은 것이지만 미시세계(微視世界)에서는 이보다 큰 것은 없을 것이다. 태산은 누구나 세상에 가장 크고 높다고 생각하지만 광대한 우주에서 보면 이보다 작은 것은 없다는 것이다. 이처럼 우리가 생각하는 것이 절대적인 것은 아니라고 장자는 말한다. 따라서 장자는 이런 문제들을 두고 시비를 가릴 필요가 없다고 생각한다. 장자는 진인(眞人)의 수양을 예로 들며, 성인은 이를 따지기보다는 조절하며 어느 한쪽으로 치우치지 않는 자연의 섭리로 세상의 이런 구분들을 잠재운다고 했다.

넷째, 마음을 기르는 방법을 제시했다는 점이다. <제물론>에서는 어느 한쪽으로 치우치지 않는 자연의 섭리로 (세상의) 시비를 잠재우는 "양행(兩行)"의 경지·마음을 비우고 차분히 보는 "이명(以明)"의 경지·빛을 숨기고 드러내지 않는 "보광(葆光)"의 경지를 제기했고, <인간세>에서는 정신을 깨끗이 하는 "심재(心齋)"의 경지를, <대종사>에는 가만히 앉아 사물과 나를 잊는 "좌망(坐忘)"의 경지를 말했다. <양생주>에 나오는 "포정해우(庖丁解牛)"도 마음을 기르는 방법을 생동적으로 보여주는 문장이다. 요리사 정씨는 소를 잡으면서 마구잡이로 칼을 휘둘러 소를 잡는 것이 아닌 마음으로 소를 대하면서 소의 뼈와 근육 사이를 정교하게 자르는 묘사가 나온다. 이를 통해 장자는 외형적인 것을 기르는 것이 아닌 내부의 마음을 기르는 수양 방법을 제시했다.

넷째, 장자는 이상국가의 건설보다 개인의 삶과 수양을 중시했다. 때문에 ≪장자≫에는 이상국가에 대한 설명이 극히 드물다. 공자와 맹자가 요(堯)·순(舜)의 태평시대를 이상세계로 설정했고, 노자(老子)가 소국과민(小國寡民)을 이상세계로 설정한 것과 달랐다. <응제왕>에서 천근(天根)이 이름이 없는 사람에게 세상을 다스리는 법을 묻자, 이름이 없는 사람은 이렇게 말했다.

> 그대는 (집착과 욕심이 없는) 담담한 경지에서 마음을 노닐고, 고요한 경지에서 기운을 합하시오. 그리고 사물의 자연스런 본성을 따르되 자신의 의지를 개입시키지 마시오. 그러면 세상은 잘 다스려질 것이오(汝遊心於淡, 合氣於漠, 順物自然而無容私焉, 而天下治矣).

이것이 장자가 생각하는 세상이 잘 다스려지는 방법이다. 그것은 대외적인 노력보다는 내면의 깊은 수양에 근거하고 있다.

≪장자≫의 문장

≪장자≫는 중국철학뿐만 아니라 중국문학에도 지대한 영향을 끼쳤다. ≪장자≫의 문장은 그 이전에 보지 못했던 다양한 비유와 풍부한 상상력 및 생동적인 표현으로 문학성이 대단히 뛰어나다는 평가를 받는다. 그 주요특징을 몇 가지로 나누어 설명한다.

첫째, 문장의 스케일이 크고 상상력이 풍부하다. ≪장자≫에는 그 크기를 알 수 없는 붕새, 그림자 밖의 희미한 그늘과 그림자의 대화, 수천 두의 소를 가릴 정도로 큰 상수리나무, 1,000대의 수레를 끄는 4,000필의 말에게 그늘을 제공할 수 있는 나무 등과 같은 우리의 상상을 초월하는 예들이 등장한다.

둘째, 문장의 표현이 생동적이다. <양생주>에 나오는 "포정해우(庖丁解牛)"는 요리사 정씨가 소를 잡을 때의 손동작과 눈빛이 독자들에게 실제 소

를 잡는 광경을 보여주듯 아주 생동적으로 묘사하고 있다. 또 <대종사>에
서는 도를 터득하는 과정을 소개하고 있다. 도를 터득하는 과정은 어렵고
추상적인 부분인데, 이 과정을 7단계로 나누어 독자들에게 선명하게 알려
주고 있다.

셋째, 문장이 역설적이어서 설득력이 뛰어나다. 장자는 세속의 유(有)·인
위(人爲)·유용(有用)의 가치를 무(無)·무위(無爲)·무용(無用)의 가치로 반박한
다든지, 절대적인 것들을 상대적인 것이라고 주장한다.

> 사람이 축축한 곳에 자면 허리를 다치거나 반신불수가 되지. 그런데 미꾸라지는
> 그렇던가?(<제물론>)

사람이 축축한 곳에 자면 허리를 다친다는 사실은 누구나 다 아는 사실
이다. 그런데 장자는 미꾸라지를 들어 이 사실이 꼭 절대적인 것만은 아니
라는 것을 증명한다.

사실 전국시기에 ≪장자≫와 같은 문학성이 뛰어난 저작이 출현했다는
것은 상당히 놀라운 일이라고 할 수 있다. 중국현대문학의 대문호 노신(魯
迅)은 일찍이 장자의 문장을 이렇게 평한 바 있다.

> 그의 문장은 웅장하고 변화가 풍부하며, 온갖 다양한 모습을 보여주는데, 주나라
> 말기 제자들의 저작 중에서 이보다 뛰어날 수 있는 것은 없다(其文則汪洋辟闔, 儀態
> 萬方, 晚周諸子之作, 莫能先也).(≪한문학사강요(漢文學史綱要)≫)

또 후세의 도연명(陶淵明)·이백(李白)·소식(蘇軾)·조설근(曹雪芹)·문일다(聞一多)
같은 중국문학을 대표하는 작가들도 ≪장자≫의 영향을 크게 받았다. 특히 이
백은 ≪장자≫의 문장을 인용하여 70여 수의 시를 지었고, 소식은 그의 ≪소
동파시집≫에 ≪장자≫의 문장을 인용한 것이 3,600여 곳이나 된다.

우리나라의 ≪장자≫연구

조선시대에는 유학만을 추종했기 때문에 도가의 서적은 이단시되었다. 이 때문에 노자를 비롯한 장자연구는 별로 성행하지 않았다. 현재 알려진 주해서로는 박세당(朴世堂)의 ≪도덕경주(道德經注)≫와 ≪남화경주(南華經註)≫, 한원진(韓元震)의 ≪장자변해(莊子辨解)≫, 출간한 사람과 시기를 알 수 없는 ≪현토구해남화진경(懸吐句解南華眞經)≫(이 판본은 송나라 사람 임희일의 주해서 ≪남화진경구의(南華眞經口義)≫에 주석을 단 책임) 정도가 전해올 뿐이다.

차 례

일러두기

1. 본서는 ≪장자≫ 내편에 수록된 7편을 모두 번역하였다.
2. 본서에 나오는 원문·표점·해석은 진고응(陳鼓應)의 ≪장자금주금역(莊子今注今譯)≫(中華書局, 1996)을 따랐다.
3. 원문은 되도록 짧은 대목으로 나누어 번역했고, 번역문 아래에 원문·해설과 개별 한자의 독음 및 주석을 붙여놓아 대조하며 읽기에 편리하도록 했다.
4. 각 편의 앞머리에는 해당 편의 의미와 내용 등을 미리 이해할 수 있도록 해제를 붙여 놓았다.
5. 번역문은 원문에서 크게 벗어나지 않는 부분에서 해석하려고 노력했으나 어떤 부분은 충분한 이해를 돕기 위해 알기 쉽게 풀어 놓기도 했다.
6. 주석에 나오는 참고 문헌은 다음과 같다.

[東晉] 곽상(郭象) ≪장자주(莊子注)≫
[唐] 성현영(成玄英) ≪장자주소(莊子注疏)≫   육덕명(陸德明) ≪경전석문(經典釋文)≫
[宋] 임희일(林希逸) ≪남화진경구의(南華眞經口義)≫
[明] 덕청(德淸) ≪장자내편주(莊子內篇注)≫   방이지(方以智) ≪약지포장(藥地炮莊)≫
[淸] 곽경번(郭慶藩) ≪장자집석(莊子集釋)≫   선영(宣穎) ≪남화진경해(南華眞經解)≫
     손이량(孫詒讓) ≪장자찰이(莊子札迻)≫   오여륜(吳汝綸) ≪장자점감(莊子點勘)≫
     왕선겸(王先謙) ≪장자집해(莊子集解)≫   왕어(王敔) ≪장자해(莊子解)≫
     왕염손(王念孫) ≪장자잡지(莊子雜志)≫   왕인지(王引之) ≪경전석사(經典釋詞)≫
     유월(兪樾) ≪장자평의(莊子平議)≫   육수지(陸樹芝) ≪장자설(莊子雪)≫
     임운명(林雲銘) ≪장자인(莊子因)≫   장병린(張炳麟) ≪장자해고(莊子解故)≫
     해동(奚侗) ≪장자보주(莊子補注)≫   호문영(胡文英) ≪장자독견(莊子獨見)≫

[現代] 마기창(馬其昶) ≪장자고(莊子故)≫   마서륜(馬敍倫) ≪장자의증(莊子義證)≫
     무연서(武延緒) ≪장자찰기(莊子札記)≫   문일다(聞一多) ≪장자내편교석(莊子內篇校釋)≫
     양수달(楊樹達) ≪장자습유(莊子拾遺)≫   왕개운(王闓運) ≪장자내편주(莊子內篇注)≫
     왕번횡(王樊竑) ≪장자존교(莊子存校)≫   왕숙민(王叔岷) ≪장자교석(莊子校釋)≫
     유무(劉武) ≪장자내편주(莊子內篇注)≫   유사배(劉師培) ≪장자각보(莊子斠補)≫
     이면(李勉) ≪장자총론급분편평주(莊子總論及分篇評注)≫   장묵생(張默生) ≪장자신석(莊子新釋)≫
     장석창(蔣錫昌) ≪장자철학내편교석(莊子哲學內篇校釋)≫   전목(錢穆) ≪장자찬전(莊子纂箋)≫
     진고응(陳鼓應) ≪장자금주금역(莊子今注今譯)≫   주계요(朱桂曜) ≪장자내편증보(莊子內篇證補)≫
     진계천(陳啓天) ≪장자천설(莊子淺說)≫   황금횡(黃錦鋐) ≪신역장자독본(新譯莊子讀本)≫

소요유逍遙遊

일절의 속박을 받지 않고 자유로이 노님

〈고사관수도(高士觀水圖)〉
인재仁齋 강희안姜希顔(1417~1464)
출처 : 국립중앙박물관

소요유逍遙遊
일절의 속박을 받지 않고 자유로이 노님

해제

  "소요(逍遙)"는 일절의 속박을 받지 않는 모습을 나타낸다. "유(遊)"는 노니는 의미이다. 따라서 "소요유"라고 하면 일절의 속박을 받지 않고 자유로이 노니는 것을 말한다. 청나라 사람 왕선겸(王先謙)은 이를 ≪장자집해(莊子集解)≫에서 "사물 밖에서 거닐며 자연에 몸을 맡기고 무궁한 경지에서 노닌다(言逍遙乎物外, 任天而遊無窮也)."라고 했다.

  본편은 내용상 네 부분으로 나눌 수 있다. 첫째 부분은 곤(鯤)과 붕새(鵬)의 크기, 이들이 날 때의 움직임, 90,000리나 멀리 날아갈 수 있는 이유를 설명하며 이들의 초세속적인 면모를 설명하고 있다. 또 매미와 비둘기가 붕새를 비웃는 이야기를 들어 일반사람들은 초세속적인 면모를 이해하지 못한다는 점을 풍자하고 있다. 둘째 부분은 사람도 초세속적인 경지를 이해하지 못한다는 점에서 매미와 비둘기와 같다고 말하고 있다. 여기에서 장자는 지혜가 많은 사람은 지혜가 적은 사람을 알 수 없고, 수명이 짧은 사람은 수명이 긴 사람을 알지 못하는 비유를 들어 사람들은 도(道)라는 세계를 잘 알지 못한다고 했다. 또 사람들에게 도를 터득하려면 아무 것에도 의지하지 말고 자연에 몸을 맡기라고 말하고 있다. 셋째 부분에는 견오(肩吾)와 연숙(連叔)의 대화를 통해 장자가 이상적으로 그리는 신인(神人)의 모습과 그들이 세상을 대하는 태도를 설명하고 있다. 또 순(舜) 임금이 네 명의 도사를 만났을 때의 모습을 말하고 있다. 넷째 부분은 혜자(惠子)와의 대화를 통해 쓸모 있는 것은 천수를 다하지 못하고 쓸모없는 것은 요절하지 않고 천수를 다한다고 말했다. 즉 쓸모없는 것의 쓸모 있음에 대해 말하고 있다. 이곳에서는 박의 씨앗과 솜을 씻는 일 그리고 가죽나무를 예로 들어 설명하고 있어 문장이 상당히 흥미롭고 생동적인데 장자 문장의 일면을 잘 보여주고 있다.

  본편은 청나라 사람 선영(宣潁)이 ≪남화진경해(南華眞經解)≫에서 "정말이지 고금을 통해서 가장 비범한 글이다(眞古今橫絶之文也!)."라고 했을 정도로 문장이 뛰어나다.

[01]

　북쪽 바다에는 곤(鯤)이라는 큰 물고기가 있다. 곤은 커서 몇 천리나 되는지 알 수 없다. (곤이) 변해서 새가 되면 붕새(鵬)라고 한다. 붕새의 등은 몇 천리나 되는지 알 수 없다. 힘차게 날아오르면, 그 날개는 하늘가의 구름 같다. 이 새는 바다가 움직이고 큰 바람이 일면, 남쪽 바다로 간다. 남쪽 바다는 천지(天池)를 말한다.

해설
　곤이 붕새가 된 것은 상고시기의 신화이다. 곤과 붕새의 크기는 장자가 생각하는 도(道)의 크기를 말한다. 도는 붕새의 크기를 짐작할 수 없듯 크고 헤아릴 길이 없음을 말한다. 붕새가 남쪽으로 가는 것은 천지의 물을 마시기 위해서이다. "천지"란 하늘연못으로, 순수하고 적막하며 일절의 속박이 없는 곳을 말한다. 즉, "천지"란 도가 머무는 곳인 것이다. 상고의 신화를 이용해 도의 크기와 근원을 설명하는 장자의 상상력이 돋보이는 단락이다.

　北冥有魚, 其名爲鯤. 鯤之大, 不知其幾千里也. 化而爲鳥, 其名爲鵬. 鵬之背, 不知其幾千里也 ; 怒而飛, 其翼若垂天之雲. 是鳥也, 海運則將徙於南冥. 南冥者, 天池也.

　冥(명) : 그윽하다. 鯤(곤) : 곤이(鯤鮞). 幾(기) : 몇, 얼마. 鵬(붕) : 붕새.
　垂(수) : 끝, 가. 徙(사) : 옮기다.

　▶北冥(북명) : 북쪽 바다. "명"은 "명(溟)"과 통함. "명(溟)"은 바다. 명나라 사람 덕청(德淸)은 ≪장자내편주(莊子內篇注)≫에서 "'북명'은 북쪽 바다로, 아득하고 멀어 세상 사람들이 볼 수 있는 곳이 아니다. 이것으로 그윽하고 아득한 큰 도에 비유했다('北冥', 卽北海, 以曠遠非世人所見之地, 以喩玄冥大道)."라고 했다. ▶鯤(곤) : 원의는 물고기 배 속의 알. 명나라 말기의 방이지(方以智)는 ≪약지포장(藥地炮莊)≫에서 "곤은 본래 작은 물고기 이름인데, 장자는 큰 물고기 이름으로 사용했다(鯤本小魚之名, 莊用大魚之名)"라고 했음. ▶怒(노) : 떨쳐 일어남. "노(努)"와 통함. ▶垂

天(수천) : 하늘가. "수"는 끝, 가. ▶海運(해운) : 바다가 움직이고 바람이 일어남. 송나라 사람 임희일(林希逸)은 ≪남화진경구의(南華眞經口義)≫에서 "바다가 움직인다는 의미이다……바다가 움직일 때는 큰 바람이 일고, 그 물은 끓듯이 일어난다. 해저에서 시작하여 몇 리나 떨어진 곳까지 소리가 들린다(海動也……海動必有大風, 其水湧沸, 自海底而起, 聲聞數里)."라고 했다. ▶南冥(남명) : 남쪽 바다.

[02]

≪제해(齊諧)≫는 괴이한 일을 기록한 책이다. ≪제해≫는 이렇게 말한다. "붕새가 남쪽 바다로 갈 때는 물이 3,000리나 일며, (날개로) 회오리바람을 쳐서 90,000리나 되는 곳까지 올라간다. (붕새는) 6월의 바람을 타고 간다." 야생마처럼 떠도는 기운, 흩날리는 먼지, 움직이는 물체들은 바람에 이리저리 불려 다닌다. 광활함이 하늘의 원래 모습일까? 그것은 아득하고 끝이 없는 것일까? 붕새가 아래를 내려 보는 것도 이와 같다.

해설

≪제해≫라는 책의 말을 인용해 붕새가 "천지"로 갈 때의 모습을 설명하고 있다. 붕새가 나는 것이 하늘의 모습을 보여준 것이라면, 기운, 먼지, 살아있는 물체는 땅의 기운을 보여주는 것이다. 어느덧 장자의 시선이 하늘에서 땅으로 내려왔다. 나아가 장자는 하늘의 모습에 의문을 던진다. 하늘은 푸르고 광활하다는 것은 의심의 여지가 없다. 그런데 장자는 이런 궁극적인 것에 의문을 던진다. "과연 하늘은 정말로 광활할까?" 이런 궁극적인 의문들은 ≪장자≫ 전편에서 제기되고 있다. 장자는 도만이 최고의 경지라고 여겼기 때문에 현실에서 존재하는 모든 개념들을 부정했다. 이 단락도 이런 맥락이라고 할 수 있다.

≪齊諧≫者, 志怪者也. ≪諧≫之言曰 : "鵬之徙於南冥也, 水擊三千里, 搏扶搖而上者九萬里. 去以六月息者也." 野馬也, 塵埃也, 生物之以息相吹也. 天之蒼蒼, 其正色邪? 其遠而無所至極邪? 其視下也, 亦若是則已矣.

齊(제) : 가지런하다. 諧(해) : 조화하다. 志(지) : 적다, 기록하다. 搏(박) : 치다, 때리다. 搖(요) : 흔들다. 埃(애) : 먼지. 蒼(창) : 푸르다. 邪(야) : 의문사.

▶ 齊諧(제해) : 책이라는 설(梁나라의 簡文帝)과 인명이라는 설(司馬彪·兪樾 등)이 있다. 바로 뒤에 "기록하다"의 의미인 "지(志)"자가 나오는 것으로 보아 서명으로 봐야 할 듯싶다. ▶ 水擊(수격) : 물이 일거나 솟구침. "격"은 "격(激)"의 가차자(馬敍倫說). ▶ 搏(박) : 치다, 때리다. ▶ 扶搖(부요) : 회오리바람. ▶ 六月息(육월식) : 6월의 바람. "식"에 대해서는 두 가지 설이 있음. 첫째 설은 "쉬다"의 의미로 본 것이다. 동진(東晉) 사람 곽상(郭象)은 "큰 새는 한 번 갔다하면 반년이 걸리는데, 천지에 이르러 쉰다(夫大鳥一去半歲, 至天池而息)."라고 했다. 둘째 설은 "바람"의 의미로 본 것이다. 덕청(德淸)은 "주나라의 6월은 여름의 4월이다. 양의 기운이 강해지고 만물이 피어나며, 바람이 커지고 힘이 있어지니, 그 날개를 진작할 수 있다. '식'은 '바람'이다(周六月, 卽夏之四月, 謂盛陽開發, 風始大而有力, 乃能鼓其翼. 息, 卽風)."라고 했다. 본서는 후자의 설을 따랐음. ▶ 野馬(야마) : 하늘에 떠다니는 기운. ▶ 塵埃(진애) : 공중에 떠도는 먼지. ▶ 生物(생물) : 하늘에 움직이는 물체. ▶ 蒼蒼(창창) : 아득하고 끝없음. ▶ 正色(정색) : 원의는 본래의 색깔. 이곳에서는 본래의 모습을 의미. ▶ 則已矣(즉이의) : ~일 따름이다. "이이의(而已矣)"와 같은 형태. "즉"은 "이(而)"와 통함. ▶ 至極(지극) : 극한에 이름.

[03]

게다가 물이 깊게 고이지 않으면, 큰 배를 띄울 힘이 생기지 않는다. 한 잔의 물을 집 앞의 패인 곳에 따라도, 겨자를 배로 만들 수 있다. 잔을 두면 (바닥에) 붙는 것은 물은 얕고 배는 크기 때문이다. 바람이 강하게 불지 않으면, 그 큰 날개를 부양할 힘이 생기지 않는다. 그래서 (붕새가) 90,000리를 갈 때는 이 바람이 (날개) 아래에서 불어주어야 한다. 그런 다음 이 바람을 타고 하늘을 등진다. (이때) 아무것도 막는 것이 없어야 남쪽 바다로 날아갈 수 있다.

해설

붕새가 어떻게 남쪽 바다로 갈 수 있는지를 설명하고 있다. 이 단락은 도의 경지에 이르려면 그 밑에 받쳐주어야 할 조건들이 구비되고 성숙되어야 함을 말한다. 큰 배를 띄우기 위해서는 큰물이 필요하고, 붕새가 남쪽으로 날아가기 위해서는 큰 바람이 불어야 하듯이 말이다. 도는 그냥 존재하지 않는다는 것이다.

且夫水之積也不厚, 則其負大舟也無力. 覆杯水於坳堂之上, 則芥爲之舟;
置杯焉則膠, 水淺而舟大也. 風之積也不厚, 則其負大翼也無力. 故九萬里, 則
風斯在下矣, 而後乃今培風; 背負靑天而莫之夭閼者, 而後乃今將圖南.

積(적): 쌓다. 負(부): 지다. 覆(복): 넘어뜨리다. 坳(요): 팬 곳. 芥(개): 겨자. 置
(치): 두다. 膠(교): 아교로 붙이다. 斯(사): 이(사물을 가리키는 대명사). 培(배): 불
리다. 夭(요): 일찍 죽다, 무성하다. 閼(알): 가로막다. 圖(도): 꾀하다.

▶ 且夫(차부): 게다가, 더군다나. ▶ 覆(복): 원의는 넘어뜨리다. 이곳에서는 잔의 물
을 따르는 의미. ▶ 坳堂(요당): 집 앞의 땅에 우묵하게 패인 곳. ▶ 風斯(풍사): 이
바람. "사풍(斯風)"이 도치된 형태. ▶ 而後乃今(이후내금): "내금이후(乃今而後)"가
도치된 형태. ▶ 培風(배풍): 바람을 탐. "배"는 타다. 청나라 사람 왕염손(王念孫)
은 ≪주관(周官)·풍상씨(馮相氏)≫에서 "'배'는 '풍'을 말한다. '풍'은 '타다'의 의
미이다('培'之言'馮'也. '馮', 乘也)."라고 했다. ▶ 莫之夭閼者(막지요알자): 막히는
것이 없음. "요"는 꺾다. "알"은 막다. ▶ 圖南(도남): 남쪽을 꾀함. 즉, 남쪽으로 날
아간다는 의미.

[04]

매미와 어린 비둘기가 붕새를 비웃으며 말했다.
"나는 힘껏 날다 느릅나무와 박달나무에 오면 내려오지. 어쩌다 (가고자
하는 곳까지) 가지 못해도 땅에 내려오면 그만이지. 뭐 하러 남쪽으로
90,000리나 날아가나?"
(인근의) 들판에 가는 자는 세끼의 음식으로도 돌아올 때는 배가 부르며,
100리를 가는 자는 하루 분의 식량을 준비하고, 1,000리를 가는 사람은 3개월
의 식량을 준비해야 하는 법이다. 그러니 저 둘이 어찌 알겠는가?

해설

　　매미와 비둘기는 도를 모르는 무지한 사람이다. ≪노자(老子)≫(41장)의 "보잘 것 없는 선비가 도를 들으면, 크게 비웃는다(下士聞道, 大笑之)."와 같은 맥락이다. 이들은 붕새의 큰 뜻을 모르고 자신들이 사는 세계에 안주한다. 그리고 자신이 보고 듣는 것이 진리라고 생각한다. 각자의 터득단계에 따라 도를 아는 정도가 다름을 말하고 있다. 장자는 이를 가는 여정에 따라 식량을 달리해야 하는 것에 비유했다.

　　蜩與學鳩笑之曰: "我決起而飛, 搶榆枋而止, 時則不至而控於地而已矣, 奚以之九萬里而南爲?" 適莽蒼者, 三飡而反, 腹猶果然 ; 適百里者, 宿舂糧 ; 適千里者, 三月聚糧. 之二蟲又何知!

　　蜩(주) : 매미. 鳩(구) : 비둘기. 決(결) : 터지다. 搶(창) : 닿다. 榆(유) : 느릅나무. 枋(방) : 박달나무. 莽(망) : 우거지다. 飡(손) : 저녁밥. 舂(용) : 찧다. 糧(량) : 양식, 식량. 蟲(충) : 벌레.

　　▶學鳩(학구) : 어린 비둘기(司馬彪說). ▶決起(결기) : 힘을 다함. ▶搶(창) : 닿다, 부딪치다. ▶榆枋(유방) : 느릅나무와 박달나무. ▶則(즉) : 간혹(兪樾說). ▶控於地(공어지) : 땅에 내려앉음. "공"은 드리우다. ▶奚以(이해) : 어찌 ～할 필요가 있나? "이"는 "용(用)"의 의미. ▶爲(위) : 어조사로, 의미가 없음(王引之說). ▶莽蒼(망창) : 풀이 우거진 들판. ▶三餐(삼찬) : 세끼의 음식. ▶果然(과연) : 배가 부른 모양. ▶宿舂糧(숙용량) : 하루 분의 식량을 절구질함. 즉 하루 분의 식량을 준비함의 의미. "용숙량(舂宿糧)"이 도치된 형태. "숙"은 하룻밤을 머물다. "용" 찧다, 절구질하다. ▶之(지) : 이(지시대명사). 이곳에서는 매미와 어린 비둘기를 가리킴.

[05]

　　지혜가 부족한 사람은 지혜가 많은 사람을 알지 못하고, 수명이 짧은 사람은 수명이 긴 사람을 알지 못한다. 이를 어떻게 알 수 있을까? 하루살이는 한 달이라는 시간을 모르고, 매미는 봄과 가을을 알지 못한다. 이런 것은 수명이 짧은 것이다. 초나라 남쪽의 깊은 바다에는 신령한 거북이 살고 있다. (이 거북에게) 봄은 500년이고, 가을은 500년이다. 또 아주 먼 옛날에 큰 참죽나무가 있었다. (이 나무에게) 봄은 8,000년이고, 가을은 8,000년이다. 이런 것은 수명이 긴 것이다. 지금까지 팽조(彭祖)만 장수하였다고 전한다. 사람들은 그와 견주려하는데, 이 어찌 슬픈 일이 아니겠는가?

해설

앞의 [04] 단락과 비슷한 맥락이다. 부족한 것, 작은 것, 짧은 것들은 많은 것, 큰 것, 긴 것들을 이해하지 못한다. 이것은 사람들이 도의 세계를 깨닫지 못함을 말한다. 사람들은 겨우 800년을 산 팽조(彭祖)에 자신의 수명을 비유하는데, 과연 봄이 500년이고, 가을이 500년인 거북과 봄이 8,000년이고, 가을이 8,000년인 참죽나무를 이해할 수 있을까? 사실 500년과 8,000년은 상징적인 숫자로 시간의 무한함을 말한다. 이 무한함이 바로 장자가 말하는 도(道)가 아닐까 싶다. 이 도는 ≪대종사(大宗師)≫ [03]에 의하면 천지가 생성되기 전부터 있어왔다고 하였다. 그래서 장자는 무한한 도의 세계를 보지 못하고 유한한 시간과 삶 속에서 자신만의 세계에 안주하는 사람들이 너무 보잘 것 없고 초라하게 여겨졌던 것이다.

小知不及大知, 小年不及大年. 奚以知其然也? 朝菌不知晦朔, 蟪蛄不知春秋, 此小年也. 楚之南有冥靈者, 以五百歲爲春, 五百歲爲秋 ; 上古有大椿者, 以八千歲爲春, 八千歲爲秋, 此大年也. 而彭祖乃今以久特聞, 衆人匹之, 不亦悲乎!

菌(균) : 하루살이, 버섯. 晦(회) : 그믐. 朔(삭) : 초하루. 蟪(혜) : 쓰르라미. 蛄(고) : 땅강아지. 椿(춘) : 참죽나무. 彭(팽) : 성(姓).

▶ 小知(소지) : 지혜가 적음. "지"는 "지(智)"와 같음. ▶ 大知(대지) : 지혜가 많음. ▶ 朝菌(조균) : 하루살이. ▶ 晦朔(회삭) : 한 달의 시작과 끝. 이곳에서는 한 달을 의미. 또 다른 설로는 "회"를 아침(旦), "삭"을 저녁(夜)으로 보고, "하루"로 해석하는 경우도 있음(王先謙說). ▶ 蟪蛄(혜고) : 매미. ▶ 冥靈(명령) : 바다에 사는 신령한 거북. ▶ 彭祖(팽조) : 800년을 살았다는 전설상의 인물. ▶ 特(특) : 단지, 오로지. ▶ 匹(필) : 맞서다, 필적하다.

[06]

탕(湯)이 극(棘)에게 이렇게 물은 적이 있다 :

탕이 극에게 물었다.

"하늘과 땅 그리고 동서남북은 끝이 있습니까?"

극이 말했다.

"끝이 없는 저 너머는 또 끝이 없나이다. 북쪽의 불모의 땅에는 천지(天池)라는 아득한 바다가 있습니다. (그곳에는) 곤(鯤)이라는 물고기가 사는데, 그 넓이만 수천 리나 됩니다. 그것이 얼마나 긴지를 아는 사람은 없습니다. 또 붕(鵬)이라는 새가 사는데, 등은 태산과 같고 날개는 하늘가의 구름과 같습니다. (이 새는 날개로) 회오리바람을 쳐서 90,000리나 되는 곳으로 올라갑니다. 그리고는 구름층을 넘어 하늘을 등진 다음 남쪽을 향합니다. (이 새는) 남쪽 바다로 갈 것입니다. 작은 연못에 사는 참새가 (붕새를) 비웃으며 말했습니다. '너는 어디로 가는 것이냐? 난 펄쩍 날아오르면, 몇 인(仞)을 못 가 내려오지. 그럴 땐 쑥 사이를 자유롭게 날아다니며 노닐지. 이 또한 진정으로 나는 것이지. 그런데도 너는 어디를 가는 것이냐?' 이는 큰 것과 작은 것의 차이이옵니다."

해설

탕 임금과 현자 극(棘)과의 대화이다. 곤과 붕새의 이야기는 [01] 단락과 [02] 단락에서 언급되었다. 참새가 붕새를 비웃는 것은 [04] 단락에서 매미와 비둘기가 붕새를 비웃는 것과 유사하다. 참새가 나는 것과 붕새가 나는 것 그리고 참새가 쑥 사이를 노니는 즐거움과 붕새가 남쪽바다로 가는 것에 대한 비유가 나온다. 참새는 참새의 세계에서 노닐고, 붕새는 붕새의 세계에서 노닌다. 이 참새의 세계가 바로 탕 임금의 천하, 더 크게 말하면 온 세상 사람들이 사는 세계가 아닐까 싶다. 장자는 극을 통해 성군으로 이름난 탕 임금에게 자신이 다스리는 세상 밖에 또 다른 세상 내지 또 다른 도가 있음을 일깨워주고 있다.

湯之問棘也是已 : 湯問棘曰 : "上下四方有極乎?" 棘曰 : "無極之外, 復無極也. 窮髮之北有冥海者, 天池也. 有魚焉, 其廣數千里, 未有知其修者, 其名爲鯤. 有鳥焉, 其名爲鵬, 背若太山, 翼若垂天之雲, 摶扶搖羊角而上者九萬里, 絶雲氣, 負青天, 然後圖南, 且適南冥也. 斥鴳笑之曰 : '彼且奚適也? 我騰躍而上, 不過數仞而下, 翶翔蓬蒿之間, 此亦飛之至也. 而彼且奚適也?' 此小大之辯也."

棘(극) : 멧대추나무. 髮(발) : 터럭. 且(차) : 장차. 鴳(안) : 메추라기. 騰(등) : 오르다. 躍(약) : 뛰다. 翶(고) : 비상하다. 翔(상) : 빙빙 돌다. 蓬(봉) : 쑥. 蒿(호) : 쑥. 辯(변) : 말 잘하다.

▶ 棘(극) : 탕(湯) 임금 때의 현자(賢者). 탕이 극에게 가르침을 구한 이야기는 ≪열자(列子)·황제편(黃帝篇)≫에 보임. 다만 <황제편>에는 "극"이 "하혁(夏革)"으로 되어있음. 곽경번(郭慶藩)의 ≪장자집석(莊子集釋)≫에 의하면, "극"과 "혁(革)"은 고대 중국어에서 발음이 같아 통용되었다고 함. ▶ 窮髮(궁발) : 불모의 땅. "발"은 초목을 의미. ▶ 冥海(명해) : 그윽한 바다. ▶ 修(수) : 길이. ▶ 太山(태산) : 태산(泰山). ▶ 羊角(양각) : 회오리바람. 양의 뿔처럼 빙빙 돌며 올라가기 때문에 붙여진 이름. [02]에 나오는 "부요(扶搖)"와 같은 의미. ▶ 絶雲氣(절운기) : 구름층을 넘어감. "절"은 초월함. ▶ 且適(차적) : 장차 ~로 갈 것이다. ▶ 斥鴳(척안) : 연못에 사는 참새. "척"은 연못. "안"은 참새. ▶ 騰躍(등약) : 뛰어서 날아오름. ▶ 仞(인) : 길이 단위. 주나라 때에는 1인(仞)이 7척(尺)에 해당함. ▶ 翶翔(고상) : 날다, 비상하다. ▶ 蓬蒿(봉호) : 쑥. ▶ 辯(변) : 차이, 구분. "변(辨)"과 통함.

[07]

(사람들은) 지식으로 하나의 직무를 수행하고, 행동으로 마을의 풍습을 따르며, 덕으로 임금에게 맞추어 나라의 부름을 받는다. 사람들이 (이렇게) 생각하는 것도 참새가 붕새를 비웃는 것과 같다. 그런데 송영자(宋榮子)는 이들을 싱긋이 비웃는다. (이 사람은) 온 세상 사람들이 칭찬해도 더 열심히 하지 않고, 온 세상 사람들이 비난해도 낙담하지 않는다. 또 (이 사람은) 자아와 사물의 차이를 정하고, 영광과 치욕의 경계를 구별한다. 이 사람처럼

하면 되는 것이다. 그는 명성을 급하게 추구하지 않는다. 그렇기는 하나 (그는 지극한 덕을) 이룬 적이 없다. 열자(列子)는 바람을 타고 갔는데, (그 모양이) 아주 가볍고 날랬다. 그리고는 15일 후에 돌아왔다. 그는 급하게 복을 구하지 않았다. 이렇게 하면 걷는 고행은 하지 않아도 되나 (바람이라 는) 의지하는 것이 있다. 자연의 섭리를 따르고, 여섯 가지 기운(달·태양·바 람·비·어둠·밝음)의 변화를 다스리고, 무궁한 경지에서 노닌다면, 이들이 의지할 것이 무엇이겠는가! 그래서 지극한 사람은 자신을 잊고, 오묘한 사 람은 공을 쌓지 않고, 성인은 명성을 구하지 않는다고 한다.

해설

사람들이 지식·행동·덕으로 관직을 얻고 명망을 쌓는 일은 참새가 붕새를 비웃 는 것 같은 보잘 것 없는 일임을 강조했다. 장자는 여기서 더 나아가 두 가지 사례를 들어 도를 추구하는 데 유의할 점을 말한다. 첫째, 송영자(宋榮子)는 관직과 명예를 바라지 않는 자신만의 기준을 갖고 있지만 그것은 인간 세상에 국한된 것이지 도를 얻을 수 있는 지극한 덕을 쌓지 못했다는 것이다. 도는 인간세상의 모든 기준을 떠나 는 것임을 강조하고 있다. 둘째, 열자(列子)는 신선의 모습을 갖추고 있으나 바람이라 는 것에 의지하여 날아다닌다. 도란 스스로 존재하는 것이지 무언가에 의지해서는 안 된다는 것이다. 따라서 송영자와 열자는 진정한 도를 터득한 사람들이 아니라는 것이 다. 그렇다면 인간세상의 기준을 모두 떠나고 무언가에 의지하지 않기 위해서는 어떻 게 해야 하는 것일까? 장자는 문장의 마지막 부분에 자연의 변화에 순응하고 일절의 속박을 벗어난 곳에서 노닐어야 한다고 했다.

故夫知效一官, 行比一鄉, 德合一君而徵一國者, 其自視也亦若此矣. 而宋 榮子猶然笑之. 且擧世而譽之而不加勸, 擧世而非之而不加沮, 定乎內外之分, 辯乎榮辱之境, 斯已矣. 彼其於世未數數然也. 雖然, 猶有未樹也. 夫列子御風 而行, 泠然善也, 旬有五日而後反. 彼於致福者, 未數數然也. 此雖免乎行, 猶 有所待者也. 若夫乘天地之正, 而御六氣之辯, 以遊無窮者, 彼且惡乎待哉! 故 曰, 至人無己, 神人無功, 聖人無名.

徵(징) : 부르다. 譽(예) : 칭찬하다. 沮(저) : 막다. 樹(수) : 세우다. 御(어) : 다스리다. 泠(령) : 깨우치다. 旬(순) : 열흘. 惡(오) : 어찌.

▶ 故夫(고부) : 의미는 없으며, 앞 말을 받아 뒤의 말로 연결해주는 역할을 함. 곽경번(郭慶藩)은 ≪장자집석(莊子集釋)≫에서 "'고'는 앞의 말을 받아주고, '후'는 뒤의 말을 이어준다(故是仍前之語, 夫是生後之詞)."라고 했다. ▶ 效(효) : 감당함. ▶ 比(비) : 부합함(李頤說). ▶ 自視(자시) : 스스로 ~라고 여김. ▶ 若此(약차) : 이와 같음. "차"는 참새와 비둘기가 붕새를 비웃는 것을 말함. ▶ 宋榮子(송영자) : 송나라의 현자. 제나라 위왕(威王)과 선왕(宣王) 때에 태어났고, 대략 기원전 400년에서 기원전 320년 사이에 활동했음. ≪맹자·고자(告子)≫에는 "송경(宋牼)"으로 되어 있고, ≪한비자·현학편(顯學篇)≫에는 "송영(宋榮)"으로 되어 있음. ▶ 猶然(유연) : 비웃는 모양. ▶ 擧世(거세) : 온 세상. ▶ 沮(저) : 낙담하다. ▶ 數數然(수수연) : 급한 모양. ▶ 列子(열자) : 이름은 어구(禦寇)이며, 정(鄭)나라의 사상가. ▶ 泠然(영연) : 가볍고 날랜 모양(郭象說). ▶ 致福(치복) : 복을 구함. ▶ 有所待(유소대) : ▶ 乘天地之正(승천지지정) : 자연의 도리 내지 자연의 규율을 따름. "정"은 법칙의 의미. ▶ 六氣之辯(육기지변) : 여섯 가지 기운, 즉 달·태양·바람·비·어둠·밝음의 변화. "변"에 대해, 곽경번(郭慶藩)은 "'변'은 '변'으로 읽는다. ≪광아≫에는 '변은 변화하다의 의미이다.'고 했다. '변'과 '변'은 옛날에 통용되었다('辯'讀爲變. ≪廣雅≫ : '辯, 變也.' '辯', '變'古通用)."라고 했다.

[08]

요(堯)임금이 허유(許由)에게 세상을 물려주려고 말했다.

"해와 달이 나왔는데도 횃불이 꺼지지 않고 (해와 달과) 빛을 다투려하는 것은 (이 어찌) 어려운 일이 아니겠소? 제때 비가 내렸는데, 또 물을 대는 것은 어린 싹을 자라게 하는데 (이 어찌) 무의미한 일이 아니겠소? 그대가 있어 세상이 다스려진 것이니, 내가 이 자리에 있는 것이 심히 부끄럽소. 그대에게 세상을 주겠소."

허유가 말했다.

"폐하께서 세상을 다스리시어 세상이 안정된 것입니다. 제가 폐하를 대신하는 것이 (저의) 명성을 위하는 것인지요? '명성'이란 '실질'의 껍질입니다. 제가 (실질의) 껍질을 위해야합니까? 뱁새는 숲에 둥지를 만들 때, 나뭇가지 하나만 있으면 됩니다. 들쥐는 강에서 물을 마실 때, 배를 채우기만 하면 됩니다. 폐하께서는 돌아가십시오. 제가 세상을 위해 할 수 있는 것은 없습니다! 요리사가 요리를 하지 않더라도, 제사를 관장하는 사람이 술그릇과 고기그릇을 넘어 (그를) 대신해 요리하지 않는 법입니다.”

해설

요임금과 허유의 대화이다. 해와 달 그리고 제때 내린 비는 허유를 말한다. 이는 그만큼 덕이 높아 사람을 윤택하게 해줄 수 있음을 의미한다. 요는 자신을 횃불에 비유하여 해와 달과는 비교가 되지 않음을 말하고 있다. 장자는 허유를 통해 명성이란 껍질 같은 것이어서 실질적인 것이 아님을 말하고 주어진 현실에 스스로 만족하면 된다고 말한다. 마지막에 요리사 이야기는 세상이 자신에게 준 본분을 지켜야지 제사를 주관하는 사람이 인위적으로 요리사의 역할을 맡아 마음대로 요리해서는 안 된다는 것이다. 이렇게 무리하게 요리한다면, 요리는 엉망이 될 수 있기 때문이다. 이를 좀 더 확장하면, 사람이 무리하게 자연이 준 본분을 넘어선다면 세상은 더 혼란에 빠질 수 있음을 장자는 우회적으로 말하고 있다.

堯讓天下於許由, 曰：“日月出矣, 而爝火不息, 其於光也, 不亦難乎! 時雨降矣, 而猶浸灌, 其於澤也, 不亦勞乎! 夫子立, 而天下治, 而我猶尸之, 吾自視缺然. 請致天下.” 許由曰：“子治天下, 天下旣已治也. 而我猶代子, 吾將爲名乎? 名者實之賓也. 吾將爲賓乎? 鷦鷯巢於深林, 不過一枝；偃鼠飲河, 不過滿腹. 歸休乎君, 予無所用天下爲! 庖人雖不治庖, 尸祝不越樽俎而代之矣.”

讓(량) : 양보하다. 爝(작) : 횃불. 浸(침) : 스며들다. 灌(관) : 물 대다. 尸(시) : 시동. 缺(결) : 이지러지다. 致(치) : 바치다. 賓(빈) : 손님. 鷦(초) : 뱁새. 鷯(료) : 굴뚝새. 偃(언) : 쓰러지다. 鼠(서) : 쥐. 庖(포) : 요리사. 祝(축) : 박수무당. 越(월) : 넘다. 樽(준) : 술통, 술 단지. 俎(조) : 도마.

▶ 許由(허유) : 전설에 나오는 인물. 요임금이 왕위를 물려주려 하자 받지 않고 기

산(箕山)에 은거했다고 함. ▶爝火(작화) : 횃불. ▶浸灌(침관) : 물을 댐. "침"은 스며들다. ▶澤(택) : 윤택하게 함. ▶勞(로) : 수고하다. ▶實之賓(실지빈) : 직역하면 실질의 손님이나 손님은 밖에서 안으로 들어오기 때문에 문맥상 "실질의 껍질"로 해석했음. ▶尸(시) : 임금의 자리를 맡고 있음. "시"는 주관하다, 맡다. ▶缺然(결연) : 부끄러운 모양(陳啓天說). ▶鷦鷯(초료) : 뱁새. ▶偃鼠(언서) : 들쥐. ▶歸休乎君(귀휴호군) : "군귀휴호(君歸休乎)"가 도치된 형태. "휴"는 그만이다. ▶庖人(포인) : 요리사. ▶尸祝(시축) : 제사를 주재하는 사람. ▶樽俎(준조) : 술통과 도마. 이곳에서는 주방에서 하는 일을 의미.

[09]

견오(肩吾)가 연숙(連叔)에게 물었다.

"접여(接輿)가 하는 말을 들어보니, 크고 끝이 없었습니다. 그리고 말을 시작하면 끝나지 않았습니다. 그의 말이 놀랍기도 하고 한편으로는 두렵기까지 했습니다. 꼭 은하수처럼 끝이 없는 것 같았습니다. 현실을 너무 벗어나서 우리의 상식에는 맞지 않았습니다."

연숙이 말했다.

"그가 뭐라고 했는데요?"

견오가 말했다.

"(접여가 말하더군요) '저 먼 고야(姑射)의 산에 신선 같은 사람이 산다고 합니다. 살은 빙설 같이 희고, 몸은 젊은 여인처럼 부드럽고 아름답다고 합니다. 또 오곡을 먹지 않고 바람을 마시고 이슬을 먹으며, 운기를 타고 비룡을 부리며, 세상 밖에서 노닌다고 합니다. 그의 정기가 모이면, 사물은 병충해를 입지 않고 해마다 잘 여문다고 합니다.' 나는 사람을 속이는 것이라고 생각해 믿지 않았습니다."

연숙이 말했다.

"그랬군요! 눈이 먼 장인은 이 사람과 아름다운 무늬를 볼 수 없고, 귀가 먼 사람은 이 사람과 북과 종의 소리를 들을 수 없습니다. 어찌 우리 형체에만 보이지 않고 들리는 않는 것이 있겠습니까? 우리의 지식도 이렇습니다. 이는 그대를 두고 하는 말 같습니다. 그 신선 같은 사람의 덕은 널리 만물에 미쳐 하나가 됩니다. 사람들은 어지러움 속에서 공명을 추구하는데, (그가) 왜 수고롭게 세상일을 하겠습니까! 이 사람은 사물에 의해 해를 입지 않습니다. 큰물이 하늘까지 와도 빠져 죽지 않고, 큰 가뭄으로 돌과 쇠가 녹고, 토산이 타들어가도 뜨거워하지 않습니다. 그의 먼지·때·쭉정이·겨로도 요와 순을 만들 수 있는데, (그가) 왜 소란스럽게 세상만물에 힘쓰려고 하겠습니까?"

해설

견오(肩吾)와 연숙(連叔)은 장자가 만든 허구의 인물이다. 이곳에서는 견오가 도에 무지한 인물로, 연숙이 도에 밝은 인물로 설정되어 있다. 이 단락은 신선 같이 사는 사람(神人)의 모습·역할·처세에 관한 내용이다. 신선 같이 사는 사람은 장자가 추구하는 최고의 경지에 이른 사람이다. 그들의 모습은 일반사람들과 비교할 수 없을 정도로 희고 부드러우며 아름답다. 먹는 것도 달라서 오곡을 먹지 않고 바람을 마시고 이슬을 먹는다. 눈과 귀가 막힌 사람, 즉 도를 볼 줄 모르는 일반사람들은 이런 사람들의 훌륭한 도를 볼 수 없기에 믿기 어려운 일로 여긴다. 이는 매미·비둘기·참새가 붕새의 큰 뜻을 모르는 것과 같은 맥락이다. 또 이들은 속세의 지식·명성·덕을 추구하지 않기에 세상일에 간여하지 않고 이로 어떤 해를 입지도 않는다. 먼지·때·쭉정이·겨는 아주 보잘 것 없는 것을 말한다. 즉 자신이 터득한 도의 아주 일부분으로도 요와 순처럼 세상을 잘 다스릴 수 있음을 말한다. 이 말 속에는 자신들이 직접 나서서 세상일에 관여할 필요가 없다는 의미가 담겨있다.

肩吾問於連叔曰:"吾聞言於接輿, 大而無當, 往而不返. 吾驚怖其言, 猶河漢而無極也;大有逕庭, 不近人情焉." 連叔曰:"其言謂何哉?" 曰:"'藐姑射之山, 有神人居焉, 肌膚若冰雪, 綽約若處子;不食五穀, 吸風飮露;乘雲氣, 御飛龍, 而遊乎四海之外. 其神凝, 使物不疵癘而年穀熟.' 吾以是狂而不信也." 連叔曰:"然! 瞽者无以與乎文章之觀, 聾者无以與乎鐘鼓之聲. 豈唯形骸有聾盲哉?

夫知亦有之. 是其言也, 猶時女也. 之人也, 之德也, 將旁礴萬物以爲一, 世蘄乎亂, 孰弊弊焉以天下爲事! 之人也, 物莫之傷, 大浸稽天而不溺, 大旱金石流, 土山焦而不熱. 是其塵垢粃穅, 將猶陶鑄堯舜者也, 孰肯分分然以物爲事."

肩(견) : 어깨. 怖(포) : 두려워하다. 逕(경) : 좁은 길. 藐(막) : 아득하다. 射(야) : 산 이름. 肌(기) : 살, 피부. 膚(부) : 피부. 綽(작) : 몸이 가냘프고 맵시가 있다. 凝(응) : 엉기다. 疵(자) : 흠, 병(病). 癘(려) : 창질, 염병. 瞽(고) : 소경. 无(무) : 없다. 聾(롱) : 귀머거리. 骸(해) : 뼈, 해골. 礴(박) : 뒤섞이다. 蘄(기) : 구하다. 弊(폐) : 해지다. 浸(침) : 스며들다. 稽(계) : 머무르다. 溺(익) : 빠지다. 焦(초) : 그을리다. 垢(구) : 때, 티끌. 粃(비) : 쭉정이. 穅(강) : 겨. 垢(구) : 때, 티끌. 陶(도) : 질그릇을 만들다. 鑄(주) : 쇠를 부어 만들다.

▶ 肩吾(견오) : 옛날에 도를 닦던 사람이름. ▶ 連叔(연숙) : 옛날에 도를 닦던 사람이름. ▶ 接輿(접여) : 초나라의 은사(隱士). ≪고사전(高士傳)≫에 따르면, 그의 성은 육(陸), 이름은 통(通)임. "접여"는 그의 자임. ≪논어(論語)·미자(微子)≫에도 그의 언행이 보임. ▶ 大而無當(대이무당) : 말이 크고 끝이 없음. "당"은 꼭대기, 끝. ▶ 逕庭(경정) : 현실에서 너무 벗어남. 청나라 사람 선영(宣穎)은 ≪남화진경(南華眞經)≫에서 "'경'은 문밖의 길이다. '정'은 집 앞의 땅이다. 서로 멀리 떨어져 있다. 지금 말하는 '대유경정'은 서로 아주 멀리 떨어져 있는 것이다(逕, 門外路. 庭, 堂前地也. 勢相遠隔. 今言'大有逕庭', 則相遠之甚也)."라고 했다. ▶ 姑射之山(고사지산) : 신화에 나오는 산 이름. ▶ 肌膚(기부) : 살, 피부. ▶ 綽約(작약) : 몸이 유연하고 아름다움. ▶ 處子(처자) : 처녀. ▶ 神凝(신응) : 정신을 집중함. ▶ 疵癘(자려) : 병충해. ▶ 以(이) : 생각하다. ▶ 狂(광) : 속이다. "광(誑)"과 통함. ▶ 文章之觀(문장지관) : 아름다운 무늬를 봄. ▶ 時女(시녀) : "이 말은 그대를 두고 하는 것"의 의미. 이곳에서는 견오를 말함. "시"는 "시(是)"와 같음. "여"는 "여(汝)"와 통함. ▶ 旁礴(방박) : 두 가지 설이 있음. 첫째는 섞여서 같아진다(混同)는 설(司馬彪說)과 널리 미친다(廣被)는 설(李楨說)이 있음. 본서는 후자의 설을 따랐음. ▶ 世蘄乎亂(세기호란) : "난"에 대해 두 가지 설이 있다. 첫째는 다스리다(治)의 의미로 봄(王先謙·馬敍倫·張默生 등). 여기에 근거해 해석하면 "사람들은 세상이 잘 다스려지길 바란다."가 된다. 둘째는 "난"의 문자적 의미대로 어지럽다는 의미로 봄(陳啓天·陳鼓應). 여기에 근거해 해석하면 "사람들은 어지러움 속에서 공명을 추구한다."가 된다. 본서는 후자의 설을 따랐음. ▶ 弊弊焉(폐폐언) : 수고로움. ▶ 大浸稽天(대침계천) : 큰물이 하늘에 미침. "침"은 물, "계"는 미치다. ▶ 陶鑄(도주) : 질그릇과 쇠로 만든 기물을 만듦. ▶ 分分然(분분연) : 소란스런 모양.

송나라 사람이 은(殷)나라 때의 예모(禮帽)를 팔려고 월나라에 갔다. 월나라 사람들은 머리카락을 자르고 문신을 했으므로 (그 예모를) 쓸 필요가 없었다. 요임금이 세상의 백성들을 다스리자 세상의 정사가 잘 다스려졌다. 이에 (요임금은) 저 먼 고야산(姑射山)과 분수(汾水)의 북쪽으로 네 명의 도사를 만나러 갔다. 요임금은 (그들을 보자) 멍하니 자신이 천자의 자리에 있다는 사실을 잊었다.

宋人資章甫而適諸越, 越人斷髮文身, 无所用之. 堯治天下之民, 平海内之政, 往見四子藐姑射之山, 汾水之陽, 窅然喪其天下焉.

해설

두 개의 이야기가 언급되고 있다. 앞부분은 송나라 사람이 은나라 때의 모자를 팔러 간 이야기이다. 아무리 귀한 물건도 모든 곳에서 똑같이 귀한 것이 아님을 말하고 있다. 이 말은 우리의 삶이나 지식이라는 것도 절대적으로 옳은 기준이 아니라는 점을 말한다. 뒤 부분은 요임금이 네 명의 도사를 만나러 간 이야기이다. 도사들을 만났을 때의 요임금의 표정이 흥미롭다. "멍하니 자신이 천자의 자리에 있다는 사실을 잊었다." 요임금은 [09] 단락에서 말한 신선 같이 사람들의 모습을 본 것은 아니었을까? 그들의 모습에서 요임금은 자신이 깨닫지 못한 새로운 느낌, 도의 기운을 봤던 것이다.

資(자) : 밑천으로 삼다. 甫(보) : 크다. 藐(막) : 아득하다. 射(야) : 산 이름. 汾(분) : 많고 성한 모양. 陽(양) : 북쪽. 窅(요) : 깊고 먼 모양.

▶ 資章甫(자장보) : 은나라 때의 예모(禮帽)를 팜. "자"는 팔다. "장보"는 은(殷)나라의 예모(禮帽)(李頤說). ▶ 諸(제) : ~에. "어(於)"와 통함. ▶ 越(월) : 나라이름. 지금의 절강성(浙江省) 소흥(紹興) 일대. ▶ 四子(사자) : 네 명의 도사. 사마표(司馬彪)의 주석에 의하면, 왕예(王倪)·설결(齧缺)·피의(被衣)·허유(許由)를 말함. ▶ 姑射之山(고야지산) : 고야산(姑射山)으로, 신선들이 산다는 산 이름. ▶ 汾水之陽(분수지양) : "분수"의 북쪽. "분수"는 황하의 지류로, 산서성(山西省)을 지나감. "양"은 강물의 북쪽이자 산의 남쪽을 말함. ▶ 窅然(요연) : 멍한 모양(林希逸說).

[11]

혜자(惠子)가 장자에게 말했다.

"위나라 임금께서 나에게 큰 박씨를 주셨네. 내가 이걸 심고 길러 5섬이나 되는 열매를 얻었네. (이것으로) 물을 담으려고 했네만 물의 무게를 이길 만큼 단단하지 않았네. 그래서 이걸 쪼개 바가지로 만들었지. 그런데 바가지가 너무 커서 이것에 넣을 물건이 없지 않겠는가. 이것이 크기만 컸지 쓸모가 없다고 여겨 부숴버렸네."

장자가 말했다.

"자네는 정말이지 큰 물건을 사용할 줄 모르구먼. 송나라 사람 중에 (겨울에) 손이 트지 않게 하는 약을 잘 만드는 사람이 있었지. 이 사람의 집안은 대대로 솜을 씻는 일을 했지. 길을 가던 사람이 이를 듣고 황금 100일(鎰)로 그 제조법을 사려 했네. 전 가족이 모여 의논했지. '우리 집안은 대대로 솜을 씻는 일을 했다. 허나 겨우 황금 몇 일(鎰)만 받을 뿐이다. 지금 하루아침에 이 기술을 팔면 100일의 황금을 받을 수 있으니, 넘기도록 하자.' 길을 가던 사람은 이 기술을 넘겨받아 오나라 임금을 설득했네. 이때 월나라가 오나라를 침공했지. 오나라 임금은 이 사람을 장수로 삼아 겨울에 월나라와 수전을 벌였네. 그 결과 월나라는 대패했네. (오나라 임금은) 그에게 땅을 하사하고 작위를 내려주었네. 겨울에 손을 트지 않게 해주는 것은 같았네만 누구는 작위를 받고, 누구는 솜을 씻는 일만 했네. 이는 사용하는 방법이 달랐기 때문일세. 자네는 지금 5섬이나 되는 큰 박을 갖고 있네. 어찌 (이것을 허리에) 매고 배로 삼아 강호를 떠다니지 않고, 그 박이 너무 커서 받아들일 곳이 없음을 걱정하는가? 자네의 생각이 꽉 막힌 것 같구먼."

해설

　　장자와 혜자(惠子)의 대화이다. 혜자는 장자와 논쟁을 주고받았던 절친한 친구이다. 혜자는 박이 물이 담을 수 있을 만큼 견고하지 않자 쪼개 바가지로 만들었다. 그런데 이 바가지는 너무 커서 물건을 넣을 수 없었다. 그래서 결국 바가지를 부숴버렸다. 장자는 손을 트지 않게 해주는 약을 예로 들어 그 쓰임새에 따라 크게 쓰일 수도 있고, 작게 쓰일 수도 있다고 했다. 그래서 장자는 혜자에게 그 큰 박이 쓸모가 없다고 한탄하지 말고 배로 삼아 강호를 노닐어 보라고 한다. 물건을 사용할 때 한쪽에만 집착해 제대로 쓰이지 못하는 경우가 있다. 장자는 쓰일 곳이 없다고 생각되는 것도 크게 쓰일 곳이 있음을 통렬하게 알려주고 있다.

惠子謂莊子曰：“魏王貽我大瓠之種, 我樹之成而實五石, 以盛水漿, 其堅不能自舉也；剖之以爲瓢, 則瓠落無所容. 非不呺然大也, 吾爲其無用而掊之.” 莊子曰：“夫子固拙於用大矣. 宋人有善爲不龜手之藥者, 世世以洴澼絖爲事. 客聞之, 請買其方以百金. 聚族而謀曰：‘我世世爲洴澼絖, 不過數金；今一朝而鬻技百金, 請與之.’ 客得之, 以説吳王. 越有難, 吳王使之將, 冬與越人水戰, 大敗越人, 裂地而封之. 能不龜手, 一也；或以封, 或不免於洴澼絖, 則所用之異也. 今子有五石之瓠, 何不慮以爲大樽而浮乎江湖, 而憂其瓠落無所容？ 則夫子猶有蓬之心也夫！”

貽(이)：주다. 瓠(호)：박. 種(종)：씨. 石(석)：섬(용량의 단위로 열 말). 漿(장)：미음. 剖(부)：쪼개다. 瓢(표)：(박으로 만든) 바가지, 그릇. 呺(효)：텅 비고 큰 모양. 掊(부)：치다. 拙(졸)：서투르다. 龜(균)：트다. 洴(병)：솜을 씻다. 澼(벽)：(솜을 물에 빨아) 표백하다. 絖(광)：솜. 鬻(육)：팔다. 説(세)：달래다. 慮(려)：생각하다. 樽(준)：술통. 蓬(봉)：쑥.

▶ 惠子(혜자)：장자의 친구. 성이 혜(惠)이고, 이름은 시(施)임. 양(梁)나라 혜왕(惠王)의 재상을 지낸 적이 있음. ▶ 魏王(위왕)：위나라 혜왕(惠王)을 말함. 성은 위(魏), 이름은 앵(罃)임. 위나라는 도읍을 대량(大梁)으로 옮겼기 때문에 양혜왕(梁惠王)이라고도 함. ▶ 石(석)：섬. 용량의 단위로 열 말에 해당. ▶ 瓢(표)：바가지. ▶ 瓠落(호락)：크고 빈 모양. 육덕명(陸德明)의 ≪경전석문(經傳釋文)≫에는 “양나라의 간문제는 ‘호락’은 ‘곽락’과 같다(簡文云：‘瓠落’猶‘廓落’也).”고 했다. “곽락(廓落)”은 크고 비어있는 의미. ▶ 呺然(효연)：텅 비고 큰 모양. ▶ 龜手(균수)：추울 때 손이 거북 등처럼 갈라지는 것. ▶ 洴澼絖(병벽광)：솜을 씻다. ▶ 百金(백금)：100일(鎰)의 황금. “금”은 고대의 화폐단위. 1일(鎰)은 황금 20량(兩)에 해당. ▶ 越有難(월유난)：월나라 군사가 오나라를 침략함. ▶ 慮(려)：묶다. 육덕

명의 ≪경전석문≫은 사마표(司馬彪)의 말을 인용해 "'려'는 '매다'는 의미이다(慮, 猶結綴也)."라고 했다. ▶ 大樽(대준) : 술통처럼 생겨서 몸에 차면 물 위를 떠다닐 수 있음. ▶ 有蓬之心(유봉지심) : 생각이 막히고 트이지 않음. 쑥은 작고 곧게 자라지 않아 이것으로 혜자의 마음에 비유함. "봉"은 쑥. ▶ 也夫(야부) : 어기사로 연용된 것임. "야"는 단정을 나타내고, "부"는 감탄을 나타냄.

[12]

혜자가 장자에게 말했다.

"나에게 사람들이 가죽나무라고 부르는 큰 나무가 있네. 혹이 얽혀있는 줄기는 먹줄로 잴 수 없고, 굽어있는 작은 가지들은 그림쇠와 곱자에 맞지 않네. 길가에서 자라는데도 거들떠보는 장인이 없지. 지금 자네의 말은 훌륭하나 쓸 곳이 없네. 그러니 사람들에게 외면 받는 걸세."

장자가 말했다.

"자네 삵과 족제비를 보지 못했나? 몸을 낮추고 엎드린 채 뛰어노는 것을 기다리지. 또 (이들은) 동과 서로 뛰며 낚아채네. 이때 큰 것과 작은 것을 가리지 않지. 그러다 덫에 걸리고, 그물에 빠져 죽지. 저 털이 긴 소는 하늘가의 구름처럼 크네. 이 소는 크다는 이점을 갖고 있으나 쥐를 잡지 못하지. 지금 자네는 큰 나무를 갖고도 쓸 곳이 없음을 걱정하네. 어찌 아무 것도 없는 곳이나 넓고 끝없는 들판에 (이 나무를) 심어놓고 그 옆에서 자연에 몸을 맡긴 채 거닐어보고, 그 아래에서 누워 잠을 자며 즐겨보지 않는가? 그러면 (그 나무는) 도끼에 베여 일찍 죽을 일도 없고, 사물에 의해 해를 입는 일도 없을 걸세. 쓸 곳이 없는데, 어찌 괴로운 일을 당하겠는가?"

해설

이 단락도 장자와 혜자의 대화이다. 이곳에서는 가죽나무를 예로 들고 있다. 혜자는 가죽나무는 큰 나무이나 줄기에 혹이 많고 가지는 굽어 있어 목재로서는 가치를 잃어 쓸 곳이 없다고 한다. 그러나 장자는 그것이야말로 가죽나무가 잘리지 않고 오래 살 수 있었던 이유라고 생각하였다. 가죽나무가 쓸모가 있어 사람들에게 일찌감치 잘렸더라면 오래 살 수도 없었을 뿐더러 시원한 그늘을 제공해줄 수 없었을 것이다. 오래 산 것과 시원한 그늘이야말로 장자가 말하는 쓸모없음(無用)의 큰 쓸모 있음(大用)인 것이다. 삵·족제비와 털이 긴 소의 비유도 이와 같은 맥락이다.

惠子謂莊子曰："吾有大樹, 人謂之樗. 其大本擁腫而不中繩墨, 其小枝卷曲而不中規矩, 立之塗, 匠者不顧. 今子之言, 大而無用, 衆所同去也." 莊子曰："子獨不見狸狌乎? 卑身而伏, 以候敖者；東西跳梁, 不辟高下；中於機辟, 死於罔罟. 今夫斄牛, 其大若垂天之雲. 此能爲大矣, 而不能執鼠. 今子有大樹, 患其无用, 何不樹之於无何有之鄕, 廣莫之野, 彷徨乎无爲其側, 逍遙乎寢臥其下. 不夭斤斧, 物无害者, 无所可用, 安所困苦哉!"

樗(저) : 가죽나무. 擁(옹) : 끼다, 안다. 腫(종) : 부스럼, 혹. 繩(승) : 줄, 먹줄. 狸(리) : 삵. 狌(성) : 족제비. 候(후) : 기다리다. 敖(오) : 놀다. 辟(피) : 비하다. 罔(망) : 그물. 罟(고) : 그물. 斄(리) : 털이 긴 소. 夭(요) : 일찍 죽다.

▶ 大本(대본) : 나무줄기. ▶ 中(중) : 들어맞음. ▶ 擁腫(옹종) : 혹이 얽혀있음. "옹"은 종(腫)과 통함. "종(腫)"은 혹. ▶ 繩墨(승묵) : 줄과 먹. ▶ 狸狌(이성) : 삵과 족제비. ▶ 卑身(비신) : 몸을 낮춤. ▶ 敖者(오자) : 뛰어다니며 노는 동물. "오"는 "오(遨)"와 통함. "오(遨)"는 놀다. ▶ 跳梁(도량) : 뛰며 (동물들을) 낚아챔. "량"은 "략(掠)"과 통함(蔣錫昌說). "략"은 약탈하다, 빼앗다. ▶ 不辟(불피) : 피하지 않음. "피"은 피(避)와 통함. ▶ 中於機辟(중어기벽) : 덫에 걸려듦. "기벽"은 덫. ▶ 罔罟(망고) : 그물. ▶ 今夫(금부) : 어기사로, 문두에 많이 옴. ▶ 斄牛(태우) : 털이 긴 소 ▶ 无何有之鄕(무하유지향) : 아무것도 없는 곳. "무"는 없다. ▶ 廣莫之野(광막지야) : 끝없고 고요한 들판. ▶ 彷徨(방황) : 자유로이 거님. ▶ 安(안) : 어찌. ▶ 困苦(곤고) : 괴로움.

제물론 齊物論

세상만물이 똑같음을 논함

〈백운동도, ≪장동팔경첩(壯洞八景帖)≫〉

겸재謙齋 정선鄭敾(1676~1759)

출처 : 국립중앙박물관

제물론齊物論
세상만물이 똑같음을 논함

해제

본편은 역대로 주석가들이 중국철학사의 최고봉으로 꼽을 만큼 심오한 사상을 담은 것으로 유명하다. "제물론(齊物論)"의 의미에 대해서는 두 가지 설이 있다. 첫째는 문장을 "제물"과 "론"으로 나누어 해석하는 경우이다. 이로 보면, "만물이 똑같음을 논함" 정도로 풀이할 수 있다. 둘째는 "제"와 "물론"으로 나누어 해석하는 경우이다. 이로 보면, "만물에 대한 논의를 정돈함"으로 풀이할 수 있다. "제"의 해석에서 차이가 있는데 전자는 "같다"로, 후자는 "정돈하다"로 본 것이다. 양자의 해석 모두 "제물론"의 주제와 부합되기 때문에 참고할 만하다.

본편은 내용상 세 가지로 나눌 수 있다. 첫째는 나에게는 참된 나(眞宰)가 있다는 것이다. 사물에 집착하는 나는 진정한 나가 아니라는 것이다. 사물에 집착하는 나를 잊을 때 참된 나를 만날 수 있다는 것이다. 둘째는 시비(是非)·유무(有無)·피차(彼此) 등은 도의 입장에서 보면, 모두 같다는 것이다. 그러므로 이를 위해 다투거나 집착할 필요가 없다고 하였다. 성인은 이를 따지기보다는 조절하며 어느 한쪽으로 치우치지 않는 자연의 섭리로 세상의 이런 구분들을 잠재운다고 하였다. 셋째는 도에 대해 말한 것이다. 장자는 사물을 구별을 하지 않고 사물의 고유한 쓰임새에 맡기고 따르는 것을 도라고 했다. 도란 이름 할 수 없으며, 도가 드러나면 그것은 이미 참된 도가 아니라고 하였다. 넷째는 지인(至人)과 성인(聖人)에 대해 말한 것이다 지인과 성인은 장자가 추구하는 가장 이상적인 사람들로, ≪소요유≫에 나왔던 "신인(神人)"과 대등하다. 장자는 이들을 일절의 기준을 초월하고 자연의 경지에서 노니는 사람들이라고 했다.

[01]

　　남곽자기(南郭子綦)가 안석에 기대고 앉아 위를 보며 천천히 숨을 내쉬었
다. (그 모습이) 정신이 육신을 떠난 듯했다. 앞에서 시립해있던 안성자유(顔
成子游)가 물었다.

　　"어찌 된 것인지요? 육신을 말라죽은 나무처럼 부리시고, 마음을 꺼진
재처럼 부리시는 것이요? 지금 안석에 기댄 모습은 예전에 안석에 기댄 모
습과 다르십니다."

　　자기가 말했다.

　　"언(偃)아, 좋은 질문을 하였구나! 지금 나는 (사물에 집착하는) 나를 잊었
느니라. 너는 이 말의 의미를 알겠느냐? 너는 사람이 불어내는 소리는 들었
어도, 땅이 불어내는 소리는 듣지 못했을 것이다. 너는 땅이 불어내는 소리
는 들었어도, 하늘이 불어내는 소리는 듣지 못했을 것이다!"

　　자유가 말했다.

　　"그 까닭을 여쭙겠습니다."

　　자기가 말했다.

　　"대지가 내쉬는 숨을 바람이라 하지. 바람은 불지 않으면 그뿐이다. (그
러나 일단) 불기 시작하면, 무수한 구멍들을 성난 듯 울부짖게 만들지. 너
는 멀리서 불어오는 바람소리를 듣지 못했느냐? 산세가 높고 험한 곳의
100아름이나 되는 큰 나무의 구멍은 코 같은 것도 있고, 입 같은 것도 있
고, 귀 같은 것도 있고, 목이 긴 병 같은 것도 있고, 술잔 같은 것도 있고,
절구 같은 것도 있고, 깊은 연못 같은 것도 있고, 얕은 웅덩이 같은 것도
있지. (이 구멍으로) 물이 세차게 흐르는 소리, 화살이 날아가는 소리, 꾸짖
는 소리, 숨 쉬는 소리, 외치는 소리, 울부짖는 소리, 깊은 굴을 지나며 소
리, 애절한 소리가 나온다. 앞에서 휘잉 하면, 뒤에서 웅웅 한다. 작은 바람
은 작게 따라하고, 큰 바람은 크게 따라한다. 사나운 바람이 잦아들면, 모

든 구멍들이 조용해지지. 너는 (바람이 지나간 후) 초목들이 크고 작게 흔들리는 것을 보지 못했느냐?"

자유가 말했다.

"땅이 불어내는 소리는 각종 구멍에서 나는 소리이고, 사람이 불어내는 소리는 피리에서 나는 것입니다. 하늘이 불어내는 소리를 여쭙겠습니다."

자기가 말했다.

"하늘이 불어내는 소리란 이런 것이다. (바람이) 무수한 구멍들을 불면 (그 구멍들은) 제각기 다른 소리를 내지. 그 구멍들이 자신만의 소리를 갖는 것은 전적으로 구멍들의 원래 모습으로 결정되지. 그러니 누가 (구멍들을) 성난 듯 울부짖게 할 수 있겠느냐?"

해설

《소요유》 [01]에서는 북명(北冥)으로 시작했고, 이곳에서는 "남곽자기(南郭子綦)"로 시작하여 북(北)과 남(南)이 대조를 이루고 있다. 또 《소요유》 [01] 단락이 곤이 붕새로 변하는 외형적 변화를 말했다면, 이 단락은 내면적 변화를 말하고 있다. 단락은 남곽자기와 제자인 안성자유의 대화로 시작된다. 대화의 핵심은 남곽자기가 "나는 나를 잊었다"라고 하는 부분이다. 앞의 "나"는 참된 나(眞我)를 말하고, 뒤의 "나"는 사물에 집착하는 나를 말한다. 이 말은 현실세계의 속박으로부터 벗어나 자유로운 존재가 되었다는 의미이다. 장자는 이를 바람과 사물들의 구멍을 예로 들어 설명한다. 사물의 구멍은 모두 제각각이다. 바람의 세기와 구멍의 크기와 모양에 따라 구멍들이 내는 소리는 달라진다. 소리들은 누가 인위적으로 제약을 가해 나오는 것이 아닌 자신의 고유한 모양에 따라 나온다. 참된 나도 인위적인 제한을 떠나야 만날 수 있음을 장자는 웅변하고 있다.

南郭子綦隱机而坐, 仰天而噓, 苔焉似喪其耦. 顏成子游立侍乎前, 曰: "何居乎? 形固可使如槁木, 而心固可使如死灰乎? 今之隱机者, 非昔之隱机者也." 子綦曰: "偃, 不亦善乎, 而問之也! 今者吾喪我, 汝知之乎? 女聞人籟而未聞地籟; 汝聞地籟而未聞天籟夫!" 子游曰: "敢問其方." 子綦曰: "夫大塊噫氣,

其名爲風. 是唯無作, 作則萬竅怒呺. 而獨不聞之翏翏乎? 山陵之畏佳, 大木百
圍之竅穴, 似鼻, 似口, 似耳, 似枅, 似圈, 似臼, 似洼者, 似污者 ; 激者, 謞者,
叱者, 吸者, 叫者, 譹者, 宎者, 咬者. 前者唱于而隨者唱喁. 泠風則小和, 飄風
則大和, 厲風濟則衆竅爲虛. 而獨不見之調調之刁刁乎?" 子游曰 : "地籟則衆
竅是已, 人籟則比竹是已. 敢問天籟." 子綦曰 : "夫天籟者, 吹萬不同, 而使其
自己也, 咸其自取, 怒者其誰邪!"

綦(기) : 연둣빛 비단. 噓(허) : 불다. 荅(답) : 대답하다. 耦(우) : 짝. 槁(고) : 마르다.
籟(뢰) : 세 구멍 퉁소, 소리. 塊(괴) : 흙. 噫(희) : 하품하다. 竅(규) : 구멍. 呺(효) : 부
르짖다. 翏(료) : 바람소리. 佳(추) : 새. 圍(위) : 둘레. 臼(구) : 절구. 洼(와) : 웅덩이.
謞(학) : 부르짖다. 叱(질) : 꾸짖다. 譹(호) : 부르짖으며 울다. 宎(요) : 바람이 굴속
을 지날 때 나는 소리. 喁(옹) : 숨 쉬다. 厲(려) : 갈다. 刁(조) : 흔들리어 움직이는
모양.

▶ 南郭子綦(남곽자기) : "자기"는 인명. "남곽"은 남쪽 외성 밖에 살기 때문에 붙은 일
종의 호(號). ▶ 隱机(은기) : 안석에 기댐. "은"은 기대다. "기"는 안석. ▶ 噓(허) : 불
다. 이곳에서는 숨을 천천히 내쉬는 것을 의미. ▶ 荅焉(답언) : 서로 잊은 모습(林雲
銘説). ▶ 似喪其耦(사상기우) : 그 짝을 잃은 듯함. 이곳에서는 정신이 육체를 떠난
것을 의미. ▶ 顏成子游(안성자유) : 남곽자기의 제자. 성이 안성(顏成)이고, 이름은
언(偃), 자는 자유(子游)이다. ▶ 何居(하거) : 어찌 된 까닭인가? "하고(何故)"의 의
미. ▶ 偃(언) : 안성자유(顏成子游)의 이름. ▶ 而(이) : 너(2인칭). "이(爾)"와 통함.
▶ 吾喪我(오상아) : 내가 나를 잃음. "오"는 참된 나를 의미. "아"는 사물에 집착하
는 나를 의미. ▶ 人籟(인뢰) : 사람이 피리나 퉁소 같은 악기로 불어 내는 소리.
▶ 地籟(지뢰) : 바람이 각종 구멍을 불며 내는 소리. ▶ 天籟(천뢰) : 만물이 각자의
자연 상태에서 내는 소리. ▶ 大塊(대괴) : 대지. ▶ 噫氣(희기) : 숨을 내쉼. ▶ 無作
(무작) : (바람이) 일지 않음. ▶ 怒呺(노효) : 성난 듯 울부짖음. "호"는 "호(號)"와 통
함. ▶ 翏翏(료료) : 멀리서 불어오는 바람 소리. 마서륜은 《장자의증(莊子義證)》에
서 "'료'는 '료'를 줄여서 쓴 글자이다('翏'爲'飂'省)"라고 했음. "료(飂)"는 높이 부
는 바람. ▶ 畏佳(외추) : 산세가 높고 험함. "최외(崔嵬)"와 통함. ▶ 竅穴(규혈) : 구
멍. ▶ 枅(계) : 목이 긴 술병. "형(鈃)"과 통함. ▶ 圈(권) : 술잔. ▶ 洼(와) : 깊은 웅덩
이. 이곳에서는 깊은 구멍을 의미. ▶ 污(오) : 얕은 웅덩이. 이곳에서는 얕은 구멍을
의미. 마서륜은 "오(洿)"가 되어야 한다고 했음. ▶ 謞(학) : 화살이 날아가는 소리(陸

德明說). ▶ 实(요) : 바람이 굴을 지나갈 때 나는 소리. ▶ 咬(교) : 애절한 소리(成玄
英說). ▶ 唱于(창우) : 휘잉 하고 노래함. "우"는 바람소리를 나타내는 의성어. ▶ 唱
喁(창옹) : 웅웅 하고 노래함. "옹"은 바람소리를 나타내는 의성어. ▶ 冷風(영풍) :
작은 바람(李頤說). ▶ 飄風(표풍) : 회오리바람. ▶ 厲風(여풍) : 강한 바람(郭象說).
▶ 濟(제) : 그치다(郭象說). ▶ 調調(조조) : 나뭇가지가 크게 흔들리는 모습(胡文英
說). ▶ ㅋㅋ(조조) : 나뭇잎이 살짝 흔들리는 모습(胡文英說). ▶ 比竹(비죽) : 퉁소나
피리 같은 대나무로 만든 악기.

[02]

　큰 앎은 광대한 것이고, 작은 앎은 세밀한 것이다. 큰 말은 강렬한 것이
고, 작은 말은 소란스러운 것이다. (작은 앎을 갖거나 작은 말을 하는 자들
은) 잠을 잘 때 정신이 혼란스럽고, 깨어 있을 때 육신이 편치 않다. 또 그
들은 사물을 봐도 알지 못하며, 매일 심적 갈등을 겪는다. (이런 자들 중에
는) 느긋하게 말하는 자도 있고, 곤경에 빠뜨리려고 말하는 자도 있고, 신
중하게 말하는 자도 있다. 작은 공포로 (사람을) 벌벌 떨게 하고, 큰 공포로
(사람의) 혼을 다 빼놓는다. (이런 자들이) 말할 때는 화살을 쏘는 것처럼
(재빠르게 상대의) 옳고 그름을 살핀다. 말하지 않을 때는 신께 맹세한 것
처럼 (가만히 있다가 상대를) 제압할 기회를 기다린다. (때문에) 이들(의 정
신)은 가을과 겨울의 황량한 모습처럼 쇠락해간다. 이는 나날이 소멸되어
감을 의미한다. 또 이들은 자신이 하는 일에 빠지기 때문에 인간 본연의 모
습을 되찾지 못한다. 이들(의 마음)은 봉해진 상자 안처럼 꽉 막혀있다. 이
는 시간이 지날수록 사라져 감을 의미한다. 죽음에 가까워진 마음은 충만
한 기운을 되찾을 수 없다. (이런 자들은) 기뻐하고, 노하고, 슬퍼하고, 즐거
워하고, 걱정하고, 탄식하고, 변덕부리고, 두려워하고, 짜증내고, 방종하고,
허세부리고, 작태를 부리기도 한다. (그러나 이런 모습들은) 공허한 곳에서
음악이 나오고, 땅의 기운이 증발되어 곰팡이가 나오는 것과 같다. 우리 앞
에 밤낮으로 돌아가며 나타나나 이런 (변화무상한) 감정이 어디서 생기는지

모른다. 말해 뭐하나! 차라리 관두자! 하루아침에 이를 깨달으면, 그것이 어떻게 생겨나는 것인지 알 수 있을 터인데!

해설

[01] 단락과 연결되어 있다. [01] 단락에서는 바람과 구멍을 예로 어떤 인위적인 것을 가하지 않아야 참된 나를 만날 수 있다고 했다면, 이곳에서는 사람의 앎과 말이 참된 나를 상실시킬 수 있음을 말하고 있다. 장자는 말을 하는 자들은 여러 가지 수단을 사용해 사람을 미혹시키고 함정에 빠뜨리고 두려움에 떨게 한다고 했다. 이들은 이런 것들로 인해 정신은 쇠락하고 이로 인간이 갖고 있는 본연의 모습을 상실하게 된다고 했다.

大知閑閑, 小知間間；大言炎炎, 小言詹詹. 其寐也魂交, 其覺也形開, 與接爲搆, 日以心鬪. 縵者, 窖者, 密者. 小恐惴惴, 大恐縵縵. 其發若機栝, 其司是非之謂也；其留如詛盟, 其守勝之謂也；其殺若秋冬, 以言其日消也；其溺之所爲之, 不可使復之也；其厭也如緘, 以言其老洫也；近死之心, 莫使復陽也. 喜怒哀樂, 慮嘆變慹, 姚佚啓態. 樂出虛, 蒸成菌. 日夜相代乎前, 而莫知其所萌. 已乎, 已乎! 旦暮得此, 其所由以生乎!

炎(염) : 불타다. 詹(첨) : 수다스럽다. 搆(구) : 이해하지 못하다. 鬪(투) : 다투다. 縵(만) : 무늬 없는 비단. 窖(교) : 구멍. 惴(췌) : 두려워하다. 機(기) : 쇠뇌의 화살을 재는 곳. 栝(괄) : 화살꼬리. 詛(저) : 맹세하다. 溺(익) : 빠지다. 緘(함) : 봉하다. 洫(혁) : 봇도랑. 慹(집) : 두려워하다. 姚(요) : 예쁘다. 佚(일) : 편안하다. 蒸(증) : 찌다.

▶閑閑(한한) : 넓고 큰 모양(陸德明說). ▶間間(한한) : 세밀한 모양. ▶炎炎(염염) : 강렬함(成玄英說). ▶詹詹(첨첨) : 말이 많음. ▶魂交(혼교) : 정신이 혼란함. ▶形開(형개) : 육신이 편치 않음. ▶與接爲搆(여접위구) : 외부사물을 접촉해도 분명하게 이해하지 못함. ▶縵者(만자) : 천천히 말하는 자. "만"은 "만慢"과 통함. ▶窖者(교자) : 함정에 빠뜨리려고 말하는 자. ▶密者(밀자) : 신중하고 조심스럽게 말하는 자. ▶惴惴(췌췌) : 두려워 벌벌 떠는 모양. ▶縵縵(만만) : 정신이 나간 모양. ▶機栝(기괄) : 쇠뇌 위에 올린 화살. 이곳에서는 화살을 쏘는 의미. ▶司(사) : 엿봄. "사

(伺)"와 통함. ▶殺(살) : 쇠락함. "쇠(衰)"와 통함. ▶秋冬(추동) : 가을과 겨울의 황량한 풍경. ▶其溺之所爲之(기익지소위지) : 자신들이 하는 것에 빠짐. 앞쪽의 "지"는 "어(於)"가 되어야 함(吳汝綸說). ▶不可使復之(불가사복지) : 그들로 하여금 인간 본연의 모습을 되찾을 수 없게 함. ▶其厭也如緘(기염야여함) : 봉해진 상자처럼 막혀있음. "염"은 막히다, 닫히다. "함"은 봉해진 상자. ▶老洫(노혁) : 오래될수록 고갈되어감. "혁"은 고갈되다(黃鋐鐵說). ▶復陽(복양) : 생기 내지 활력을 되찾음. ▶姚(요) : 짜증냄(成玄英說). ▶佚(일) : 방종함(成玄英說). ▶啓(계) : 허세를 부림. ▶態(태) : 작태를 부림. ▶此(차) : 앞에서 언급한 여러 가지 변화무쌍한 감정들을 말함(陳鼓應說).

[03]

저것(이런 변화무쌍한 감정들)이 없으면 내가 없고, 내가 없으면 (저것은) 의지할 곳이 없다. 이는 (나와 저것이) 가깝다는 것이다. 그러나 누구에 의해 그렇게 되는지 알 수 없다. 참된 나(眞宰)가 있는 것 같은데, 그 단서를 찾을 수 없다. 그러나 (참된 나가) 작용하는 것으로 보아 (그것이 있다는 것은) 믿을 수 있다. (우리가) 참된 나의 모습을 볼 수 없는 것은 실제로 존재하나 형체가 없기 때문이다.

(우리 몸에는) 백 개의 뼈·아홉 개의 구멍·여섯 개의 장기(臟器)가 있다. (이들 중) 나는 어느 기관과 가까울까? 당신은 (이들을) 모두 좋아하는가? 아니면 일부분만 좋아하는가? 이들이 동등하다면, 모두를 (부릴 수 있는) 신하나 첩으로 여기는가? 신하와 첩이라면, (부림을 받기 때문에) 서로 다스릴 수 없지 않겠는가? 아니면 서로 번갈아가며 임금과 신하가 되는 것인가? 그도 아니면 참된 나(眞君)가 존재하는 것인가? 참된 나의 실체를 알았든 몰랐든, 그 참된 나에게는 더해지는 것도 줄어드는 것도 없다.

(사람이) 일단 완전한 육신을 갖추면, 변화에 응하지 말고 (육신이) 다하기를 기다려야 한다. 사람들과 갈등을 일으키고, 질주하듯 나아가서는 멈출 줄 모른다. 이 어찌 슬픈 일이 아닌가! 평생을 고생해도 공적 하나 세우지 못하고, 병들어 괴로워하며 어디로 가야 할지 모른다. 이 어찌 애통할 일이

아닌가! 사람들이 죽지 않는다고 한들, 무슨 득이 있겠는가! 형체가 사라지면, 그 마음도 따라 사라진다. 이 어찌 너무 슬프지 않는가? 사람의 삶이란 본시 이렇게 무지한 것인가? (아니면) 나만 무지하고, 다른 이들은 무지하지 않는 것인가?

해설

참된 나와 우리 몸과의 관계에 대해 설명하고 있다. 장자는 우리 몸에 참된 나가 있지만 말로 형용할 수도 눈으로 볼 수도 없다고 했다. 다만 그것의 작용으로 참된 나가 존재한다는 것을 알 수 있다고 했다. 장자는 사람들이 참된 나를 지키지 않고 갈등을 일으키며 명예와 공적을 추구해서는 안 된다고 했다.

非彼無我, 非我無所取. 是亦近矣, 而不知其所爲使. 若有眞宰, 而特不得其眹. 可行已信；而不見其形, 有情而無形. 百骸, 九竅, 六藏, 賅而存焉, 吾誰與爲親? 汝皆說之乎? 其有私焉? 如是皆有爲臣妾乎? 其臣妾不足以相治乎? 其遞相爲君臣乎? 其有眞君存焉? 如求得其情與不得, 無益損乎其眞. 一受其成形, 不化以待盡. 與物相刃相靡, 其行進如馳, 而莫之能止, 不亦悲乎! 終身役役而不見其成功, 茶然疲役而不知其所歸, 可不哀邪! 人謂之不死, 奚益! 其形化, 其心與之然, 可不謂大哀乎? 人之生也, 固若是芒乎? 其我獨芒, 而人亦有不芒者乎?

宰(재) : 주관하다. 眹(진) : 조짐. 骸(해) : 뼈. 賅(해) : 갖추어지다. 遞(체) : 번갈아. 刃(인) : 베다. 靡(미) : 쓰러지다. 馳(치) : 질주하다. 茶(날) : 나른하다. 奚(해) : 어찌.

▶彼(피) : 저것. "저것"이 가리키는 것에 대해서는 "자연"이라는 설(郭象說)과 [02] 단락의 끝부분에 나오는 "이런 변화무쌍한 감정들(此)"로 보는 설(宣穎說)이 있다. 본서는 후자의 설을 따랐음. ▶取(취) : 의지함(蔣錫昌說). ▶眞宰(진재) : 참된 나(眞我). ▶眹(진) : (참된 나가 존재한다는) 조짐 내지 징조. ▶可行已信(가행이신) : 작용해서 믿을 수 있음. ▶有情(유정) : 실제로 존재하는 것. "정"은 실제, 사실. ▶六藏(육장) : 여섯 개의 장기(臟器). "장"은 "장(臟)"과 통함. ▶說(열) : 좋아하다.

▶私(사) : 편애하다. ▶眞君(진군) : 참된 나. 앞의 "진재(眞宰)"와 같은 의미(陳鼓應說). ▶不化(불화) : 변화에 응하지 않음(劉師培說). ▶相刃(상인) : 서로 벰, 서로 죽임. ▶相靡(상미) : 서로 마찰을 일으킴, 서로 분란을 일으킴. "미"는 "마(礳)"의 가차자. ▶役役(역역) : 고생하는 모양, 수고하는 모양. ▶茶然(날연) : 병들고 괴로운 모양. ▶芒(망) : 무지하다. 마서륜(馬敍倫)은 "'망'은 '몽'을 가차한 것이다('芒'借爲'懞')."라고 했다. "몽(懞)"은 무지하다.

[04]

이미 갖고 있는 마음을 (시비를 판단하는) 기준으로 삼는다면, 누군들 기준으로 삼을 것이 없겠는가? 어찌 변화를 알고 마음으로 취하는 자만이 이를 갖고 있겠는가? 어리석은 사람도 이런 기준을 갖고 있다. 이미 갖고 있는 마음이 없는데 시비가 생기는 것은 오늘 월나라에 가면서 어제 (월나라에) 도착했다고 하는 것과 같다. 이는 있을 수 없는 일을 있을 수 있는 일로 본 것이다. 있을 수 없는 일을 있을 수 있는 일로 보는 것은 신명한 우(禹)임금이라도 알 수 없는데, 내가 어찌 알 수 있겠는가!

(인위적인) 말은 (자연적으로) 부는 바람과 다르다. 말하는 자는 그 나름의 주장이 있다. (그러나) 그가 하는 말은 기준이 될 수 없다. 그렇다면 과연 말한 것일까? 말하지 않은 것일까? 이들은 (자신들의 말이) 알에서 나오려고 아기 새의 울음소리와 다르다고 여긴다. 차이가 있는 것일까? 차이가 없는 것일까?

도는 어떻게 가려져서 참과 거짓이 생기는 것일까? 말은 어떻게 가려져서 옳고 그름이 생기는 것일까? 도는 왜 어디를 가든 존재하지 않는 것일까? 말은 왜 존재하지만 안 되는 것일까? 도는 작은 성취에 묻히고, 말은 화려함에 묻힌다. 때문에 유가와 묵가는 시비논쟁을 벌였다. 이들은 각자의 잘못된 점을 갖고 각자의 옳은 점을 비난했다. 각자의 잘못된 점을 갖고 각자의 옳은 점을 비난하는 것은 마음을 비우고 차분히 보는 것(以明)만 못하다.

해설

　마음을 비우고 차분히 보는 "이명(以明)"의 경지를 말하고 있다. 사람들은 자신의 가치기준이나 주장이 절대적으로 옳다는 믿음을 갖고 있다. 그러나 장자는 이를 부정한다. 과연 옳은 것인가? 장자는 그들의 주장은 절대적 기준이 될 수 없다고 했다. 그렇다면 과연 이것이 주장한 것일까? 결국 사람들의 주장은 도를 가리고 서로를 격렬하게 비난하게 된다. 장자는 이럴 바에는 마음을 비우고 차분히 보는 것만 못하다고 말한다.

夫隨其成心而師之, 誰獨且无師乎? 奚必知代而心自取者有之? 愚者與有焉. 未成乎心而有是非, 是今日適越而昔至也. 是以無有爲有. 無有爲有, 雖有神禹, 且不能知, 吾獨且奈何哉! 夫言非吹也, 言者有言, 其所言者特未定也. 果有言邪? 其未嘗有言邪? 其以爲異於鷇音, 亦有辯乎, 其無辯乎? 道惡乎隱而有眞僞? 言惡乎隱而有是非? 道惡乎往而不存? 言惡乎存而不可? 道隱於小成, 言隱於榮華. 故有儒墨之是非, 以是其所非而非其所是. 欲是其所非而非其所是, 則莫若以明.

　隨(수) : 따르다. 无(무) : 없다. 奈(내) : 어찌. 鷇(구) : 새 새끼. 隱(은) : 숨다.

　▶ 成心(성심) : 이미 갖고 있는 마음, 즉 마음에 이미 들어선 가치관이나 생각.
　▶ 師(사) : (법도로) 본받음. ▶ 且(차) : 어조사로, 의미가 없음. ▶ 知代(지대) : 변화의 이치를 앎(林希逸說). "대"는 변화. ▶ 神禹(신우) : 신명한 우 임금. ▶ 奈何(내하) : 어찌 ~하겠는가. ▶ 言非吹(언비취) : 말은 바람이 부는 것과 다름. 말은 이미 갖고 있는 마음에서 나오고, 바람은 자연에서 나온다는 의미. ▶ 未定(미정) : 기준이 되지 못함. ▶ 鷇音(구음) : 아기 새가 알에서 나올 때 내는 울음소리. ▶ 辯(변) : 차이. "변(辨)"과 통함. ▶ 小成(소성) : 작은 성취. ▶ 榮華(영화) : 화려함. ▶ 莫若以明(막약이명) : 마음을 비우고 차분하게 보는 것만 못함. "막약"은 ~만 못하다. "이명"은 마음을 비우고 차분하게 봄(榮思光說). 또 청나라 사람 왕선겸(王先謙)은 "본연의 밝음으로 비춤(以本然之明照之)."이라고 했음.

[05]

  사물은 저것이 아닌 것이 없고, 사물은 이것이 아닌 것이 없다. 저것에서 (보면 이것이) 보이지 않고, 이것에서 (보면) 알 수 있다. 그래서 저것은 이 것에서 나오고, 이것 역시 저것에 기인한다고 말한다. 이는 저것과 이것은 함께 생겨남을 말하는 것이다. 그러하나 함께 생기고 함께 사라지며, 함께 사라지고 함께 생기는 것이다. 함께 될 수 있고 함께 될 수 없으며, 함께 될 수 없고 함께 될 수 있는 것이다. 옳음이 있으면 그름이 있고, 그름이 있으면 옳음이 있다. 때문에 성인은 (시비가 대립하는) 길을 가지 않고, 사 물이 갖고 있는 본연의 모습을 관조한다. 이 역시 사물이 갖고 있는 본연의 모습을 따른 것이다.

  이것 역시 저것이고, 저것 역시 이것이다. 저것 역시 저것대로 시비가 있 고, 이것 역시 이것대로 시비가 있다. 저것과 이것은 과연 차이가 있을까? 저것과 이것은 과연 차이가 없을까? 이것과 저것이 양립하지 못하게 (하나 로) 만드는 것이 도의 지도리(관건)이다. (문에는 문지도리가 가장 중요하듯 말이다.) 문지도리가 (문)고리에 들어맞으면, (문을) 아무리 여닫아도 문제가 생기지 않는다. 옳음도 끝이 없고, 그름도 끝이 없다. 그래서 마음을 비우 고 차분히 보는 것만 못한 것이다.

해설

  이것과 저것, 옳고 그름은 따로 구분이 있는 것이 아니다. 이것에서 저것이 나오고 저것에서 이것이 나오며, 옳음에서 그름이 나오고 그름에서 옳음이 나오기 때문이다. 때문에 성인은 이를 억지로 구분하려 하지 않고 사물이 갖고 있는 본연의 모습을 관 조한다. 그래서 장자는 이것과 저것이 양립하지 못하게 하는 것이 도의 지도리, 즉 도 의 관건이라고 했다.

  物无非彼, 物无非是. 自彼則不見, 自是則知之. 故曰彼出於是, 是亦因彼. 彼是方生之説也, 雖然, 方生方死, 方死方生 ; 方可方不可, 方不可方可 ; 因是因非, 因非因是. 是以聖人不由, 而照之於天, 亦因是也. 是亦彼也, 彼亦是也. 彼亦一是非, 此亦一是非. 果且有彼是乎哉? 果且无彼是乎哉? 彼是莫得其偶, 謂之道樞. 樞始得其環中, 以應无窮. 是亦一无窮, 非亦一无窮也. 故曰莫若以明.

偶(우) : 짝. 樞(추) : 문지도리, 근본. 環(환) : 고리.

▶ 是(시) : 이(지시대명사). "차(此)"의미. ▶ 彼是方生(피시방생) : 이것과 저것은 함께 생겨남. 즉, 함께 존재하고 함께 대립한다는 의미. "방"은 "병(幷)"의 의미(張默生說). ▶ 不由(불유) : 가지 않음. 즉, 시비가 대립되는 길을 가지 않는다는 의미. ▶ 照之於天(조지어천) : 사물이 갖고 있는 본연의 모습을 관조함. "천"은 사물 본연의 모습. ▶ 亦因是也(역인시야) : 이 역시 사물이 갖고 있는 본연의 모습을 따른 것. "시"는 앞 문장의 "사물이 갖고 있는 본연의 모습(天)"을 가리킴. ▶ 且(차) : 어조사로, 의미가 없음. ▶ 彼是莫得其偶(피시막득기우) : 이것과 저것이 짝이 된다는 것은 두 개의 개념이 양립한다는 의미. 장자는 만물은 모두 같다고 생각하는 입장이기 때문에 이것과 저것의 양립은 진정한 의미의 도가 아니라고 생각함. 따라서 이것과 저것은 차이가 없이 같아져야 도라고 할 수 있는데 이는 이것과 저것이 서로 양립되지 않는, 즉 짝이 되지 않아야 함을 말함. ▶ 道樞(도추) : "추"는 문짝을 여닫을 때 문짝이 달려있게 하는 물건으로, 문을 여닫을 때 사용되는 중요한 부품이다. 따라서 "도추"라는 말은 도에서 있어서 가장 중요한 부분 내지 핵심이라는 의미로 볼 수 있음.

[06]

(엄지) 손가락으로 (엄지) 손가락이 손가락이 아님을 말하는 것은 (엄지) 손가락이 아닌 것으로 (엄지) 손가락이 손가락이 아님을 설명하는 것만 못하다. (흰) 말로 (흰) 말이 말이 아님을 설명하는 것은 (흰) 말이 아닌 것으로 (흰) 말이 말이 아님을 설명하는 것만 못하다.

(세상만물이 모두 같다고 보면,) 천지는 손가락과 같고, 만물은 말과 같은 것이다. (서로 간에는 어떤 차이도 없다.)

해설

어떤 하나의 사물을 설명할 때 그 사물을 설명하는 가장 좋은 방법은 같은 종류를 예로 들어 설명하는 것보다 다른 사물을 예로 들어 설명하는 것이 더 알기 쉽다. 위의 예처럼 엄지손가락으로 엄지손가락이 아님을 증명하려 할 때는 혼동의 여지가 있다. 왜냐하면 둘 다 엄지손가락이기 때문이다. 그런데 다른 손가락으로 엄지손가락이 아님을 증명한다면 더 분명하게 증명할 수 있다. 왜냐하면 다른 손가락들은 엄지손가락이 아닌 것이 분명하기 때문이다. 말과 흰 말도 마찬가지일 것이다. 그러나 사물이 모두 같다고 한다면 천지와 손가락, 만물과 말은 모두 같은 존재가 된다.

以指喩指之非指, 不若以非指喩指之非指也 ; 以馬喩馬之非馬, 不若以非馬喩馬之非馬也.

天地一指也, 萬物一馬也.

▶ 喩(유) : 설명하다.

[07]

길은 사람들이 다녀서 생기고, 사물은 사람들이 불러서 인식된다. 될 수 있는 것은 될 수 있는 그 나름의 이유가 있고, 될 수 없는 것은 될 수 없는 그 나름의 이유가 있다. 그렇게 되는 것은 그렇게 되는 그 나름의 이유가 있고, 그렇게 되지 않는 것은 그렇게 되지 않는 그 나름의 이유가 있다. 왜 그렇게 될까? 나름대로 그렇게 되는 이유가 있어서이다. 왜 그렇지 않을까? 나름대로 그렇게 되지 않는 이유가 있어서이다. 왜 될 수 있을까? 나름대로 될 수 있는 이유가 있어서이다. 왜 될 수 없을까? 나름대로 될 수 없는 이유가 있어서이다. 사물에는 본시 그러함이 있고, 사물에는 본시 될 수 있음이 있다. 그렇게 되지 않는 사물은 없고, 될 수 없는 사물은 없다. 그래서 (작은) 풀줄기와 (거대한) 나무기둥, 문둥병에 걸린 여인과 아름다운 서시(西施), 기기괴괴한 것들은 도의 입장에서 보면 하나로 통한다. 만물은 나누어지면 합해지고, 합해지면 소멸된다. 그래서 만물은 합해지거나 소멸되지 않고, 다시 하나로 돌아온다.

세상의 이치를 터득한 사람만이 (만물은) 하나로 통한다는 것을 안다. 이 때문에 (세상이치를 터득한 사람은 구별을) 하지 않고 사물의 고유한 쓰임새에 맡긴다. 이것이 자연에 맡기는 것이다. 이를 따르게 되면, 그것이 왜 그렇게 되는지를 모른다. 이를 도(道)라 한다.

(사람들은) 마음을 수고롭게 하여 (이) 하나 됨을 찾으나 (그들은) 만물은 본시 (차이가 없는) 같은 것임을 모른다. 이는 "조삼모사(朝三暮四)" 이야기와 같다. "조삼모사"란 어떤 이야기일까? 원숭이를 기르는 사람이 (원숭이들에게) 도토리를 주며 "아침에 세 개, 저녁에 네 개를 주마."라고 하자, 원숭이들은 화를 냈다. 그가 다시 "그러면 아침에 네 개, 저녁에 세 개를 주마."라고 하자, 원숭이들은 기뻐했다. 명분과 실리를 잃지 않고도 (원숭이들의) 기뻐하고 화내는 것이 달라졌다. 이 역시 원숭이 특유의 마음을 따른 것이다. 때문에 성인은 시비를 (따지기보다는) 조절하며, 어느 한쪽으로도 치우치지 않는 자연의 섭리(天鈞)로 (세상의 시비를) 잠재운다. 이것을 "양쪽을 아우른다(兩行)."라고 한다.

해설

양쪽을 아우르는 "양행(兩行)"의 경지를 설명하고 있다. "양쪽을 아우르는" 것은 대치되는 양쪽을 모두 아울러 시비를 잠재우는 것을 말한다. 장자는 그 예로 "조삼모사(朝三暮四)" 이야기를 예로 들었다. 성내는 원숭이와 시비를 따지지 않고 그들의 습성을 이용해 도토리의 양을 조절하고 그들의 요구를 만족시켜준다. 이럴 경우 원숭이를 기르는 사람과 원숭이는 둘 다 만족하게 된다. "양행"이란 이처럼 시비를 따지기보다는 조절을 통해 시비를 잠재우는 것을 말한다.

道行之而成, 物謂之而然. 有自也而可, 有自也而不可. 有自也而然, 有自也而不然. 惡乎然? 然於然. 惡乎不然? 不然於不然. 惡乎可? 可於可. 惡乎不可?

不可於不可. 物固有所然, 物固有所可. 無物不然, 無物不可. 故爲是擧莛與楹,
厲與西施, 恢恑憰怪, 道通爲一. 其分也, 成也; 其成也, 毁也. 凡物無成與毁,
復通爲一. 唯達者知通爲一, 爲是不用而寓諸庸; 因是已. 已而不知其然, 謂之
道. 勞神明爲一, 而不知其同也, 謂之朝三. 何謂朝三? 狙公賦芧曰: "朝三而
暮四." 衆狙皆怒. 曰: "然則朝四而暮三." 衆狙皆悅. 名實未虧而喜怒爲用, 亦
因是也. 是以聖人和之以是非而休乎天鈞, 是之謂兩行.

莛(정) : 줄기. 楹(영) : 기둥. 恢(회) : 넓다. 恑(궤) : 괴이하다. 憰(휼) : 기이하다.
毁(훼) : 헐다. 勞(로) : 힘쓰다. 狙(저) : 원숭이. 賦(부) : 주다. 芧(서) : 도토리.
虧(휴) : 이지러지다. 鈞(균) : 고르다. 休(휴) : 그치다.

▶ 莛與楹(정여영) : 풀줄기와 나무기둥. 풀줄기는 가늘고 나무기둥은 굵기 때문에
예로부터 작고 큼을 비유하는 말로 쓰임. ▶ 厲(려) : 문둥이. "여(癩)"의 가차자.
▶ 恢恑憰怪(회궤휼괴) : 네 글자 모두 기이하거나 괴상하다의 의미. 이곳에서는 기
기괴괴한 일들. "궤"는 괴이하다. "휼"은 기이하다. ▶ 不用(불용) : 자신의 이미 굳
어진 생각에 집착하지 않거나 "합침"과 "소멸"의 개념을 쓰지 않음(陳鼓應說).
▶ 寓諸庸(우제용) : 사물의 고유한 쓰임새에 맡김. "용"은 "용(用)"과 통함. ▶ 已而
不知其然(이이부지기연) : 장석창(蔣錫昌)은 "이" 앞에 "인시(因是)"가 생략되었다고
보면서, 이 문장은 "인시이, 이부지기연(因是已, 而不知其然)"이 되어어야 한다고 여
겼다. 이에 근거해 해석하면 "이(자연)를 따라하다 보면, 그것이 왜 그렇게 되는지
모른다."라고 풀 수 있음. ▶ 神明(신명) : 정신, 마음. ▶ 狙公(저공) : 원숭이를 기르
는 사람. ▶ 息(식) : 그치다, 중지하다. ▶ 天鈞(천균) : 어느 한쪽으로도 치우치지 않
는 자연의 섭리(成玄英說). ▶ 兩行(양행) : 양쪽을 모두 아우름. 청나라 사람 왕선겸
은 "사물과 내가 각각 그 있어야 할 바를 얻는 것을 '양행'이라고 한다(物與我各得
其所, 是兩行也)."라고 했다.

[08]

옛 사람들의 앎은 아주 지극했다. 얼마만큼 지극했을까? 어떤 이는 처음
부터 만물이란 존재하지 않았다고 생각했다. 이것이 (앎이) 지극한 것이고
(앎을) 다한 것이다. 여기에 더 이상 더할 수는 없다. 이보다 못한 이는 사

물은 존재했으나 처음부터 구별은 없었다고 생각했다. 또 이보다 못한 이는 구별은 있었으나 처음부터 시비라는 것은 없었다고 생각했다. 시비가 드러난 것이 도가 무너진 까닭이다. 도가 무너진 까닭은 (시비의 어느) 한 쪽만 좋아해서 그렇게 된 것이다. 이루어짐과 무너짐이라는 것은 과연 있는 것일까? 이루어짐과 무너짐이라는 것은 과연 없는 것일까? 이루어짐과 무너짐이 있음은 소문(昭文)이 거문고를 타는 것과 같은 이치다. 이루어짐과 무너짐이 없음은 소문이 거문고를 타지 않는 것과 같은 이치다. 소문은 거문고를 타고, 사광(師曠)은 지팡이로 박자를 맞추고, 혜자는 오동나무에 기대 자신의 주장을 말한다. 이 세 사람의 앎은 거의 최고의 경지에 있었다. 때문에 이들은 늙어서도 명성을 누렸다. 이들은 자신이 잘하는 것을 갖고 남보다 뛰어남을 과시했다. 이들은 자신이 잘하는 것을 갖고 자신을 드러내고자 했다. (특히) 저 사람(혜자)은 자신이 알아야 할 것이 아닌데도 알려고 했다. 때문에 그는 평생을 '견백론(堅白論)'이라는 미망에 사로잡혔다. 또한 소문의 아들은 평생 동안 아버지 소문의 유업을 이었지만 죽을 때까지 어떤 성취도 거두지 못했다. 이렇다면 이루었다고 할 수 있는가? 나는 이룬 것이 없어도 이루었다고 말할 수 있다. 이렇다면 이루었다고 할 수 없는가? 사물과 나는 어떤 이룬 것이 없다. 때문에 사람의 마음을 어지럽히는 현란한 말은 성인에게 버림을 받았다. 때문에 (성인은 이런 현란한 말을) 쓰지 않고 사물의 고유한 쓰임새에 맡기는 것이다. 이를 '마음을 비우고 차분히 보는 것(以明)'이라 한다.

해설

　　[04] 단락처럼 "이명(以明)"의 경지를 말하고 있다. 장자는 사람들이 시비를 따지기 시작하면서 도가 사라지기 시작했다고 여겼다. 장자는 혜자를 예로 들어 의문을 던진다. 지식은 뛰어났지만 평생 자신의 주장에만 국한되었다. 그렇다면 혜자는 과연 성취를 거둔 것일까? 거두지 않은 것일까? 때문에 장자는 성인은 시비를 따지는 현란한 말을 경계하고 사물의 고유한 쓰임새에 맡긴다고 했다.

古之人, 其知有所至矣. 惡乎至? 有以爲未始有物者, 至矣, 盡矣, 不可以加矣. 其次, 以爲有物矣, 而未始有封也. 其次, 以爲有封焉, 而未始有是非也. 是非之彰也, 道之所以虧也. 道之所以虧, 愛之所之成. 果且有成與虧乎哉? 果且無成與虧乎哉? 有成與虧, 故昭氏之鼓琴也 ; 無成與虧, 故昭氏之不鼓琴也. 昭文之鼓琴也, 師曠之枝策也, 惠子之據梧也, 三子之知, 幾乎皆其盛者也, 故載之末年. 唯其好之也, 以異於彼 ; 其好之也, 欲以明之. 彼非所明而明之, 故以堅白之昧終. 而其子又以文之綸終, 終身無成. 若是而可謂成乎? 雖我無成, 亦可謂成矣. 若是而不可謂成乎? 物與我無成也. 是故滑疑之耀, 聖人之所圖也. 爲是不用而寓諸庸, 此之謂以明.

彰(창) : 드러나다. 虧(휴) : 이지러지다. 策(책) : 지팡이. 據(거) : 의거하다. 昧(매) : 어둡다, 어리석다. 綸(륜) : 현악기의 줄. 滑(활) : 반드럽다. 耀(요) : 빛나다.

▶封(봉) : 경계 짓다. 구분을 짓는다는 의미. ▶愛(애) : 어느 한쪽만 사랑함. ▶且(차) : 어조사로, 의미가 없음. ▶故(고) : 즉. "즉(則)"과 통함(王引之說). ▶昭氏(소씨) : 성은 소(昭), 이름은 문(文)으로, 거문고를 잘 탔다고 함. ▶師曠(사광) : 진(晉)나라 평공(平公)의 악사. ▶枝策(지책) : 지팡이로 박자를 맞춤. "책"은 지팡이. "지"는 "지(持)"와 통함. ▶據梧(거오) : 오동나무에 기댐(陳鼓應說). ▶載(재) : 명예를 지니다. ▶異於彼(이어피) : 사람들과 다름을 과시함. ▶以堅白之昧終(이견백지매종) : (혜자가) 평생 동안 견백론(堅白論)이라는 미망에 사로잡힘(陳啓天說). 견백론이란 전국(戰國)시기 공손룡(公孫龍)과 장자의 친구인 혜자(惠子)가 주장한 이론으로, 당시 사상가로부터 궤변에 가깝다는 평가를 받은 학설. 예를 들어, 단단하고(堅) 흰(白) 돌(石)에서 시각적으로는 흰 것만 알고 단단함을 모를 것이며, 촉각적으로는 단단함을 알고 흰 것을 알지 못한다. 따라서 단단한 돌(堅石)과 흰 돌(白石)은 두 개로 나누어지므로 하나의 단단하고 흰 돌로 부를 수 없다고 주장함. 이 설은 사물의 전체를 보지 않고 사물의 한쪽 측면만 극단적으로 강조했다는 점에서 당시 사상가들로부터 많은 비평을 받음. "매"는 어리석다. "종"은 평생. ▶其子(기자) : 그의 아들. 즉, 소문(昭文)의 아들을 말함. ▶綸(륜) : 유업(遺業)(成玄英說). ▶滑疑之耀(활의지요) : 사람들의 마음을 어지럽히고 미혹시키는 현란한 말들. "활"은 어지럽다(蔣錫昌說). ▶圖(도) : 천하게 여김. "비(鄙)"의 가차자. ▶寓諸庸(우제용) : [07] 단락의 주석 참고. ▶以明(이명) : [04] 단락의 주석 참고.

[09]

지금 여기서 하는 말이 다른 사람이 한 말과 같을까? 다른 사람이 한 말과 다를까? 같든 다르든 이미 말한 이상 같은 것이다. 그러면 다른 사람이 말한 것과 차이가 없는 것이다.

그래도 내 말을 한번 들어보시라. 시작이라는 것이 있으면, 아직 시작하지 않은 시작이라는 것이 있을 것이고, 아직 시작하지 않은 그 아직 시작하지 않는 시작의 시작이 있을 것이다. 있음이라는 것이 있으면, 없음이라는 것도 있을 것이고, 아직 시작하지 않은 없음도 있을 것이며, 아직 시작하지 않은 그 아직 시작하지 않은 없음의 없음도 있을 것이다. 순식간에 있음과 없음이 생겨나지만 이 있고 없음이 정말로 있는 것인지, 정말로 없는 것인지는 알 수 없다. 지금 내가 이렇게 말하고 있으나 과연 내가 제대로 말하고 있는 것인지, 제대로 말하지 않는 것인지 알 수 없다.

세상에 가을 짐승의 가는 터럭 끝보다 큰 것은 없고, 태산보다 작은 것은 없다. 또 일찍 죽은 아이보다 장수한 이는 없고, 팽조(彭祖)보다 일찍 죽은 이는 없다. 천지와 나는 함께 살고, 만물과 나는 하나이다. 이미 하나가 되었는데 또 말이 필요할까? 이미 하나가 되었다고 말했는데, 말은 없다고 할 수 있을까? 하나(一)에 말(言)을 더하면 둘(二)이 되고, 둘에 하나를 더하면 셋(三)이 된다. 이렇게 헤아리면, 계산을 아무리 잘하는 자라도 답을 얻을 수 없다. 하물며 일반사람들은 더 말할 것도 없을 것이다! 없음에서 있음까지 오는데도 (이름이) 셋이나 나오는데, 하물며 있음에서 있음으로 갈 경우에는 (더 많이 나올 것이다!) 가지 않고 이것(자연)을 따르면 된다.

해설

장자는 우리가 절대적이라고 생각하는 관념들은 상대적인 것이라고 말한다. 가을 짐승의 터럭은 눈으로 보기에 어려울 만큼 미세한 것임에도 장자는 이보다 더 큰 것은 없다고 말한다. 또 태산보다 작은 것은 없다고 한다. 이 모두 상대적인 것으로 어떤 것과 비교해보느냐에 따라 달라지는 것이다. 그러므로 어떤 가치판단기준을 가져 서는 안 된다는 것이다. 오로지 만물과 내가 하나가 되어야 이런 가치기준을 넘어설 수 있다. 장자는 만물과 내가 하나가 되는 길은 자연을 따르는 것이라고 했다.

今且有言於此, 不知其與是類乎? 其與是不類乎? 類與不類, 相與爲類, 則與 彼无以異矣. 雖然, 請嘗言之. 有始也者, 有未始有始也者, 有未始有夫未始有 始也者. 有有也者, 有无也者, 有未始有无也者, 有未始有夫未始有无也者. 俄 而有无矣, 而未知有无之果孰有孰无也. 今我則已有謂矣, 而未知吾所謂之其 果有謂乎, 其果无謂乎? 天下莫大於秋豪之末, 而大山爲小; 莫壽於殤子, 而 彭祖爲夭. 天地與我並生, 而萬物與我爲一. 旣已爲一矣, 且得有言乎? 旣已謂 之一矣, 且得无言乎? 一與言爲二, 二與一爲三. 自此以往, 巧曆不能得, 而況 其凡乎! 故自无適有以至於三, 而況自有適有乎! 无適焉, 因是已.

類(류) : 닮다, 비슷하다. 俄(아) : 갑자기. 殤(상) : 일찍 죽다. 曆(력) : 책력, 수(數). 況(황) : 하물며.

▶ 秋豪之末(추호지말) : 가을 짐승이 털갈이 할 때 나오는 가는 털의 끝. "호"는 "호(毫)"와 통함. ▶ 殤子(상자) : 일찍 죽은 아이. ▶ 巧曆(교력) : 계산을 잘하는 사 람. ▶ 凡(범) : 범부(凡夫). 즉, 일반사람들. ▶ 自无適有(자무적유) : "없음(無)"에서 "있음(有)"으로 감. ▶ 无適焉(무적언) : 가지 않음. 즉, 인위적인 일을 하러 가지 않 는다는 의미.

[10]

도는 처음부터 나누어진 것은 아니다. 말(言)은 처음부터 정해진 것은 아니 다. 옳음(是)을 따지려는 마음 때문에 경계가 생겼다. 그 경계란 왼쪽・오른 쪽・윤리・의리・분별・변론・겨룸・다툼을 말한다. 이를 '여덟 가지 경 계(八德)'라 한다. 성인은 천지사방 밖의 일을 살피나 논하지 않는다. 성인은 천지사방 안의 일을 논하나 설명하지 않는다. ≪춘추(春秋)≫는 선왕들이 세상을 다스린 기록이다. 성인은 이를 설명하나 (이를 두고) 논쟁하지 않는다. 그래서 (편을) 나누어도 나누어지지 않고, (상대와) 논쟁해도 논쟁하지 않음이 있다. 왜 그럴까? 성인은 마음에 이를 담아두고, 일반사람은 논쟁으로 서로 과시하기 때문이다. 그래서 논쟁을 일삼는 자들은 (자신의 옳음은 봐도) 자신의 그름은 보지 못하는 것이다.

큰 도는 이름 할 수 없고, 큰 언변은 말로 나타낼 수 없다. 큰 어짊은 편애하지 않고, 큰 청렴은 드러내지 않고, 큰 용기는 해치지 않는다. 도가 드러나면 (그 도는 이미 참된) 도가 아니며, 논쟁하는 말은 미치지 않는 곳이 있다. 또 어짊은 한 곳에 치우치면 널리 미치지 못하고, 청렴은 드러나면 진실하지 않고, 용기는 (남을) 해치면 용기가 되지 않는다. 이 다섯 가지를 잊지 않으면, 도에 아주 가까워진다.

(사람이) 지혜가 필요 없는 곳에 머물 줄 알면, 진정한 앎에 이른 것이다. 누가 말할 필요가 없는 언변과 설명할 필요가 없는 도를 알겠는가? 이를 알 수 있는 사람이라면, 그를 자연의 보고(寶庫)라 할 수 있다. 이 보고는 물을 아무리 부어도 차지 않고, 물을 아무리 퍼내도 고갈되지 않는다. 그러나 이것이 어디에서 왔는지는 알지 못한다. 이를 '빛을 숨기고 드러내지 않음(葆光)'이라 한다.

해설

빛을 숨기고 드러내지 않는 "보광(葆光)"의 경지를 말하고 있다. 도는 이름 할 수 없고 드러나면 참된 도가 아니다. 그렇기 때문에 성인들은 시비의 문제가 생기면 마음에 담아둘 뿐 사람들과 논쟁하지 않는다. 여기에서 "마음에 담아두는 것"이 바로 "보광"의 경지이다.

夫道未始有封, 言未始有常, 爲是而有畛也, 請言其畛：有左, 有右, 有倫, 有義, 有分, 有辯, 有競, 有爭, 此之謂八德. 六合之外, 聖人存而不論；六合之內, 聖人論而不議. ≪春秋≫經世先王之志, 聖人議而不辯. 故分也者, 有不分

也 ; 辯也者, 有不辯也. 曰 : 何也? 聖人懷之, 衆人辯之以相示也. 故曰辯也者, 有不見也. 夫大道不稱, 大辯不言, 大仁不仁, 大廉不嗛, 大勇不忮. 道昭而不道, 言辯而不及, 仁常而不周, 廉淸而不信, 勇忮而不成. 五者无棄而幾向方矣. 故知止其所不知, 至矣. 孰知不言之辯, 不道之道? 若有能知, 此之謂天府. 注焉而不滿, 酌焉而不竭, 而不知其所由來, 此之謂葆光.

제 물 론 齊 物 論

畛(진) : 경계. 稱(칭) : 설명하다. 嗛(겸) : 겸손하다. 忮(기) : 해치다. 酌(작) : 퍼내다. 竭(갈) : 다하다. 葆(보) : 풀이 더부룩하다.

▶ 道未始有封(도미시유봉) : 도는 애초부터 어디에든 존재하기 때문에 피차의 구분이 없었음을 의미. ▶ 常(상) : 일정한 것, 정해진 것. ▶ 爲是而有畛也(위시이유진야) : "위시"에 대해 두 가지 설이 있음. 첫째 설은 "이 때문에(因此)"로 봄(陳啓天說). 이에 근거해 해석하면 "이 때문에 옳고 그름의 차이가 생겼다."가 됨. 둘째는 "시"의 문자적 의미를 살려 "옳음을 위해서"로 봄. 이에 근거해 해석하면, "옳음을 위해서 구분이 생겨났다."가 됨. 본서는 후자의 설을 따름. ▶ 有左…此之謂八德(유좌…차지위팔덕) : 이 부분은 장석창(蔣錫昌)의 해설을 참고할 만하다. "'좌'는 천하거나 저급한 말을 가리키고, '우'는 높거나 우아한 말을 가리킨다. 또 '윤'은 멀고 가까움으로 말한 것이고, '의'는 귀하고 천함으로 말한 것이다. 이는 유가에서 말하는 인간관계로, 이 네 가지는 큰 차이가 있다……'분'은 만물을 분석하는 것을 말하고, '변'은 옳음을 따져보는 것을 말한다. 또 '경'은 끊임없이 유세하는 것을 말하고, '쟁'은 승리를 거두는 것을 말한다. 이는 묵가의 가르침으로, 이 네 가지는 큰 차이가 있다. 이들은 유가와 묵가의 '경계'를 말하는 것으로, 합해서 계산하면 이 여덟 가지이다('左'指卑或下言, '右'指尊或上言. '倫'對疏戚言, '義'對貴賤言. 此謂儒家所述人類關係, 有此四種大別也……'分'者謂分析萬物, '辯'者謂辯其所是, '競'者謂競說不休, '爭'者謂爭得勝利, 此謂墨家之術, 有此四種大別也. 此謂儒墨之'畛', 合而計之, 有此八種也)." "팔덕"은 여덟 가지의 의미. ▶ 六合(육합) : 천지사방.
▶ 相示(상시) : 서로 과시함. ▶ 有不見也(유불견야) : 논쟁하는 사람들은 자신의 옳음만 보고 자신의 그름을 보지 못한다는 의미. ▶ 不仁(불인) : 편애하지 않음. ▶ 廉者不嗛(염자불겸) : 청렴한 자는 자신을 드러내지 않음. 마기창(馬其昶)은 "'겸'은 '엄'과 같다. ≪설문해자≫는 '엄은 낭떠러지이다'라고 했다. 따라서 이 말은 청렴한 자는 스스로 낭떠러지나 언덕에 나타나지 않음을 말한다(嗛, 與隒同, ≪說文≫ : '隒, 崖也.' 謂廉者不自顯崖岸)."라고 했다. ▶ 仁常而不周(인상이불주) : 어짊이 어느 한쪽으로만 일정하다면 (만물에) 두루 미칠 수 없음. "상"은 일정하거나 고정됨. ▶ 棄(기) : 잊다

(≪이아(爾雅)≫). ▶幾(기) : 거의. ▶向方(향방) : 도를 향함. 즉, 도에 가까워짐을 의미. "방"은 도(道)(奚侗說). ▶天府(천부) : 자연의 보고(寶庫). ▶葆光(보광) : 빛을 숨기고 밖으로 드러내지 않음. "보"는 숨기다(林希逸說).

[11]

옛날에 요가 순에게 물었다.

"짐은 종(宗) · 회(膾) · 서오(胥敖)를 치려하오. 그런데 천자의 자리에 있어도 마음 한쪽이 답답하구려. 왜 그런 것이오?"

순이 말했다.

"이 세 나라의 군주들은 쑥이나 자라는 하찮은 곳에 있습니다. 폐하께서 답답해하시는 것은 어찌 된 것이신지요? 그 옛날 열개의 태양이 동시에 나와 만물을 비추었다고 합니다. 하물며 (폐하의) 덕은 태양보다 더 낫지 않으십니까!"

해설

세상의 이민족을 평정하고 큰 덕을 쌓으면 기뻐해야 하는 것이 인지상정인데, 요임금은 오히려 마음 한쪽이 답답하다고 한다. 요임금이 답답해한 것은 무력을 사용하고 지혜를 사용했기 때문이다. 무력이나 지혜는 모두 인위적인 것들로 장자가 가장 금기시했던 것이다. 장자는 하늘이 준 사람의 본성을 따라야 마음이 홀가분해진다고 말한다.

故昔者堯問於舜曰 : "我欲伐宗, 膾, 胥敖, 南面而不釋然. 其故何也?" 舜曰 : "夫三子者, 猶存乎蓬艾之間. 若不釋然, 何哉? 昔者十日並出, 萬物皆照, 而況德之進乎日者乎!"

膾(회) : 잘게 저민 고기. 敖(오) : 놀다. 蓬(봉) : 쑥. 艾(애) : 쑥.

▶故(고) : 발어사. "부(夫)"와 용법이 같음. ▶宗, 膾, 胥敖(종, 회, 서오) : 모두 소국(小國)이름. 문헌에는 보이지 않는 것으로 보아 가상의 나라이름으로 보임. ▶南面(남면) : 남쪽을 바라고 있음. 즉, 천자의 자리에 있다는 의미. ▶釋然(석연) : (의문이나 염려가 풀려) 개운함. ▶三子者(삼자자) : 앞에 나온 세 나라의 군주. ▶存乎蓬艾之間(존호봉애지간) : 쑥이나 자라는 곳에 삶. 즉, 아주 편벽되고 보잘 것 없는 곳에 있다는 의미. ▶若(약) : 너, 그대. 이곳에서는 순(舜)을 의미. ▶進(진) : 낫다, 이기다.

제 물 론 齊 物 論

[12]

설결(齧缺)이 왕예(王倪)에게 물었다.

"자네는 만물에 공통된 기준이 있음을 아는가?"

왕예가 말했다.

"내가 어찌 알겠는가!"

설결이 말했다.

"자네는 자네가 모르는 것을 아는가?"

왕예가 말했다.

"내가 어찌 알겠는가!"

설결이 말했다.

"그러면 만물은 알 수 없는 것인가?"

왕예가 말했다.

"내가 어찌 알겠나! 그래도 내 생각을 한번 말해보겠네. 내가 아는 것이 알지 않는 것이 아님을 어찌 알겠나? 내가 모르는 것이 아는 것이 아님을 어찌 알겠나? 내 자네에게 한번 물어봄세. 사람이 축축한 곳에 자면 허리를 다치거나 반신불수가 되지. 그런데 미꾸라지는 그렇던가? 사람은 높은 나무에 올라가면 무서워 벌벌 떨지. 그런데 원숭이들은 그렇던가? 이 셋(사람·미꾸라지·원숭이) 중에 어떤 것이 제대로 있음을 알까? 사람은 (소·돼지 같은) 가축을 잡아먹고, 사슴은 풀을 먹지. 또 지네는 뱀을 잘 먹고, 올빼미

61

와 까마귀는 쥐를 좋아하지. 이 넷 중에 어떤 것이 제대로 입맛을 알까? 편
저(編狙)는 암컷 원숭이와 짝이 되고, 고라니는 사슴과 교배하고, 미꾸라지는
물고기와 어울리지. 모장(毛嬙)과 서시(西施)는 사람들이 가장 아름답다고 여
기는 미인이네. 그러나 물고기는 그녀를 보면 깊이 숨어버리고, 새는 그녀
를 보면 높이 날아가고, 고라니와 사슴은 그녀를 보면 재빨리 달아나네. 이
넷 중에 어떤 것이 세상의 제대로 된 아름다움을 알겠나? 내가 보기에, 인
의의 기준과 시비의 수단이 어지럽게 얽혀있네. 그러니 내 어찌 분별할 수
있겠나!"

설결이 말했다.

"자네가 이로움과 해로움을 모른다면, 지인(至人)은 본래 이로움과 해로움
을 모른단 말인가?"

왕예가 말했다.

"지인이란 오묘한 존재이시네. 산림이 타도 뜨거움을 느끼지 않으며, 강
이 얼어도 추위를 느끼지 않으시네. 또 사나운 벼락이 산을 무너뜨려도 다
치지 않으며, 강력한 바람이 바다를 흔들어도 놀라지 않으시네. 이런 분은
구름층에 올라 해와 달을 타고 천지 밖에서 노니지. 삶과 죽음조차 이 분에
게 영향을 주지 못하는데, 하물며 이로움과 해로움의 기준이야 말해서 뭐
하겠나!"

해설

설결과 왕예의 대화이다. 두 사람 모두 장자가 만든 허구의 인물이다. "만물에 공
통된 기준"이 있을까? 장자는 그 기준이란 상대적인 것이어서 보는 관점에 따라 달라
질 수 있음을 여러 가지 예를 들어 설명하고 있다. 오로지 지인(至人)만이 가치판단의
기준을 초월해 천지 밖에서 노닐 수 있다고 했다.

齧缺問乎王倪曰 : "子知物之所同是乎?" 曰 : "吾惡乎知之!" "子知子之所
不知邪?" 曰 : "吾惡乎知之!" "然則物无知邪?" 曰 : "吾惡乎知之! 雖然嘗試言

之. 庸詎知吾所謂知之非不知邪? 庸詎知吾所謂不知之非知邪? 且吾嘗試問乎
汝: 民濕寢則腰疾偏死, 鰌然乎哉? 木處則惴慄恂懼, 猿猴然乎哉? 三者孰知
正處? 民食芻豢, 麋鹿食薦, 蝍蛆甘帶, 鴟鴉嗜鼠, 四者孰知正味? 猿猵狙以爲
雌, 麋與鹿交, 鰌與魚游. 毛嬙, 西施, 人之所美也; 魚見之深入, 鳥見之高飛,
麋鹿見之決驟. 四者孰知天下之正色哉? 自我觀之, 仁義之端, 是非之塗, 樊然
殽亂, 吾惡能知其辯! 齧缺曰: "子不知利害, 則至人固不知利害乎?" 王倪
曰: "至人神矣! 大澤焚而不能熱, 河漢沍而不能寒, 疾雷破山而不能傷, 飄風
振海而不能驚. 若然者, 乘雲氣, 騎日月, 而遊乎四海之外. 死生無變於己, 而
況利害之端乎!"

齧(설) : 물다. 倪(예) : 가, 끝. 庸(용) : 어찌. 詎(거) : 어찌. 濕(습) : 축축하다. 腰
(요) : 허리. 偏(편) : 반, 절반. 鰌(추) : 미꾸라지. 惴(췌) : 두려워하다. 慄(률) : 두려
워하다. 恂(순) : 두려워하다. 芻(추) : 초식하는 가축. 豢(환) : 곡물을 먹는 가축을
기르다. 麋(미) : 큰사슴. 薦(천) : 풀. 蝍(즉) : 지네. 蛆(저) : 지네. 鴟(치) : 올빼미.
鴉(아) : 까마귀. 嗜(기) : 좋아하다. 猵(편) : 짐승이름. 狙(저) : 원숭이. 雌(자) : 암컷.
嬙(장) : 궁녀. 驟(취) : 신속하다. 樊(번) : 어지럽다. 殽(효) : 뒤섞이다. 焚(분) : 타다.
沍(호) : 얼다. 飄(표) : 회오리바람, 질풍. 振(진) : 흔들다.

▶ 齧缺(설결) : 장자가 만든 허구의 인물(林希逸說). ▶ 王倪(왕예) : 장자가 만든 허구
의 인물(林希逸說). ▶ 同是(동시) : 공통된 기준 내지 가치. ▶ 庸詎(용거) : 어찌. "용"
과 "거"는 모두 "어찌"의 의미. ▶ 偏死(편사) : 몸의 반이 죽음. 즉, 반신불수가 됨.
"편"은 반, 절반. ▶ 木處(목처) : 높은 나무에 올라감. ▶ 惴慄(췌률) : 두려워 벌벌 떨
다. ▶ 恂懼(순구) : 두려워하다. ▶ 芻豢(추환) : 가축. "추"는 초식하는 가축. "환"은
곡물을 먹는 가축. ▶ 食薦(식천) : 풀을 먹음. ▶ 蝍蛆(즉저) : 지네. ▶ 甘帶(감대) : 뱀
먹는 것을 좋아함. "대"는 원의는 띠이나 이곳에서는 뱀을 말함. ▶ 鴟鴉(치아) : 올빼
미와 까마귀. ▶ 猵狙(편저) : 동물이름. 원숭이와 비슷하나 개의 머리를 하며 암컷 원
숭이와 어울리는 것을 좋아한다고 함. ▶ 毛嬙(모장) : 미인이름. ▶ 決驟(결취) : 재빨
리 달아남. ▶ 仁義之端(인의지단) : 인의의 기준(黃錦鋐說). ▶ 樊然(번연) : 어수선함.
▶ 殽亂(효란) : 뒤섞여 어지러움. ▶ 大澤(대택) : 산림. ▶ 疾雷(질뢰) : 사나운 벼락.
▶ 飄風(표풍) : 사나운 바람, 강한 바람. ▶ 振海(진해) : 바다를 뒤흔듦.

[13]

구작자(瞿鵲子)가 장오자(長梧子)에게 물었다.

"공자에게서 이런 말을 들은 적이 있네. '성인은 세속의 일에 힘쓰지 않고, 이로움을 추구하지 않으며, 위험을 피하지 않는다. 또 함부로 (명리를) 구하는 것을 좋아하지 않고, 도에 얽매이지 않는다. (게다가) 말하지 않아도 말한 듯하고, 말해도 말하지 않는 듯하며, 속세 밖에서 노닌다.' 공자는 허무맹랑한 말이라고 여겼네만 나는 오묘한 도를 행하는 말이라 생각했네. 자네 생각은 어떤가?"

장오자가 말했다.

"이 말은 황제(黃帝)가 들어도 무슨 말인지 모르는데, 공자가 어떻게 안단 말인가! 자네 너무 앞서갔네. 계란을 보면 닭을 찾을 생각하고, 탄알을 보면 부엉이를 구워 먹을 생각하는 것과 같네. 내 자네에게 설명해줄 것이니, 한번 들어보시겠는가? (성인이란) 해와 달과 함께 빛나고, 우주를 껴안으며, 세상만물과 하나가 되지. 또 세상의 어지러움에 개의치 않으며, 세상의 빈부귀천을 똑같이 여기지. 사람들은 (명리를 추구하느라) 바쁘지만 성인은 어리석고 무지한 것처럼 지내지. 성인은 고금의 무수한 변화를 아우르며 줄곧 (마음의) 순수함을 이룬다네. 만물은 모두 이러해서, 서로 이런 순수함을 갖고 있네. 삶을 좋아함이 미혹되는 것이 아님을 내가 어찌 알겠나! 죽음을 싫어함이 어려서 외지를 떠돌다 (고향으로) 돌아갈 줄 모르는 것이 아님을 내가 어찌 알겠나! 여희(麗姬)는 애(艾) 땅을 봉해 받은 자의 딸이었지. 진(晉)나라가 그녀를 데려왔을 때, 그녀는 옷깃이 젖도록 울었네. 그녀는 왕궁에 와서 임금과 한 침대에서 자고, 맛있는 음식을 먹었지. 그러자 그녀는 (자신이 왕궁에 왔을 때) 울었던 것을 후회했지. 죽은 자가 처음에 살길 바란 것을 후회하지 않았음을 내가 어떻게 알겠는가? 꿈에서 (즐겁게) 술을 마신 자가 아침에 (좋지 않은 일로) 울고, 꿈에서 (좋지 않은 일로) 울었던

자가 아침에 (즐겁게) 사냥을 나가지. 꿈을 꾸고 있을 때는 꿈을 꾸고 있다는 사실을 모르네. (어떤 때는) 꿈에서 또 꿈을 꾸기도 하지. 깨어나야 그것이 꿈이었음을 알지. 크게 깨어있는 사람만이 (사람의 삶이라는 것이) 큰 꿈이라는 것을 알지. 반면 어리석은 사람은 스스로 깨어있다고 생각해 무엇이든 다 안다고 여기지. 임금이 어떻고, 신하가 어떻고 하는데, 유치하기 짝이 없지! 공자와 자네는 꿈을 꾸고 있네. 내가 자네에게 꿈을 꾸고 있다고 한 것도 꿈일세. 사람들은 내가 괴상한 말을 한다고 하겠지. 만세 뒤에 대성인이 나타나 이 이치를 알게 되어도 이는 일찍 만나는 것일세."

해설

도를 행하는 방법과 도를 터득한 성인에 대해서 설명하고 있다. 도를 터득한 성인은 세상만물과 하나가 되며 고금의 변화를 아우르고 마음의 순수함을 이룬다. 꿈은 자신이 깨닫지 못하는 일종의 세계를 말한다. 이곳에서는 사물에 집착하는 나를 느낄 수 없다. 오로지 깨친 사람만이 이것이 꿈임을 알 수 있다. 그 꿈은 현실세계에서도 일어날 수 있는데 사람들이 이를 깨닫지 못할 뿐이라는 것이다.

瞿鵲子問乎長梧子曰:"吾聞諸夫子:'聖人不從事於務, 不就利, 不違害, 不喜求, 不緣道;无謂有謂, 有謂无謂, 而遊乎塵垢之外.' 夫子以爲孟浪之言, 而我以爲妙道之行也. 吾子以爲奚若?長梧子曰:"是黃帝之所聽熒也, 而丘也何足以知之!且汝亦大早計, 見卵而求時夜, 見彈而求鴞炙. 予嘗爲女妄言之, 女以妄聽之奚?旁日月, 挾宇宙, 爲其脗合, 置其滑涽, 以隷相尊. 衆人役役, 聖人愚芚, 參萬歲而一成純. 萬物盡然, 而以是相蘊. 予惡乎知說生之非惑邪!予惡乎知惡死之非弱喪而不知歸者邪!麗之姬, 艾封人之子也, 晉國之始得之也, 涕泣沾襟;及其至於王所, 與王同筐牀, 食芻豢, 而後悔其泣也. 予惡乎知夫死者不悔其始之蘄生乎!夢飲酒者, 旦而哭泣;夢哭泣者, 旦而田獵. 方其夢也, 不知其夢也. 夢之中又占其夢焉, 覺而後知其夢也. 且有大覺而後知此其大夢也. 而愚者自以爲覺, 竊竊然知之. 君乎, 牧乎, 固哉!丘也與女, 皆夢也;予謂女夢, 亦夢也. 是其言也, 其名爲弔詭. 萬世之後而一遇大聖, 知其解者, 是旦暮遇之也.”

瞿(구) : 보다. 鵲(작) : 까치. 孟(맹) : 맏이, 힘쓰다. 熒(형) : 빛나다. 卵(란) : 알. 彈(탄) : 탄알. 鴞(효) : 부엉이. 炙(자) : 구운 고기. 旁(방) : 두루, 널리. 脣(순) : 입술, 들어맞다. 滑(혼) : 어지럽다. 芚(둔) : 어리석다. 蘊(온) : 간직하다. 艾(애) : 쑥. 沾(첨) : 젖다. 襟(금) : 옷깃. 筐(광) : 침상. 芻(추) : 꼴, 건초. 豢(환) : 곡식으로 가축을 기르다. 蘄(기) : 구하다. 獵(렵) : 사냥하다. 竊(절) : 훔치다. 弔(조) : 조상하다. 詭(궤) : 속이다.

▶夫子(부자) : 공자. ▶不緣道(불연도) : 도를 따르지 않음, 도에 얽매이지 않음. “연”은 따르다. ▶塵垢(진구) : 속세. ▶孟浪(맹랑) : 조잡하다, 거칠다. ▶吾子(오자) : 자네. 상대방에 대한 경칭. ▶奚若(해약) : 어찌. ▶黃帝(황제) : 고대 신화에 나오는 오제(五帝) 중의 한 명. ▶聽熒(청형) : 의심이 생김. ▶大早計(대조계) : 너무 앞서 생각함. ▶時夜(시야) : 닭. ▶脣合(순합) : 합치됨. 즉, 만물과 하나가 됨을 의미. ▶置其滑涽(치기활혼) : 어지러움에 개의하지 않음. “치”는 버려두고 돌보지 않음. “활”은 어지럽다. ▶以隸相尊(이례상존) : 세상의 빈부귀천을 똑같이 대함(成玄英說). “예”는 노예. 즉 신분이 낮고 가난한 사람을 의미. ▶役役(역역) : 열심히 이익을 도모함. ▶愚芚(우둔) : 어리석다. “둔”은 어리석다. ▶參萬歲(참만세) : 고금의 무수한 변화를 한데 섞음. “참”은 섞다. ▶相蘊(상온) : 서로 간직함. 즉 순수함을 간직함을 의미. ▶生說(생열) : 삶을 좋아함. “열”은 기뻐하다. ▶弱喪(약상) : 어려서 외지를 떠돌아다님. ▶麗之姬(여지희) : 여희(麗姬). 고대의 미인이름. ▶艾封人(애봉인) : 애(艾) 땅에 봉해진 사람. ▶筐牀(광상) : 침상. “광”은 침상. ▶蘄生(기생) : 살길 바람. ▶竊竊然(절절연) : 스스로 잘 아는 모양. ▶牧(목) : 백성을 다스리는 사람. 즉, 관리 내지 신하. ▶固(고) : 고루함, 비루함. ▶弔詭(조궤) : 괴이함.

[14]

“설사 나와 자네가 논쟁을 벌여 자네가 나를 이기고 내가 자네에게 졌다면, 과연 자네가 맞고, 과연 나는 틀린 것일까? 내가 자네를 이기고 자네가 나에게 졌다면, 과연 내가 맞고 과연 자네는 틀린 것일까? (그도 아니면) 우리 둘 중에 한 사람은 맞고 한 사람은 틀렸다는 것일까? 아니면 우리 둘 모두 맞거나 모두 틀렸다는 것일까? 나와 자네가 알 수 없는 것이라면, 사람들은 더더욱 모를 것이네. 그러면 우리는 누구에게 시비를 가려달라고 해야 할까? 자네와 생각이 같은 사람에게 시비를 가려달라고 해야 할까? 이미 자네와 생각이 같은데, 어떻게 시비를 가려달라고 할 수 있을까! 나와 생각이 같은 사람에게 시비를 가려달라고 해야 할까? 이미 나와 생각이 같은데, 어찌 시비를 가려달라고 할 수 있을까! 나와 자네와 생각이 다른 사람에게 시비를 가려달라고 해야 할까? 이미 나와 자네와 생각이 다른데, 어찌 시비를 가려줄 수 있을까! 나와 자네와 생각이 같은 사람에게 시비를 가려달라고 해야 할까? 이미 나와 자네와 생각이 같은데, 어찌 시비를 가릴 수 있을까! 그러니 나와 자네 그리고 다른 어느 누구든 누가 옳고 누가 그른지를 알 수 없네. 그러니 누구를 기다린다 말인가? (자연에) 변화가 일어나는 소리는 (옳고 그름처럼) 서로 마주 대하면서 생기는 것이지. 이들을 마주 대하지 않게 하려면, 자연 그대로 나누어진(부여된) 것(天倪)으로 조절하고, 아무런 제약을 받지 않는 자연의 변화에 몸을 맡겨 수명을 다하면 되네. 자연 그대로 나누어진(부여된) 것으로 조절한다는 말이 무슨 말일까? 이런 것이네. 어느 것이든 옳음이 있으면 옳지 않음이 있고, 그러함이 있으면 그러하지 않음이 있네. 옳음이 과연 옳은 것이라면, 옳음은 옳지 않음과 다를 것이네. 그렇다면 이 역시 증명할 필요가 없을 걸세. 그러함이 과연 그러하다면, 그러함은 그렇지 않음과 다를 것이네. 이 역시 증명할 필요가 없을 걸세. 생사와 시비를 잊고, 무아의 경지에서 노닐어야 무아의 경지에 머물 수 있다네."

해설

옳고 그름은 절대적 기준이 아니며 또 누구라도 옳고 그름을 판단할 수 없다. 게다가 이런 옳고 그름은 어느 쪽이 맞고 그른지를 판단할 필요가 없다. 옳고 그름이 마주 대하면서 이런 논쟁이 나타난다고 했다. 장자는 이런 논쟁이 일어나지 않게 하려면, 자연 그대로 나누어진 것으로 조절하고 자연의 변화에 몸을 맡기면 된다고 하였다.

"旣使我與若辯矣, 若勝我, 我不若勝, 若果是也, 我果非也邪? 我勝若, 若不
吾勝, 我果是也, 而果非也邪? 其或是也, 其或非也邪? 其俱是也, 其俱非也邪?
我與若不能相知也, 則人固受其黮闇, 吾誰使正之? 使同乎若者正之? 旣與若
同矣, 惡能正! 使同乎我者正之? 旣同乎我矣, 惡能正! 使異乎我與若者正
之? 旣異乎我與若矣, 惡能正之! 使同乎我與若者正之? 旣同乎我與若矣, 惡能
正之! 然則我與若與人俱不能相知也, 而待彼也邪? 化聲之相待, 若其不相待,
和之以天倪, 因之以曼衍, 所以窮年也. 何謂和之以天倪? 曰 : 是不是, 然不然.
是若果是也! 則是之異乎不是也, 亦無辯 ; 然若果然也, 則然之異乎不然也亦
無辯. 忘年忘義, 振於無竟, 故寓諸無竟."

黮(담) : 검다. 闇(암) : 어둡다. 倪(예) : 가, 끝. 曼(만) : 끌다. 衍(연) : 순행하다.

▶ 旣使(기사) : 설사 ~한다 해도. ▶ 若(약) : 너, 그대. ▶ 黮闇(담암) : 어두워 분명
치 않음. ▶ 化聲之相待(화성지상대) : 변화가 일어나는 소리는 반대되는 것이 마주
대하면서 생겨난다는 의미. "대"는 옳고 그름이 서로 마주한다는 의미. 이 과정에
서 자연 그대로의 상태에 변화가 일어남. ▶ 天倪(천예) : 자연 그대로 나누어진 것
(郭象說). "천"은 자연. "예"는 나눔(分). ▶ 因(인) : 맡겨둠. ▶ 曼衍(만연) : 얽매임이
없이 멋대로 흘러 다님. 변화(成玄英說). ▶ 窮年(궁년) : 수명을 다함. "궁"은 다하
다. ▶ 忘年忘義(망년망의) : 생사를 잊고 시비를 잊음. ▶ 振於無竟(진어무경) : 무아
의 경지에서 노님. "진"은 노닐다(林希逸說). "무경"은 무아의 경지. "경"은 "경(境)"
과 통함.

[15]

그림자 밖의 희미한 그늘이 그림자에게 물었다.

"자넨 조금 전엔 걷다가 지금은 멈추고, 조금 전엔 앉았다가 지금은 섰
네. 어찌 자네만의 지조가 없는가?"

그림자가 말했다.

"내가 기대는 것이 있어서 그럴까? 내가 기대는 것은 또 (다른) 기대는

것이 있어서 그럴까? 내가 기대는 것은 뱀이 배 비늘에 기대고 매미가 날 개에 기대는 것과 같은 것일까? 내가 어떻게 그것이 그러한지 알겠나! 내가 어떻게 그것이 그러하지 않은지 알겠나!"

해설

　그림자 밖의 희미한 그늘과 그림자의 대화인데, 그 비유가 아주 기묘하다. 그림자 는 반드시 의지하는 무엇이 있어야 한다. 그 무엇의 움직임에 따라 작용한다. 이 부분 은 도라는 것도 혼자 움직일 수 없고 그 어떤 무엇의 작용으로 움직인다는 것을 말하 고 있다. 그러나 그것이 무엇인지는 알 수 없다. [03] 단락에서 "참된 나가 존재하는 데 그것이 존재한다는 단서를 찾을 수 없다. 그러나 (참된 나가) 작용하는 것으로 보 아 (그것이 존재한다는 것은) 믿을 수 있다."라고 한 것과 같은 맥락이다.

罔兩問景曰 : "曩子行, 今子止 ; 曩子坐, 今子起 ; 何其无特操與?" 景曰 : "吾有待而然者邪? 吾所待又有待而然者邪? 吾待蛇蚹蜩翼邪? 惡識所以然! 惡 識所以不然!"

　罔(망) : 없다. 曩(낭) : 접때. 蚹(부) : 뱀의 배 비늘. 蜩(조) : 매미.

　▶ 罔兩(망량) : 그림자 밖의 희미한 그늘(郭象說). 또 다른 설로는 산천의 요정인 "망량(蝄蜽)"이라는 설(蔣錫昌)이 있음. ▶ 景(경) : 그림자. "영(影)"과 통함. ▶ 特操 (특조) : 특별한 지조, 독특한 지조. "특"은 독특함(成玄英說). ▶ 蛇蚹(사부) : 뱀의 배 비늘.

[16]

　밤에 장주(莊周)가 나비 꿈을 꾼 적이 있다. (장주는 꿈속에서) 훨훨 날아 다니는 나비가 되어 즐거워하며 흡족해했다. 그런데 장주는 (그 나비가) 그 자신임을 몰랐다. 갑자기 잠에서 깨어보니 분명히 장주였다. 장주가 꿈에서 나비가 된 것인지, 나비가 꿈에서 장주가 된 것인지 알 수 없었다. 장주와

나비는 분명히 다를 것이다. 이를 "사물과 내가 일체가 된 것(物化)이라고
한다."

해설

장주(莊周)는 장자의 이름이다. 장자가 나비 꿈을 꾸었는데 자신이 나비 꿈을 꾼
것인지 아니면 나비가 자신의 꿈을 꾼 것인지 알 수 없었다. 이는 장자가 나비와 하
나가 된 것으로, 자신을 완전히 잊어야 가능한 경지이다. 나비의 입장에서 봐도 마찬
가지이다. 이처럼 사물과 내가 하나가 되는 것을 "물화(物化)"라고 한다. 물화의 전제
는 자신을 잊는 것이다. 자신을 잊는다는 것은 현실의 속박에서 벗어나는 것이다. 그
럴 때만이 나와 사물은 하나가 된다. "사물과 나는 하나이다."는 개념은 ≪제물론≫
에서 가장 중요한 개념이라고 할 수 있다. [01] 단락에서 남곽자기가 "나는 나를 잊었
다."라고 한 것도 이와 같은 맥락이다.

昔者莊周夢爲胡蝶, 栩栩然胡蝶也, 自喩適志與! 不知周也. 俄然覺, 則蘧蘧
然周也. 不知周之夢爲胡蝶與, 胡蝶之夢爲周與? 周與胡蝶, 則必有分矣. 此之
謂物化.

蝶(접) : 나비. 栩(허) : 기뻐하다. 與(여) : 그럴까(의문사), ~와. 蘧(거) : 풀이름.

▶ 昔者(석자) : 밤. 왕숙민(王叔岷)은 "'석자'는 '야자'와 같다. 옛날에는 '야'를 '석'
이라고 했다(昔者, 猶夜者. 古謂夜爲昔)."라고 했다. ▶ 莊周(장주) : 장자의 이름.
▶ 胡蝶(호접) : 나비. ▶ 栩栩然(허허연) : 훨훨 나는 모양. "허허"는 "편편(翩翩)"과
통함. ▶ 喩(유) : 즐거워함. "유(愉)"와 통함. ▶ 適志(적지) : 마음에 들다. ▶ 蘧蘧然
(거거연) : 뻣뻣한 모양, 굳은 모양(林希逸說). 즉, 확고하거나 분명하다는 의미.
▶ 物化(물화) : 사물과 나의 경계가 허물어져 사물과 내가 하나가 되는 경지.

양생주養生主

생명의 주인인 마음을 기름

〈피리부는 선인(仙人夜笛)〉
단원檀園 김홍도金弘道(1745~1806)
출처 : 국립중앙박물관

양생주養生主
생명의 주인인 마음을 기름

해제

"양생주(養生主)"는 생명의 주인인 마음을 기른다는 의미이다. 본편에서 장자는 마음을 기르기 위해서는 자연의 섭리를 따라야 한다고 일관되게 말하고 있다.

본편은 내용상 두 가지로 나눌 수 있다. 첫째는 자연의 도를 따를 것을 주장한다. 앎을 찾는 것은 육신을 피곤하게 하는 일이며, 하늘로부터 부여받은 것을 지킬 때 천수를 다할 수 있음을 말하고 있다. 또 노담(老聃)의 친구 진일(秦失)과 그의 제자의 대화를 통해 사람의 생사는 정해진 것이기 때문에 슬퍼해야 할 필요도 없다고 했다. 둘째는 자연 그대로를 따라야 한다는 점을 말하고 있다. 이곳에서는 요리사 정씨(丁氏)가 어떻게 소를 잡는지를 통해 마음을 기르는 방법을 소개하고 있다. 요리사 정씨 이야기는 문장이 생동적이고 함축적이어서 중국문학과 철학에 큰 영향을 끼친 것으로 평가받고 있다. 또한 꿩이 사육된다면 먹고 사는 것은 문제가 되지 않겠지만 자신의 뜻대로 할 수 없다는 점을 들어 자연 그대로 살아가야 하는 것의 중요성을 말했다.

[01]

내 삶은 유한하고, 앎은 무한하다. 유한한 삶으로 무한한 앎을 따르는 것은 (심신을) 지치게 할 뿐이다. 이럼에도 앎을 찾는 것은 (심신을 더더욱) 지치게 할 뿐이다. 좋은 일을 하면서 명성을 얻으려 해서는 안 되고, 나쁜 일을 하면서 형벌을 받아서는 안 된다. 어느 한쪽으로 치우치지 않는 (자연의) 도를 진리로 삼으면, 몸을 지키고, 생명을 보전하고, 정신을 기르고, 하늘이 부여한 천수를 다할 수 있다.

해설
　앎을 추구하지 말라고 한다. 앎이란 끝이 없는 것이기 때문에 사람이 이를 추구한다는 것은 자신의 삶을 피곤하게 만들 수 있다. 이에 장자는 자연의 도를 따를 때 몸과 마음을 지키고 천수를 다할 수 있다고 말한다.

吾生也有涯, 而知也无涯. 以有涯隨无涯, 殆已 ; 已而爲知者, 殆而已矣. 爲善无近名, 爲惡无近刑. 緣督以爲經, 可以保身, 可以全生, 可以養親, 可以盡年.

涯(애) : 끝. 殆(태) : 위태하다. 督(독) : 바로잡다.

▶ 已而爲知者(이이위지자) : 이런 데도 앎을 구하는 것. "이"는 이, 이것(≪이아(爾雅)·석고(釋詁)≫). ▶ 而已矣(이이의) : ~일 따름이다. ▶ 緣督(연독) : 한쪽으로 치우치지 않는 자연의 도를 따름. "연"은 따르다. "독"은 치우치지 않음(郭象說).
▶ 經(경) : 변하지 않는 규칙. 즉, 진리. ▶ 全生(전생) : 생명을 보존한다는 설과 "생"을 "성(性)"으로 보고 천성을 지킨다는 설(吳汝綸說)이 있음. 본서는 전자의 설을 따랐음. ▶ 養親(양친) : 정신을 기름(黃錦鋐說).

74

　요리사 정씨(丁氏)가 문혜군(文惠君)의 부름을 받아 소를 (부위별로) 해체했다. (그의) 손이 닿는 곳, 어깨를 기대는 곳, 발로 밟는 곳, (한쪽) 무릎으로 누르는 곳은 쓱 하며 (살과 뼈가 나뉘는) 소리가 났다. 칼을 넣을 때마다 쓱 하는 소리는 리듬감이 있었다. (그 소리는 탕 임금의 음악인) ≪상림(桑林)≫의 춤에 맞았고, (요임금의 음악인) ≪경수(經首)≫의 운율에도 맞았다.

　문혜군이 말했다.

　"아, 정말 대단하시오! 솜씨가 어찌 이런 경지까지 이를 수 있는 것이오?"

　요리사 정씨가 칼을 내려놓으며 대답했다.

　"저는 소를 잡을 때 느낌(道)을 중시 하옵죠. 무작정 잡는 정도는 지났습죠. 신이 소를 처음 잡을 무렵에는 통째로 보였습죠. 3년이 지나서는 통째로 보이지 않았습죠. 지금 신은 마음으로 대할 뿐 눈으로 보지 않습죠. 또 (눈·귀 같은) 기관들을 멈추고 마음으로 보려합죠. 소의 고유한 결을 따라, 근육과 뼈 사이를 가르고, 골절 사이의 구멍에 칼을 넣습죠. 이 모두 소의 타고난 구조를 따릅죠. 경락과 뼈에 붙은 살하며 힘줄이 있는 곳도 조금의 장애 없이 처리합죠. 물론 큰 뼈는 더더욱 쉽습죠! 좋은 백정은 1년에 한번 칼을 바꿔 (근육과 살을) 자릅죠. 평범한 백정은 1달에 한번 칼을 바꾸어 (뼈를) 자릅죠. 지금 신의 칼은 19년이나 됐습죠. 잡은 소만 수천 두나 됩죠. 그래도 칼날은 숫돌에 막 간 것처럼 예리합죠. 소의 골절은 틈이 있고, 칼날은 두께가 없을 만큼 얇습죠. 아주 얇은 날이 틈이 있는 곳에 들어가니 칼날을 움직이는 데 충분한 여지가 생기는 것입죠. 때문에 19년 동안 한 가지 칼만 썼어도 숫돌에 방금 간 것처럼 예리합죠. 그러나 (근육과 뼈가) 얽혀있는 곳은 처리하기가 여간 까다로운 것이 아닙죠. 때문에 아주 신중하고 조심스러워집죠. (이럴 땐) 시선을 한 곳에 집중하고, 손과 발을 천천

히 움직입죠. 칼을 아주 살짝 움직이면, 흙이 땅에 떨어지듯 후두둑 하며
바로 해체됩죠. 소는 자신이 죽고 있다는 사실을 모른 채 말입죠. (작업이
끝나면) 칼을 들고 서서 사방을 한 바퀴 빙 둘러보며 의기양양해합죠. 그리
고는 칼을 닦아 보관해둡죠."

문혜군이 말했다.

"대단하다! 나는 요리사 정씨의 말을 듣고 마음을 기르는 법을 알았
도다."

해설

소를 해체하는 과정이 아주 생동적이어서 문학성이 뛰어난 글이다. 문장의 핵심은
정씨(丁氏)의 소를 해체하는 기술이 아니라 그 마음가짐이다. 정씨는 "자연 그대로의
결을 따른다."·"소의 고유한 구조를 따른다."라고 하였는데, 이는 장자가 일관되게
주장하는 자연의 도를 따르는 것이다. 결국 "양생(養生)", 즉 마음을 기르는 것은 자연
의 도를 따라야 한다는 것이다.

庖丁爲文惠君解牛, 手之所觸, 肩之所倚, 足之所履, 膝之所踦, 砉然嚮然,
奏刀騞然, 莫不中音 ; 合於桑林之舞, 乃中經首之會. 文惠君曰 : "譆, 善哉!
技蓋至此乎?" 庖丁釋刀對曰 : "臣之所好者道也, 進乎技矣. 始臣之解牛之時,
所見无非全牛者. 三年之後, 未嘗見全牛也. 方今之時, 臣以神遇而不以目視,
官知止而神欲行. 依乎天理, 批大卻, 導大窾, 因其固然, 技經肯綮之未嘗微
礙, 而況大軱乎! 良庖歲更刀, 割也 ; 族庖月更刀, 折也. 今臣之刀十九年矣,
所解數千牛矣, 而刀刃若新發於硎. 彼節者有閒, 而刀刃者無厚 ; 以無厚入有
閒, 恢恢乎其於遊刃必有餘地矣. 是以十九年而刀刃若新發於硎. 雖然, 每至
於族, 吾見其難爲, 怵然爲戒, 視爲止, 行爲遲. 動刀甚微, 謋然已解, 牛不如
其死也, 如土委地. 提刀而立, 爲之四顧, 爲之躊躇滿志, 善刀而藏之."

文惠君曰 : "善哉! 吾聞庖丁之言, 得養生焉."

庖(포) : 요리사. 觸(촉) : 닿다. 倚(의) : 의지하다. 履(리) : 밟다. 膝(슬) : 무릎. 踦(기) : 닿다, 의지하다. 砉(획) : 뼈를 바를 때 나는 소리. 嚮(향) : 메아리. 騞(획) : 뼈를 바를 때 나는 소리. 譆(희) : 감탄하는 소리. 釋(석) : 내버리다. 批(비) : 치다. 卻(각) : 틈. 窾(관) : 구멍. 肯(긍) : 뼈에 붙은 살. 綮(경) : 힘줄이 붙은 곳. 礙(애) : 방해하다. 軱(고) : 큰 뼈. 硎(형) : 숫돌. 恢(회) : 넓다. 怵(출) : 두려워하다. 遲(지) : 늦다. 謋(획) : 뼈를 발라내는 소리. 委(위) : 버리다. 躊(주) : 득의한 모양. 躇(저) : 머뭇거리다.

▶ 庖丁(포정) : 이름이 정(丁)인 요리사. ▶ 文惠君(문혜군) : 인명이나 어떤 인물인지 알 수 없음. ▶ 解牛(해우) : 소를 잡아 부위별로 해체함. ▶ 膝之所踦(슬지소기) : 한쪽 무릎을 굽혀 누름(馬其昶說). "기"는 닿다. ▶ 砉然(획연) : 살과 뼈를 나눌 때 나는 소리. ▶ 嚮然(향연) : 소리가 울리는 모양. "향"은 향(響)과 통함. ▶ 奏刀(주도) : 칼을 앞으로 넣음. "주"는 "나아가다"의 의미. ▶ 騞然(획연) : 뼈를 바를 때 나는 소리. 앞에 나온 "획(砉)"과 같은 의미. 일설에는 "획(砉)"보다 소리가 더 크다고 함(崔譔說). ▶ 中音(중음) : 음절에 맞음. ▶ 桑林之舞(상림지무) : 상림의 춤. "상림"은 은나라 탕 임금의 음악. ▶ 經首之會(경수지회) : 경수의 운율. "경수"는 요임금의 음악. "회"는 운율 내지 리듬. ▶ 蓋(개) : 어찌. "갈(曷)"의 가차자. ▶ 釋刀(석도) : 칼을 내려놓음. ▶ 進(진) : 뛰어넘다. ▶ 神遇(신우) : 마음으로 만남. 즉, 마음으로 정확한 위치를 찾아낸다는 의미. "신"은 마음. ▶ 官知(관지) : 귀나 눈 같은 감각기관들의 주관 내지 관장. "지"는 주관하다, 관장하다. ▶ 天理(천리) : 자연 그대로의 무늬나 결. ▶ 批大卻(비대각) : 근육과 뼈 사이의 틈을 쳐서 쪼갬. "각"은 "극(隙)"과 통함. ▶ 導大窾(도대관) : 골절 사이의 구멍에 칼을 넣음. "도"는 통하게 함. "관"은 구멍. ▶ 固然(고연) : 소의 고유한 구조. ▶ 技經(기경) : 경락(經絡)(俞樾說). "기"는 "지(枝)"가 잘못된 글자. ▶ 肯綮(긍경) : 뼈에 붙은 살과 힘줄이 있는 곳. "긍"은 뼈에 붙은 살. "경"은 힘줄이 붙은 곳. ▶ 大軱(대고) : 큰 뼈. ▶ 族庖(족포) : 평범한 요리사. "족"은 많다. ▶ 發(발) : 갈다(陳啓天說). ▶ 恢恢乎(회회호) : 널찍한 모양. ▶ 遊刃(유인) : 칼날을 움직이다. ▶ 族(족) : (근육과 뼈가) 얽혀있음(郭象說). ▶ 難爲(난위) : 처리하기 어려움. ▶ 怵然(출연) : 조심하고 신중한 모습. ▶ 謋然(획연) : 뼈와 살이 분리되는 소리. ▶ 躊躇滿志(주저만지) : 의기양양해함. "주저"는 의기양양해하는 모양. "만지"는 스스로 만족해함. ▶ 善刀(선도) : 칼을 닦음. "선"은 "식(拭)"과 같음(林希逸說). "식"은 닦다.

[03]

공문헌(公文軒)이 우사(右師)를 보자 놀라며 말했다.

"누구신지요? 어찌 발이 하나만 있으신지요? 선천적으로 그렇게 된 것이지요? 사고로 그렇게 된 것인지요?"

(공문공이 뭔가 깨달은 듯 말했다.)

"선천적으로 이렇게 된 것이지, 사고로 이렇게 된 것이 아니다. 선천적으로 발을 하나만 갖고 태어난 것이니, 사람의 육신은 하늘이 준 것이다. 때문에 그가 (이렇게 된 것은) 사고가 아닌 선천적인 것임을 알 수 있다."

해설

외발이라도 하늘이 내려준 것이라면 그것에 만족하고 사는 것이 자연의 도를 따르는 것이다. 이 또한 마음을 기르는 것이라고 할 수 있다.

公文軒見右師而驚曰 : "是何人也? 惡乎介也? 天與, 其人與?" 曰 : "天也, 非人也. 天之生是使獨也, 人之貌有與也. 以是知其天也, 非人也."

軒(헌) : 처마. 介(개) : 홀로.

▶ 公文軒(공문헌) : 송나라 사람으로, 성이 공문(公文)이고, 이름은 헌(軒)임(司馬彪說). ▶ 右師(우사) : 관직명. ▶ 介(개) : 외발. 발이 하나만 있음. ▶ 也(야) : 의문의 어기를 나타내는 조사. ▶ 其(기) : 아니면. "억(抑)"의 용법과 같음. ▶ 與(여) : 의문의 어기를 나타내는 조사. "여(歟)"와 통함. ▶ 曰(왈) : 다음 구절은 우사(右師)의 대답이 아님. 공문헌이 우사의 말을 듣고 깨달은 바가 있어 한 말임(張默生說). ▶ 使獨(사독) : 나로 하여금 다리를 하나만 갖게 함. ▶ 與(여) : 하늘이 줌.

[04]

연못의 꿩은 10걸음을 가서 한 입 쪼고, 100걸음을 가서 한번 물을 마신다. (그러나 이 꿩은) 울타리에서 사육되길 바라지 않는다. (울타리에서 사육되면) 기운이야 왕성해지겠지만 자신의 뜻대로 할 수 없다.

해설

연못의 꿩은 자유롭다. 그 자유로움은 그 꿩이 원래부터 살아가는 방식이다. 그러나 꿩을 가두어 그의 자유를 제약한다면 먹고 사는 것은 문제가 없겠지만 그 타고난 자유로움을 잊어버릴 것이다. 장자는 "자신의 뜻대로 할 수 없으면(不善)" 마음을 기를 수 없다고 말한다.

澤雉十步一啄, 百步一飮, 不蘄畜乎樊中. 神雖王, 不善也.

雉(치) : 꿩. 啄(탁) : 쪼다. 蘄(기) : 바라다, 구하다. 畜(축) : 기르다. 樊(번) : 울타리.

▶ 澤雉(택치) : 못에 사는 꿩. ▶ 神(신) : 기운, 정신. ▶ 王(왕) : 왕성함. "왕(旺)"과 통함. ▶ 不善(불선) : 마음대로 할 수 없음(林雲銘說).

[05]

노담(老聃)이 사망하자 (친구인) 진일(秦失)이 조문하러 갔다. (그는) 세 번 통곡하고 나왔다. 제자가 말했다.

"스승님의 친구가 아니십니까?"

진일이 말했다.

"그렇지."

제자가 말했다.

"그런데 이렇게 조문하셔도 되는지요?"

진일이 말했다.

"되네. 처음에 나는 (그를) 지인(至人)이라고 생각했네만 지금은 아니네. 내가 조금 전에 방에 들어가 조문하는데, 나이 드신 분은 자신의 아들을 잃은 것처럼 곡했고, 아이들은 어머니를 잃은 듯 곡했네. 그들이 이렇게 (조문하려고) 모인 것은 필시 위로해달라고 하지 않았는데 위로를 하고, 곡을 해달고 하지 않았는데 곡을 하는 무언가가 있었기 때문이지. 이는 자연을 피하고 실제를 떠나는 것이자, 하늘로부터 받은 것을 잊는 것이지. 옛 사람들은 이를 자연의 법도를 따르지 않아 받은 벌이라 했지. 그 사람은 (세상에) 와야 할 때 때맞춰 온 것이고, 떠나야 할 때 운명대로 떠난 것뿐이네. 편안하게 때맞춰 와서 이치에 맞게 떠나면, 희로애락 같은 감정은 우리 마음에 들어 올 수 없을 것일세. 옛 사람들은 이를 하늘이 일절의 속박에서 벗어나게 해준 것이라고 했지."

기름을 바른 횃불은 다 태울 수는 있어도, 불이 번져나가는 것은 그 끝을 알 수 없다.

해설

노담(老聃)은 노자(老子)를 말한다. 진일(秦失)은 사람들이 노자를 곡하는 것을 보고 생전에 노자가 사람들에게 은혜를 베푼 것으로 보았다. 진일은 이 은혜를 자연을 피하고 실제를 떠난 것으로 보았다. 사람의 죽음은 정해진 운명이기 때문에 슬퍼할 필요가 없으며, 그저 운명대로 왔다 떠나는 것이라고 생각할 때, 희로애락(喜怒哀樂) 같은 감정은 우리의 마음에 들어오지 않을 것이라고 했다. 마지막 문장에 "동물기름"은 우리의 육신에 비유될 수 있다. "불"은 마음에 비유될 수 있다. 이 말은 우리의 육신은 다 타고 없어져도 우리의 마음은 계속 남아 후대에 전해져간다는 것을 말한다. 함축적인 의미가 깊은 문장이라고 할 수 있다.

老聃死, 秦失弔之, 三號而出. 弟子曰 : "非夫子之友邪?" 曰 : "然." "然則弔焉若此, 可乎?" 曰 : "然. 始也吾以爲至人也, 而今非也. 向吾入而弔焉, 有老者哭之, 如哭其子 ; 少者哭之, 如哭其母. 彼其所以會之, 必有不蘄言而言, 不蘄哭而哭者. 是遁天倍情, 忘其所受, 古者謂之遁天之刑. 適來, 夫子時也 ; 適去, 夫子順也. 安時而處順, 哀樂不能入也, 古者謂是帝之縣解."

指窮於爲薪, 火傳也, 不知其盡也.

聃(담) : 귓바퀴 없다. 弔(조) : 조상하다. 號(호) : 울부짖다. 遁(둔) : 파하다. 倍(배) : 등지다, 배반하다. 薪(신) : 땔나무.

▶ 老聃(노담) : 노자(老子). 춘추시기 초나라 사람임. "담"은 노자의 자(字). 노자의 성은 이(李), 이름은 이(耳)임. ▶ 秦失(진일) : 노담(老聃)의 친구. "일"은 "일(佚)"과 통함. ▶ 向(향) : 이전, 예전. 이곳에서는 조금 전의 의미. ▶ 會(회) : 모이다. ▶ 言(언) : 위로하다, 위문하다. "언(唁)"의 가차자(王念孫說). ▶ 遁天(둔천) : 자연을 벗어남. ▶ 倍情(배정) : 실제와 어긋남. "배"는 "배(背)"와 통함. ▶ 遁天之刑(둔천지형) : 자연의 법도를 회피하여 받는 벌. ▶ 適(적) : 마침. ▶ 處順(처순) : 변화를 따름, 변화에 순응함. ▶ 帝之縣解(제지현해) : 하늘이 일절의 속박에서 벗어나게 해줌. 청나라 사람 임운명(林雲銘)은 "사람의 삶은 물건이 공중에 매달린 것과 같아서, 죽으면 그 매달림에서 벗어나 내려온다. 이런 모든 것들은 하늘이 하는 것이지, 사람이 할 수 있는 것은 아니다(人之生, 如物懸空中, 死則解其懸而下矣. 此皆天之所爲, 非人得與)."라고 했다. "제"는 하늘, 자연(成玄英說). "현해"는 거꾸로 매달려 있는 상태에서 벗어남. 즉, 일체의 속박에서 벗어나는 의미. "현"은 "현(懸)"과 통함. ▶ 指窮於爲薪(지궁어위신) : 동물기름을 바른 횃불이 다 타버림. ▶ 指(지) : 동물기름(朱桂曜說). "지"는 "지(脂)"의 가차자 내지 잘못된 글자. "궁"은 다 타버림. "위신"은 양초 횃불이 됨. "신"은 양초 횃불(聞一多說). 횃불이 타서 재로 변하는 것은 완전한 소멸이 아니라 하나의 과정이라는 의미. 따라서 사람의 삶과 죽음도 마찬가지로 소멸이 아니라 하나의 과정이기 때문에 슬퍼할 필요가 없음을 설명함.

인간세 人間世

인간세상을 사는 법

〈김명국필산수인물도(金明國筆山水人物圖)〉
연담蓮潭 김명국金明國(1600∼?)
출처 : 국립중앙박물관

인간세 人間世
인간세상을 사는 법

해제

　"인간세(人間世)"는 사람들이 살고 있는 세상이라는 의미이다. 본편에서는 인간
세상에서 일어난 각종 갈등 속에서 사람이 어떻게 처신할 것인가를 설명하고 있다.
　본편은 내용상 세 가지로 나눌 수 있다. 첫째는 심재(心齋)의 경지를 설명한 것이
다. 공자와 그의 수제자인 안회(顔回)의 대화가 이어지는 부분이 여기에 해당한다.
이곳에서 스승인 공자의 가르침을 몸소 행하려는 안회에게 공자는 명예와 이익은
사람을 해치는 도구임을 강조하며, 이것을 위해 정치를 하지 말라고 한다. 이어 안
회가 처신하는 방법을 묻자 공자는 "심재"를 언급한다. "심재"는 마음을 깨끗이 하
는 것이다. 장자는 마음이 깨끗해져야 비움의 경지에 이를 수 있다고 했다. 심재와
상대되는 개념으로 공자는 몸은 가만히 앉아 있는데 정신이 밖을 달리는 "좌치(坐
馳)"의 개념을 제기했다. 둘째로 사물을 초월해 마음을 노닐고 자신의 재주를 너무
과신하지 말라고 설명한 것이다. 막중한 임무를 갖고 제나라로 사신 나가는 섭공자
고(葉公子高)가 공자에게 가르침을 청하는 부분과 위나라 영공(靈公)의 태자의 스승
으로 가는 안합(顔闔)이 거백옥(蘧伯玉)에게 가르침을 청하는 부분이 여기에 해당한
다. 셋째로 쓸모없음(無用)의 큰 쓸모 있음(大用)을 설명하고 있다. 이곳에서는 토지
의 신으로 추앙받는 상수리나무, 4,000마리의 말에게 그늘을 제공할 수 있는 큰 나
무, 신체가 결함이 있는 지리소(支離疏)라는 사람을 예로 이들의 쓸모없음이 오히려
천수를 다하고 그들 나름대로의 쓸모가 있게 되는 이유를 말하고 있다. 이곳에서 장
자는 사람들이 쓸모 있는 것의 쓸모는 알아도 쓸모없는 것의 쓸모는 모른다고 날카
롭게 지적했다. 또 사람들이 불길하다고 생각하는 것은 도를 터득한 사람들이 가장
상스러운 것으로 여긴다고 했다.

85

[01]

(제자인) 안회(顔回)가 공자를 뵙고 떠나게 해줄 것을 청했다.

공자가 말했다.

"어디로 가려느냐?"

안회가 대답했다.

"위(衛)나라로 갈 것입니다."

공자가 말했다.

"가서 뭘 할 것이냐?"

안회가 대답했다.

"회(回)가 듣기로 위나라 임금은 젊어서 혈기가 왕성하고, 독단적으로 정무를 처리한다고 합니다. 또 국고를 흥청망청 쓰면서도 잘못을 모른다고 합니다. 게다가 함부로 군사를 동원해 백성들을 사지로 몰아넣는다고 합니다. (나라에는) 죽은 자들이 벌써 심하게 얽혀진 삼(麻)처럼 못에 가득하다고 합니다. 백성들은 지금 갈 곳이 없습니다. 저는 예전에 스승님에게서 이런 말을 들은 적이 있습니다. '잘 다스려지는 나라는 떠나고, 잘 다스려지지 않는 나라는 들어가라. 의사의 집 앞에 환자들이 많듯이 말이다.' 스승님의 말씀을 따라 (제가) 할 일을 생각하면, 그 백성들을 구할 수 있을지도 모르겠습니다!"

공자가 말했다.

"아! 네가 간다면 해를 당할 것이다. 도란 섞이려 하지 않는다. 섞이면 많아지고, 많아지면 어지러워진다. 어지러워지면 우환이 생기고, 우환이 생기면 구하지 못한다. 옛날의 지인(至人)들은 먼저 자신을 지키고 다른 사람을 보살폈다. 자신도 지키지 못하는데, 어느 겨를에 저 난폭한 사람의 행동을 만류할 수 있겠느냐! 너는 덕이 사라지고 지식이 드러나는 이유를 아느냐? 덕은 명예로 사라지고, 지식은 다툼에서 나온다. 명예라는 것은 서로 대치하는 것이고, 지식이라는 것은 다투는 도구이다. 이 둘은 흉기여서, 아예 사용해서는 안 되는 것이다. 더군다나 아무리 덕이 많고 믿음이 돈독한 사람이라도 사람의 뜻에는 미치지 못한다. 명성을 다투지 않는다 해도 사람의 마음에는 이르지 못한다. 네가 저 난폭한 사람 면전에서 강력하게 인의의 말을 과시한다면, 저 사람은 (너를) 사람의 허물을 갖고 자신의 뛰어남을 자랑한다고 여길 것이다. 그러니 너를 해로운 사람으로 간주할 것이다. 사람을 해친 자는 반드시 사람들로부터 해를 입는 법이다. 너는 사람들에게 해를 입을 것이다! 또한 (위나라 임금이) 현자를 아끼고 간신배들을 싫어한다면, 어찌 너를 기용해 다른 신하와 차별을 두겠느냐? 또 네가 간언하지 않으면 그뿐이겠으나 일단 간언하면, 위나라 임금은 필히 (자신의 권세로) 너를 기만하며 약삭빠른 언변으로 너와 맞설 것이다. (그때) 너의 눈은 현혹될 것이고, 너의 안색은 당황하는 빛이 역력할 것이며, 입은 자신을 방어하기에 급급할 것이다. 또 (이로) 너에게 (임금을 떠받드는) 비굴한 모습이 나타나고, 자신의 생각을 버리고 임금의 말을 따르려는 마음이 생길 것이다. 이는 불로 불을 끄고, 물로 물을 막는 것이다. 이를 (해가) 더욱 많아진다고 하는 것이다. 이렇게 한번 따르기 시작하면, 그 다음부터는 끝이 없다. 그이가 너의 충언을 믿지 않는다면, 너는 필시 그 난폭한 사람 앞에서 죽임을 당할 것이다!

옛날 걸(桀)은 관용봉(關龍逢)을 죽였고, 주(紂)는 왕자 비간(比干)을 살해했다. 이는 전적으로 자신의 몸을 수양하여 백성을 아끼고 존중한 것이지만 아랫사람이 윗사람을 거스른 것이기도 하다. 그래서 이들의 임금은 수양을 빌미로 이들을 없앴던 것이다. 이는 명성을 좋아한 것이다. 옛날 요임금이 총(叢)·지(枝)·서오(胥敖)를 공격했고, 우임금이 유호(有扈)를 공격했다. 이 나라들은 폐허가 되고, 그 백성들은 죽임을 당했다. 이들은 끊임없이 군사를 동원했고, 끊임없이 이익을 추구했다. 이는 전적으로 명예와 이익을 추구한 것이다. 너는 들어보지 못했느냐? 명예와 이익이라는 것은 성인조차도 감당할 수 없는 것임을 말이다. 하물며 너에게 있어서는! 그렇기는 하지만 너에게는 필시 너 나름의 생각이 있을 것이다. 어디 한번 나에게 말해 보거라."

해설

공자와 안회(顔回)의 대화이다. 도탄에 빠진 백성들을 위해 자신의 뜻을 펼치려는 안회에게 공자는 나서지 말라고 만류한다. 유가(儒家)의 인물이라면 누구나 안회와 같은 생각을 할 것이다. 그러나 장자는 지식과 명예를 흉기로 간주하며 세상에 사용되어서는 안 될 것으로 보았다. 지식은 백성들을 구제할 수 있는 유력한 수단이기는 하나 임금과의 관계에서 도리어 자신을 옥죄는 수단이 될 수도 있다. 장자는 역사상 현자로 명성이 높았던 관용봉(關龍逢)과 왕자 비간(比干)이 임금의 뜻을 어겼다가 죽임을 당했음을 예로 들었다. 또 성군인 요(堯) 임금과 우(禹) 임금이 작은 나라들을 공격한 것은 명예와 이익을 추구한 것이라고 비판했다. 장자는 이처럼 유가사상과는 완전히 상반되는 주장을 펼쳤다. 흥미로운 것은 이 단락은 유가의 대표적인 인물인 공자가 장자의 사상을 설파하고 있다는 점이다. 이는 장자의 의도된 설정으로, 그 이면에는 공자의 사상을 풍자하려는 의도가 있다.

顔回見仲尼, 請行. 曰: "奚之?" 曰: "將之衛." 曰: "奚爲焉?" 曰: "回聞衛君, 其年壯, 其行獨, 輕用其國, 而不見其過; 輕用民死, 死者以[國]量乎澤, 若蕉, 民其無如矣, 回嘗聞之夫子曰: '治國去之, 亂國就之, 醫門多疾.' 願以所聞, 思其所行, 則庶幾其國有瘳乎!" 仲尼曰: "譆! 若殆往而刑耳! 夫道不欲雜, 雜則多, 多則擾, 擾則憂, 憂而不救. 古之至人, 先存諸己而後存諸人. 所存於己者未定, 何暇至於暴人之所行! 且若亦知夫德之所蕩而知之所爲出乎哉? 德蕩乎名, 知出乎爭. 名也者, 相軋也; 知也者, 爭之器也. 二者凶器, 非所以盡行也. 且德厚信矼, 未達人氣, 名聞不爭, 未達人心. 而强以仁義繩墨之言術暴人之前者, 是以人惡育其美也, 命之曰菑人. 菑人者, 人必反菑之, 若殆爲人菑夫! 且苟爲悅賢而惡不肖, 惡用而求有以異? 若唯無詔, 王公必將乘人而鬪其捷. 而目將熒之, 而色將平之, 口將營之, 容將形之, 心且成之. 是以火救火, 以水救水, 名之曰益多. 順始無窮, 若殆以不信厚言, 必死於暴人之前矣! 且昔者桀殺關龍逢, 紂殺王子比干, 是皆修其身以下傴拊人之民, 以下拂其上者也, 故其君因其修以擠之. 是好名者也. 昔者堯攻叢, 枝, 胥敖, 禹攻有扈, 國爲虛厲, 身爲刑戮, 其用兵不止, 其求實無己. 是皆求名實者也. 而獨不聞之乎? 名實者, 聖人之所不能勝也, 而況若乎! 雖然, 若必有以也, 嘗以語我來!"

尼(니) : 여승, 산이름. 蕉(초) : 누이지 않은 삼(麻). 聞(문) : 가르침을 받다. 瘳(추) : 낫다. 譆(희) : 탄식하는 소리. 擾(요) : 어지럽다. 若(약) : 너(2인칭). 蕩(탕) : 흩어지다. 軋(알) : 번디다. 硜(강) : 굳은 모양, 성실하다. 强(강) : 억지로. 衒(현) : 스스로 자랑하며 남에게 내보이다. 菑(치) : 묻힌 밭. 詔(조) : 고하다. 捷(첩) : 민첩하다. 熒(형) : 밝다. 傴(구) : 공경하는 모양. 拊(부) : 어루만지다, 사랑하다. 拂(불) : 거역하다. 擠(제) : 살해하다. 戮(륙) : 죽이다. 況(황) : 하물며.

▶ 顔回(안회) : 노나라 사람이고, 자는 자연(子淵). 공자가 가장 아낀 제자. ▶ 仲尼(중니) : 공자. ▶ 請行(청행) : (스승에게) 떠나게 해줄 것을 청함. ▶ 以(이) : 이미(奚侗說). ▶ 國(국) : 더 들어간 글자로 의심됨. 해동(奚侗)은 "'국'자는 '경용기국'에 이미 언급되었기 때문에 이곳에서는 부연된 것이다. 그러므로 '사자이량호택'을 한 문장으로 끊어야 한다('國'字涉上'輕用其國'而衍, 當斷'死者以量乎澤'爲句)."라고 했다. 본서에서는 [~]로 표시했음. ▶ 量(양) : 가득함(朱桂曜說). ▶ 若蕉(약초) : 심하게 얽힌 삼과 같음. 이곳에서는 죽은 사람들이 아주 많음을 형용. 청나라 사람 호문영(胡文英)은 《장자독견(莊子獨見)》에서 "마들이 서로 베개로 삼아 자는 것처럼 심하게 얽혀 셀 수 없는 것이다(如蕉之枕藉而不可計)."라고 했다. ▶ 殆(태) : 아마도. ▶ 存(존) : 살핌. ▶ 出(출) : 밖으로 드러남. ▶ 相軋(상알) : 서로 버팀. 즉, 서로 대치함. ▶ 人氣(인기) : ▶ 名聞(명문) : 명성. ▶ 育(육) : 팔다(俞樾說). "매(賣)"의 가차자. ▶ 其美(기미) : 자신의 뛰어남. "기"는 "기(己)"와 같음. ▶ 菑人(치인) : 해로운 사람. "치"는 "재(災)"와 통함. ▶ 用而(용이) : 너를 기용함. "이"는 너(2인칭). ▶ 唯無(유무) : 비록 ~는 하지 않더라도 "유"는 비록. "수(雖)"와 통함. ▶ 詔(무) : 고하다. 이곳에서는 임금에게 간언하는 의미. ▶ 王公(왕공) : 위나라 임금. ▶ 乘人(승인) : 사람을 깔봄. 즉, 권력의 힘으로 사람을 기만함을 의미. "승"은 깔보다, 기만하다. ▶ 鬥其捷(투기첩) : 현란한 언변으로 맞서다. "투"는 맞서다, 당해내다. "첩"은 약삭빠름. 이곳에서는 언변이 약삭빠름을 의미. ▶ 熒(형) : 현혹되다. 영(螢)의 가차자(郭慶藩說). ▶ 平(평) : 제압되다. 즉, 상대방의 말에 제압되어 안색이 변함. ▶ 營(영) : 꾀하다, 도모하다. 즉, 자신을 지키려고 한다는 의미. ▶ 容將形之(용장형지) : 무릎을 꿇고 군주를 떠받드는 모습이 나타남. 《경전석문(經傳釋文)》은 "무릎을 꿇고 떠받

드는 것을 말한다(謂擊跽).”라고 했다. “형”은 나타나다, 드러나다. ▶ 心且成之(심차성지) : 자신의 생각을 버리고 군주의 생각을 따름(郭象說). ▶ 厚言(후언) : 두터운 말. 즉, 아주 중한 말이나 의미 있는 말. ▶ 桀(걸) : 하나라의 마지막 임금으로 포악한 정치를 하다가 상나라의 탕(湯) 임금에 멸망당함. ▶ 關龍逢(관용봉) : 하나라 걸의 어진 신하. 걸에게 간언하다 참수됨. ▶ 紂(주) : 은나라의 마지막 임금으로, 걸처럼 폭정을 하다 주나라의 무왕에게 멸망당함. ▶ 王子比干(왕자비간) : 주왕의 숙부. 주왕에 간언하다 심장이 도려내지는 형벌을 받음. ▶ 偍拊(구부) : 아끼고 존경함(成玄英說). ▶ 叢, 枝, 胥敖(총, 지, 서오) : 셋 모두 소국이름. ≪제물론≫에는 “종(宗)·회(膾)·서오(胥敖)”로 나옴. ▶ 有扈(유호) : 나라이름. 지금의 섬서성(陝西省) 호현(鄠縣) 일대. ▶ 虛厲(허려) : 생존한 사람이 없고 모두 죽어 후손이 끊어짐(李頤說). 즉, 폐허가 되었음을 의미. ▶ 刑戮(형륙) : 죽임을 당함. ▶ 無已(무이) : 끊임없이, 그치지 않음. “이”는 그치다. ▶ 有以(유이) : 이유나 까닭이 있음. ▶ 來(래) : 문장 끝에 오는 어조사로, 의미가 없음(王引之說).

[02]

안회가 말했다.

“바르면서 겸허하고, 근면하면서 일관되면, 되겠는지요?”

공자가 말했다.

“허! 그런다고 되겠느냐! (위나라 임금은) 기가 세서 (사람을) 몰아칠 때는 사정을 봐주지 않고, 감정의 기복이 심하다. 보통 사람은 그의 지시를 어기지 못한다. 또 사람의 생각을 눌러서 마음을 푼다. (이런 사람은) 덕으로 매일 교화시켜도 안 되는데, 하물며 그런 큰 덕행으로 어떻게 그의 마음을 바꿀 수 있단 말이냐! 그는 자신의 생각에 집착하고 바뀌지 않을 것이다. 또 겉으로는 장단을 맞춰주나 속으로는 너의 마음을 헤아려 주지 않을 것이다. 그러니 (너의 생각으로) 어찌 되겠느냐?”

안회가 말했다.

“그러면 저는 속은 곧고 겉은 공경하며, 제 자신의 생각을 옛 사람과 비교해서 말하겠습니다. 속이 곧은 것은 하늘과 한 무리가 되는 것입니다. 하늘과 한 무리가 되는 것은 하늘이 천자와 저를 아들로 여긴다는 것을 아는 것입니다. 그렇다면 제가 한 말에 대해 굳이 사람들이 잘했다는 말을 바랄 필요가 있겠습니까? 또 사람들이 잘하지 못했다는 말을 바랄 필요가 있겠습니까? 이렇게 되면 사람들은 제가 아이의 마음을 갖고 있다고 할 것입니다. 이것이 하늘과 한 무리가 되는 것입니다. 겉으로 공경한 것은 사람들과 한 무리가 되는 것입니다. 홀(笏)을 잡고 무릎을 꿇으며 절하는 것은 신하된 사람의 예의입니다. 사람들 모두 이렇게 하는데, 제가 이렇게 하지 않을 수 있겠습니까? 사람이 하는 것을 하면, 다른 사람들도 저의 흠집을 찾지 않을 것입니다. 이것을 사람들과 한 무리가 된다고 하는 것입니다. 제 자신의 생각을 옛 사람들과 비교해 말하는 것은 옛 사람과 한 무리가 되는 것입니다. 제가 하는 말은 교훈적인 것이나 그를 일깨워주는 말은 근거가 있는 것이고, 예로부터 전해온 것입니다. 제가 만들어낸 것이 아닙니다. 이렇다면, 마음이 곧아도 문제가 되지 않을 것입니다. 이것을 옛 사람들과 한 무리가 된다고 하는 것입니다. 이렇게 하면 되겠는지요?"

공자가 말했다.

"허! 그런다고 되겠느냐! (위나라 군주의 잘못을) 고치려는 방법이 너무 많아 옳지 않다. 너의 방법은 비록 고루하나 죄를 짓지 않게 해줄 수는 있을 것이다. 그러하나 이 정도일 뿐 그 이상은 아니다. 어찌 그를 바꿀 수 있겠느냐! 자신의 생각에 너무 집착하는구나!"

해설

이 단락은 자신을 만류하는 스승에게 안회가 자신의 생각을 말하는 부분이다. 안회는 몸가짐을 바르면서 겸허하고 부지런하면서 일관되게 하면 정치를 할 수 있는지를 묻는다. 공자는 이것만으로 부족하다고 한다. 이에 안회는 또 속은 곧고 겉은 공경하며 제 자신의 생각을 옛 사람과 비교해 말해보겠다고 한다. 안회가 한 이상의 말들은 공자가 늘 강조하던 가르침이다. 지금 안회는 스승의 가르침으로 정치를 하려고 한다. 그러나 공자는 마지막에 방법이 너무 많다는 점을 들어 이런 것들로는 위나라 군주의 마음을 되돌릴 수 없다고 말한다. 여기에서 "방법이 너무 많다"는 것은 "수단이 너무 많다"는 것이다. 수단이 많은 것은 인위적으로 일을 하는 것이므로, 장자가 궁극적으로 주장하는 자연스러움에서 벗어나는 것이다.

顏回曰: "端而虛, 勉而一, 則可乎?" 曰: "惡! 惡可! 夫以陽爲充孔揚, 采色不定, 常人之所不違, 因案人之所感, 以求容與其心. 名之曰日漸之德不成, 而況大德乎! 將執而不化, 外合而內不訾, 其庸詎可乎!" "然則我內直而外曲, 成而上比; 內直者, 與天爲徒, 與天爲徒者, 知天子之與己皆天之所子, 而獨以己言蘄乎而人善之, 蘄乎而人不善之邪? 若然者, 人謂之童子, 是之謂與天爲徒. 外曲者, 與人之爲徒也. 擎跽曲拳, 人臣之禮也, 人皆爲之, 吾敢不爲邪! 爲人之所爲者, 人亦無疵焉, 是之謂與人爲徒. 成而上比者, 與古爲徒. 其言雖敎, 讁之實也, 古之有也, 非吾有也. 若然者, 雖直而不病, 是之謂與古爲徒. 若是則可乎?" 仲尼曰: "惡! 惡可! 大多政法而不諜, 雖固亦無罪. 雖然, 止是耳矣, 夫胡可以及化! 猶師心者也."

惡(오) : 허(탄식하는 말). 充(충) : 차다. 孔(공) : 매우, 크다. 揚(양) : 오르다. 漸(점) : 적시다, 스며들다. 訾(자) : 생각하다, 헤아리다. 徒(도) : 무리. 子(자) : 아들 같이 여기다. 擎(경) : 떠받치다. 跽(기) : 꿇어앉다. 拳(권) : 구부리다. 疵(자) : 흠. 讁(적) : 꾸짖다. 諜(첩) : 염탐하다. 胡(호) : 어찌.

▶ 惡可(오가) : 어찌 되겠는가? ▶ 以陽爲充(이양위충) : 세찬 기가 마음에 가득함. "양"은 기운이 셈. "충"은 차다. ▶ 孔揚(공양) : (밖으로) 크게 드러냄. 즉, 기를 밖으로 크게 드러내는 의미. "공"은 매우. ▶ 采色不定(채색부정) : 표정과 안색이 일정하지 않음. 즉, 감정의 변화가 심함. ▶ 案(안) : 누르다(成玄英說). ▶ 容與(용여) : 통쾌함, 후련함. ▶ 日漸之德(일점지덕) : 날로 쌓아가는 덕. 즉, 작은 덕(小德)을 말함. ▶ 庸詎(용거) : 어찌. ▶ 成而上比(성이상비) : 자신의 생각을 옛 사람과 비교해서 말함. ▶ 天之所子(천지소자) : 하늘이 아들 같이 여김. "자"는 동사로, "아들 같이 여기다"의 의미. ▶ 擎跽(경기) : 홀(笏)을 잡고서 무릎을 꿇고 절함. ▶ 曲拳(곡권) : 몸을 굽힘. ▶ 大多政法(대다정법) : 위나라 군주의 잘못을 고치려는 방법이 너무 많음. "대"는 너무. 태(太)와 통함. 정(政)은 "정(正)"과 통함(王先謙說). ▶ 不諜(불첩) : 옳지 않음. ▶ 師心(사심) : 자신의 마음 속 생각을 따름. 즉, 자신의 생각에 집착함. "사"는 본받다, 따르다.

[03]

안회가 말했다.

"더 이상 올릴 말씀이 없습니다. 그 방법을 여쭙겠습니다."

공자가 말했다.

"몸과 마음을 깨끗이 해야 한다. 내 너에게 말해주마! 미리 생각을 갖고 일하면 쉽게 풀리겠느냐? 쉽게 풀린다고 생각하면, 자연의 섭리와 맞지 않는 것이다."

안회가 말했다.

"저는 집이 가난해 술과 고기를 먹어 본 지가 몇 개월이나 되었습니다. 이렇게 하면 몸과 마음을 깨끗이 할 수 있는 것인지요?"

공자가 말했다.

"그것은 제사를 지낼 때 몸과 마음을 깨끗이 하는 것(祭祀之齋)이지, 정신을 깨끗이 하는 것(心齋)이 아니다."

안회가 말했다.

"정신을 깨끗이 하는 것에 대해 여쭙겠습니다."

공자가 말했다.

"너는 마음을 모으되, 귀로 듣지 말고 마음으로 들어야 한다. (그 다음에는) 마음으로 듣지 말고 기운으로 들어라. 귀는 (세속의 소리를) 들을 수 있고, 마음은 (변화의) 조짐을 볼 수 있지. (그런데 이) 기운이라는 것은 비어 있어 사물을 받아들일 수 있다. 도(道)만이 비움의 경지에 있을 수 있다. 이 비움의 경지가 바로 정신이 깨끗해지는 심재(心齋)의 경지이니라."

안회가 말했다.

"제가 (심재의) 가르침을 얻기 전까지는 확실히 저의 존재를 느꼈습니다. (심재의) 가르침을 얻고 나서는 저의 존재를 느끼지 못하게 되었습니다. 이것도 비움의 경지라고 할 수 있는지요?"

공자가 말했다.

"(심재 이야기는 이제) 그만 하자꾸나. 내 너에게 말해 줄 것이 있다! 위나라에 들어가서 노닐되 명성이나 자리에 흔들리지 말거라. (위나라 군주가 너의 말을) 받아들이면 말하고, 받아들이지 않으면 가만히 있으면 된다. 권세 있는 자들의 집을 드나들며 자리를 탐하거나 허장성세를 부리지 말거라. 또한 일을 처리할 때는 어쩔 수 없어하는 것처럼 해야 한다. (이렇게 하면) 다 된 것이나 다름없다. 길을 가지 않는 것은 쉬우나 길을 가면서 흔적을 남기지 않기란 어렵다. 인위적으로 부려지는 것은 거짓이 되기 쉽고, 자연스럽게 돌아가는 것은 거짓이 되기 어렵다. 날개가 있어 난다는 것은 들어보았어도, 날개가 없는데 난다는 것은 들어보지 못했다. 지혜로 앎을 구한다는 것은 들어보았어도, 지혜 없이 앎을 구한다는 말은 들어보지 못했다. 저 텅 빈 곳을 보거라. 빈 곳으로만 빛이 나오지. 길하고 상서로움도 이 비어있고 고요한 곳에 머문다. (이 비어있고 고요한 곳에) 머물지 않는 것을 (몸은 가만히 있는데 정신이 밖을 달리는) '좌치(坐馳)'라고 한다. 눈과 귀를 안으로 통하게 하고 심지(心知)를 물리치면, 귀신도 귀순하러 올 것이다. 그러니 사람은! 이렇게만 할 수 있다면, 세상만물도 변화시킬 수 있다. 이것이 우와 순이 세상을 대한 핵심이자, 복희(伏羲)와 궤거(几蘧)가 끝까지 행한 법도였느니라. 하물며 보통사람이야 더 하겠느냐!"

해설

안회가 공자에게 처세의 도를 묻는 내용이다. 공자는 안회에게 정신을 깨끗이 하는 "심재(心齋)"의 경지를 말하고 있다. 이곳에서 "심재"의 경지란 다름 아닌 비움의 경지를 말한다. 마음을 비워야 만물의 법도가 보이고, 이로 세상만물을 변화시킬 수 있다는 것이다. 문중에 "저 텅 빈 곳을 보거라, 빈 곳으로만 빛이 나오지. 길하고 상스러움도 이 비어있고 고요한 곳에 머문다."라는 표현은 그 비움의 경지를 절묘하게 표현한 것이라 할 수 있다. "심재"와 상반되는 개념이 몸은 가만히 앉아있는데 정신이 밖을 달리는 "좌치(坐馳)"이다. 즉, 정신이 집중되지 않고 밖의 사물에 관심을 두는 것을 말한다. 이렇게 되면 정신이 산만해져 심재의 경지를 터득할 수 없게 된다.

顔回曰：“吾无以進矣, 敢問其方.” 仲尼曰：“齋, 吾將語若! 有心而爲之, 其易邪? 易之者, 皞天不宜.” 顔回曰：“回之家貧, 唯不飮酒不茹葷者數月矣. 如此, 則可以爲齋乎?” 曰：“是祭祀之齋, 非心齋也.” 回曰：“敢問心齋.” 仲尼曰：“若一志, 无聽之以耳而聽之以心, 无聽之以心而聽之以氣! 耳止於聽, 心止於符. 氣也者, 虛而待物者也. 唯道集虛. 虛者, 心齋也.” 顔回曰：“回之未始得使, 實有回也；得使之也, 未始有回也；可謂虛乎?” 夫子曰：“盡矣. 吾語若! 若能入遊其樊而无感其名, 入則鳴, 不入則止. 无門无毒, 一宅而寓於不得已, 則幾矣. 絶迹易, 无行地難. 爲人使易以僞, 爲天使難以僞. 聞以有翼飛者矣, 未聞以无翼飛者也；聞以有知知者矣, 未聞以无知知者也. 瞻彼関者, 虛室生白, 吉祥止止. 夫且不止, 是之謂坐馳. 夫徇耳目内通而外於心知, 鬼神將來舍, 而況人乎! 是萬物之化也, 禹舜之所紐也, 伏羲几蘧之所行終, 而況散焉者乎!”

齋(재) : 재계하다. 皞(호) : 밝다. 茹(여) : 먹다. 葷(훈) : 고기요리. 集(집) : 이르다. 樊(번) : 울타리. 迹(적) : 걸음, 발자취. 関(결) : 공허하다. 馳(치) : 달리다. 徇(순) : 따르다. 舍(사) : 머무르다. 紐(뉴) : 끈. 羲(희) : 복희(伏羲)의 약칭. 几(궤) : 안석. 蘧(거) : 풀이름.

▶皞天(호천) : 자연(向秀說). ▶有心(유심) : 이미 어떤 생각을 품음. ▶茹葷(여훈) : 고기요리를 먹음. ▶氣(기) : 기운. 진고응(陳鼓應)은 ≪장자금주금역(莊子今注今譯)≫에서 “이곳에서 ‘기’는 심령활동이 아주 순정한 경지에 이른 것을 말한다. 즉, ‘기’는 마음을 비우고 분명히 깨달은 고도로 수양된 마음이다(在這里‘氣’當指心靈活動到達極純精的境地. 換言之, ‘氣’卽是高度修養境界的空靈明覺之心).”라고 했다.
▶符(부) : 길조. 이곳에서는 조짐으로 해석했음. ▶得使(득사) : 가르침을 얻음(林希逸說). ▶无感其名(무감기명) : 명예나 자리에 흔들리지 않음. ▶无門无毒(무문무독) : 권세 있는 자들의 집을 드나들며 자리를 탐하거나 허장성세를 부리지 않음. 진계천(陳啓天)은 “‘무문’은 친분을 이용해 자리를 도모함을 말한다. ‘독’은 ‘도’로 읽어야 한다……고대 관리들이 의장할 때 따르는 큰 깃발이다. ‘무도’는 깃발로 허장성세를 부리지 않음을 말한다(‘无門’, 謂不由門路營求也. ‘毒’, 當讀爲纛……古代官吏儀從之大旗. ‘无纛’, 謂不用旗幟招搖也).”라고 했다. ▶一宿(일숙) : 모든 일을

처리함(黃錦鋐說). "숙"은 처리하다. ▶絶迹(절적) : 걸음을 끊음. 즉 길을 가지 않음. ▶無行地(무행지) : 길을 가는 흔적을 남기지 않음. ▶闋者(결자) : 텅 빈 곳. ▶虛室生白(허실생백) : 빈 곳으로 빛이 나옴. "백"은 빛, 광명(崔譔說). 사마표(司馬彪)는 "'실'은 마음을 말한다. 마음이 비워져 있으면, 순백함은 절로 생긴다('室'比喻心, 心能空虛, 則純白獨生也)."라고 했다. ▶止止(지지) : 비어있고 고요한 곳에 머무는 것. 앞의 "지"는 동사로 머물다, 그치다. 뒤의 "지"는 명사로, 비어있고 고요한 곳 내지 그 경지를 의미. 해동(奚侗)은 뒤의 "지"를 "지(之)"로 보고 있어 참고할 만하다. ▶且夫(차부) : 어기사로, 문두에 와서 화제를 제시하는 역할을 함. ▶坐馳(좌치) : 몸은 가만히 있는데 정신이 밖을 달림(成玄英說). ▶徇(순) : 따르다. "순(循)"과 통함. ▶來舍(내사) : 머물러 옴. ▶紐(뉴) : 관건, 핵심. ▶伏戲(복희) : 전설에 나오는 제왕이름. ▶几蘧(궤거) : 전설에 나오는 제왕이름. ▶行終(행종) : 끝까지 행함. ▶散焉者(산언자) : 일반사람, 보통사람.

[04]

섭공자고가 제나라에 사신으로 가게 되자, 공자에게 물었다.

"폐하께서 저를 제나라로 보내시면서 맡긴 임무가 아주 중합니다. 제나라는 사신을 대함에 (겉으로는) 아주 공경하는 듯하나 (실제로는) 태만합니다. 필부의 마음도 움직이지 못하는데 제후의 마음을 어떻게 움직인단 말입니까! 저는 심히 걱정됩니다. 선생께서는 저에게 늘 이렇게 말씀하셨죠 '큰일이든 작은 일이든 도를 따르지 않고 잘 되는 것은 드뭅니다. 임무를 완성하지 못하면, 필히 임금에게 벌을 받을 것입니다. 임무를 완성하면, 필히 음양의 기운이 너무 격동된 나머지 병에 걸릴 것입니다. 수양이 잘 된 자만이 임무를 완성하든 완성하지 못하든 이런 우환에 걸리지 않습니다.' 저는 거친 음식을 먹고 좋은 것은 먹지 않습니다. 또 집에는 밥을 지을 때는 시원하길 바라는 사람도 없습니다. 오늘 아침에 폐하의 명을 받고 저녁에 냉수를 마셨습니다. 제 마음은 타들어 갈 듯합니다! 저는 일의 정황을 파악하기도 전에 벌써 음양의 기운이 너무 격동된 나머지 병에 걸렸습니다. 또 임무를 완성하지 못하면, 필히 임금에게 벌을 받을 것입니다. 이 둘은 임금의 신하된 자로서는 감당할 수 없는 것입니다. 선생께서 제게 좋은 말씀을 좀 해주십시오!"

공자가 말했다.

"세상에는 큰 법도가 두 가지 있습니다. 하나는 명(命)이고, 다른 하나는 의(義)입니다. 자식이 부모를 사랑하는 것을 '명'이라고 합니다. 이는 마음으로는 설명할 수 없는 것입니다. 신하가 임금을 섬기는 것을 '의'라고 합니다. 어디를 가든 임금이 없어서는 안 됩니다. 이것은 세상 어디든 달아날 수 없는 것입니다. 이 둘을 큰 법도라고 합니다. 때문에 부모를 모시는 자가 장소를 가리지 않고 부모를 편히 모시는 것이 효의 극치입니다. 임금을 섬기는 자가 임무를 가리지 않고 가볍게 처리하는 것이 충성의 절정입니다. 마음을 섬기는 자가 남들 앞에서 희로애락(의 감정)을 쉽사리 드러내지 않으며, 어찌할 수 없음을 알고 명(命)대로 편안하게 대하는 것이 덕의 극치입니다. 임금의 신하된 자도 당연히 어쩔 수 없는 일이 있습니다. 일의 정황을 따라 하시고 자신을 잊어야 합니다. 삶을 좋아하고 죽음을 싫어할 겨를이 어디에 있겠습니까! 선생께서는 이렇게 하시면 되는 것입니다.

제가 들은 것을 하나 더 말씀드리겠습니다. 가까운 나라와 교류할 때는 필히 신용으로 연결되어야 하고, 먼 나라와 교류할 때는 필히 충실한 말로 연결되어야 합니다. (그런데) 말은 반드시 누군가가 전해야 합니다. 양국의 임금이 기뻐하고 화내는 말을 전하는 것은 세상에서 가장 어려운 일입니다. 양국의 임금이 기뻐하는 말은 분명히 미사여구로 넘쳐날 것이고, 양국의 임금이 화내는 말은 분명히 악담과 저주로 넘쳐날 것입니다. 이런 넘쳐나는 말들은 거짓되고, 거짓되면 그 믿음이 약화됩니다. 믿음이 약화되면 말을 전한 자는 화를 입습니다. 그래서 격언에서 '(사신은) 있는 그대로 전하고 불필요한 말을 전하지 않아야, 몸을 온전하게 지킬 수 있다.'라고 한 것입니다. 또한 기교로 힘을 다투는 자는 처음에는 정당하게 겨루다가 결국에는 부정한 수단을 사용합니다. 아주 심할 경우에는 온갖 기교를 다 부립니다. 예의에 맞게 술을 마시는 자는 처음에는 점잖다가 결국에는 몸을 주체하지 못합니다. 심한 경우에는 온갖 괴상한 놀이를 합니다. 일도 그렇습니다. 처음에는 서로 믿다가도 결국에는 서로 속입니다. 일이란 시작할 때는 간단해도, 끝날 때는 분명히 커지게 되어있습니다.

　말은 풍파(風波)와 같고, 말을 전함에는 이해득실이 있습니다. 풍파는 요동치기 쉽고, 이해득실은 위험에 쉽게 빠지게 합니다. 화를 내는 것은 다름 아닌 교묘한 말과 한쪽으로 치우친 말 때문입니다. 짐승은 궁지에 몰렸을 때 어떤 소리도 가리지 않고 울부짖습니다. 이때 숨소리는 거칠고 강해지며 사람을 해치려는 마음이 생겨납니다. (일을 함에 사람을) 너무 심하게 다그치면, 상대방은 분명히 좋지 않는 마음을 갖고 대응할 것입니다. 그러나 (그는 상대방이) 왜 그러는지 모릅니다. (그 자신도 상대방이) 왜 그러는지 모르는데, 누가 그의 결말을 알 수 있겠습니까? 그래서 격언에서는 '받은 명령을 바꾸지 말고, 성공하려고 애쓰지 말라. 도가 넘으면 넘친다.'라고 하는 것입니다. 명령을 바꾸고 성공하려고 애쓰는 것은 도리어 일을 위태롭게 합니다. 큰일을 하려면 오랜 시간이 필요합니다. 일을 망치고 후회해봤자 소용이 없습니다. 그러니 어찌 신중하지 않겠습니까?

　사물을 초월해 마음을 노닐고, 자연에 기탁하여 마음을 기르는 것이 지극한 것입니다. 하필이면 성과를 내어 (임금께) 보답하시려고 하십니까! 자연에 맡기는 것만 못합니다. (그러나) 이렇게 한다는 것은 쉽지 않습니다."

해설

　이번 단락은 제나라로 사신으로 나가는 섭공자고(葉公子高)가 임금이 내린 임무를 어떻게 수행할 것인가를 공자에게 묻는 내용이다. 문장에서 섭공자고는 임무를 잘 처리하면 몸이 너무 기뻐 탈이 날까 걱정하면서도 또 한편으로는 임무를 잘 처리하지 못해 임금에게 처벌을 받을까 걱정한다. 그렇다면 관리로서 어떻게 해야 할까? 이것은 사람들이 현실의 일에 얼마나 집착하고 부단히 걱정하는지를 말해준다. 임무를 맡은 사람은 결국 양쪽의 입장을 모두 만족시키지 못하고 서로간의 갈등만 증폭시키며 해를 입는다. 장자는 사물을 초월해 노닐고 자연에 기탁하여 마음을 기르라고 조언한다.

葉公子高將使於齊, 問於仲尼曰:"王使諸梁也甚重, 齊之待使者, 蓋將甚敬而不急. 匹夫猶未可動, 而況諸侯乎! 吾甚慄之. 子常語諸梁也曰:'凡事若小若大, 寡不道以懽成. 事若不成, 則必有人道之患;事若成, 則必有陰陽之患. 若成若不成而後無患者, 唯有德者能之.' 吾食也執粗而不臧, 爨無欲清之人. 今吾朝受命而夕飲冰, 我其内熱與! 吾未至乎事之情, 而旣有陰陽之患矣;事若不成, 必有人道之患. 是兩也, 爲人臣者不足以任之, 子其有以語我來!"

仲尼曰:"天下有大戒二:其一, 命也;其一, 義也. 子之愛親, 命也, 不可解於心;臣之事君, 義也, 無適而非君也, 無所逃於天地之間. 是之謂大戒, 是以夫事其親者, 不擇地而安之, 孝之至也;夫事其君者, 不擇事而安之, 忠之盛也;自事其心者, 哀樂不易施乎前, 知其不可奈何而安之若命, 德之至也. 爲人臣子者, 固有所不得已. 行事之情而忘其身, 何暇至於悅生而惡死! 夫子其行可矣. 丘請復以所聞:凡交近則必相靡以信, 交遠則必忠之以言, 言必或傳之. 夫傳兩喜兩怒之言, 天下之難者也. 夫兩喜必多溢美之言, 兩怒必多溢惡之言. 凡溢之類妄, 妄則其信之也莫, 莫則傳言者殃. 故法言曰:'傳其常情, 無傳其溢言, 則幾乎全.' 且以巧鬪力者, 始乎陽, 常卒乎陰, 泰至則多奇巧;以禮飲酒者, 始乎治, 常卒乎亂, 泰至則多奇樂. 凡事亦然. 始乎諒, 常卒乎鄙;其作始也簡, 其將畢也必巨. 言者, 風波也;行者, 實喪也. 夫風波易以動, 實喪易以危. 故忿設無由, 巧言偏辭. 獸死不擇音, 氣息茀然, 於是並生心厲. 剋核太至, 則必有不肖之心應之, 而不知其然也. 苟爲不知其然也, 孰知其所終! 故法言曰:'無遷令, 無勸成, 過度益也.' 遷令勸成殆事, 美成在久, 惡成不及改, 可不愼與! 且夫乘物以遊心, 託不得已以養中, 至矣. 何作爲報也! 莫若爲致命, 此其難者."

慄(률):두려워하다. 懽(환):기뻐하다. 粗(조):거칠다. 執(집):잡다. 臧(장):착하다. 爨(찬):불 때다, 밥을 짓다. 溢(일):넘치다. 妄(망):거짓. 鬪(투):싸우다, 다투다. 諒(양):믿다. 忿(분):성내다. 設(설):세우다. 偏(편):치우치다. 茀(불):강하고 성한 모양. 厲(여) : 사납다, 위태롭다. 剋(극) : 이기다. 核(핵) : 씨. 遷(천) : 바꾸다. 乘(승) : 초월하다. 致(치) : 보내다.

▶ 葉公子高(섭공자고) : 초나라의 대부로, 섭현령(葉縣令)을 지냄. 성은 심(沈), 이름은 제량(諸梁)임. "자고"는 그의 자임. ▶ 諸梁(제량) : 섭공 자고의 이름. ▶ 懽成(환성) : 훌륭하게 이루어짐. ▶ 人道之患(인도지환) : 사람의 법도에서 오는 우환. 즉, 형벌을 의미. ▶ 陰陽之患(음양지환) : 음양의 기운이 너무 격동된 나머지 균형을 잃어 생기는 병. ▶ 執粗(집조) : 거친 음식을 먹음. ▶ 不臧(불장) : 좋은 것을 먹지 않음. ▶ 爨無欲淸之人(찬무욕청지인) : 요리할 때 (열이 많이 필요하지 않으므로) 시원해지고자 하는 사람이 없음. 섭공 자고는 좋은 음식을 먹지 않기 때문에 많은 요리를 할 필요가 없었다. 그러니 집에 요리에서 나오는 열기 때문에 더워하는 사람이 없음을 말함. ▶ 內熱(내열) : 마음이 타들어감. ▶ 大戒(대계) : 사람이 태어나 규칙으로 삼아야 할 큰 법도 "계"는 법도(成玄英說). ▶ 命(명) : 천성(李勉說). ▶ 義(의) : 사회에서 지켜야 할 규범. ▶ 不可奈何(불가내하) : 어찌할 수 없음. ▶ 靡(미) : 묶다(王敔說). "미"는 "미(縻)"와 통함. ▶ 其信之也莫(기신지야막) : 그 믿음이 약화됨(奚侗說). "막"은 "박(薄)"과 통함. ▶ 法言(법언) : "격언"(成玄英說)과 "고서"(林希逸說)라는 설이 있음. 본서는 전자의 설을 따랐음. ▶ 泰至(태지) : 너무 심한 경우에 ~에 이름. ▶ 鄙(비) : 속이다. ▶ 實喪(실상) : 이해득실(郭嵩燾說). ▶ 忿設(분설) : 화를 내는 것, 분노하는 것. ▶ 無由(무유) : 이유가 없음. ▶ 偏辭(편사) : 한쪽으로 치우친 말. ▶ 氣息(기식) : 숨. ▶ 苶然(불연) : (숨이) 강하고 거침. ▶ 厲心(여심) : 사나운 마음. 즉, 사람을 해치려는 마음. ▶ 剋核(극핵) : 핍박하다(陳鼓應說). ▶ 太至(태지) : 너무 심함. ▶ 遷令(천령) : 명령을 바꿈. ▶ 勸成(권성) : 성공하려고 애씀. ▶ 過度益(과도익) : 도가 지나치면 넘침. "익"은 "일(溢)"을 줄여서 쓴 글자(劉師培說). ▶ 美成(미성) : 일을 훌륭하게 이룸. ▶ 惡成(악성) : 일을 잘못함, 일을 망침. ▶ 乘物(승물) : 사물을 초월하다. "승"은 초월하다. ▶ 遊心(유심) : 마음을 자유롭게 노님. ▶ 託不得已(탁부득이) : 자연에 기탁함(李勉說). ▶ 養中(양중) : 마음을 기름. ▶ 作爲報(작위보) : 의미 있는 일을 하여 임금에게 보답함. ▶ 致命(치명) : 자연에 맡김. "치"는 맡기다.

[05]

안합(顏闔)이 위나라 영공의 태자의 스승으로 초빙되어 떠나려할 때, 거백옥(蘧伯玉)에게 물었다.

"여기에 선천적으로 성격이 모진 사람이 있습니다. 이 사람에게 도의에 어긋나는 일을 하게 하면, 나라는 위태로워집니다. 이 사람에게 도의에 맞는 일을 하게 하면, 자신을 위태롭게 합니다. 이 사람의 지혜는 다른 사람의 잘못을 알기에는 충분하나 자신이 잘못하는 것은 모릅니다. 이렇다면 제가 어찌해야 하는 것입니까?"

거백옥이 말했다.

"좋은 질문이십니다! 경계하고, 신중하며, 몸을 바르게 해야겠지요! 겉으로는 (친근하게) 다가가시고, 속으로는 (그 사람과의 관계를) 조절하십시오. 그래도 이 두 가지에는 문제가 있습니다. (친근하게) 다가가되 너무 들어가서는 안 되고, 조절하되 너무 드러내서는 안 됩니다. 겉으로 (친근하게) 다가가되 너무 들어가면, (그대는 나락으로) 떨어져 없어지고, 무너져 뒤집힐 것입니다. 속으로 조절하나 너무 드러내면, (그 사람은 그대가) 명성과 명예를 추구한다고 생각하여 (술수로) 해를 입히려 할 것입니다. 그 사람이 어린아이처럼 순진하게 행동하면, 그와 같이 순진하게 행동하십시오. 그 사람이 도를 넘어 방탕하게 행동하면, 그와 같이 방탕하게 행동하십시오. 저 사람이 어디에도 얽매이지 않는다면, 그와 같이 어디에도 얽매이지 마십시오. 이렇게 그 사람을 인도하면 올바른 길로 오게 될 것입니다.

저 사마귀를 모르십니까? 그놈은 힘차게 팔을 올려 수레를 막으려고 합니다. 허나 자신이 감당할 수 없음을 모릅니다. 이는 자신의 재주가 뛰어나다고 생각하는 것입니다. 경계하고 신중하십시오! 그대의 뛰어남을 자주 과시하여 사람을 자극하면 위험에 빠질 수 있습니다.

저 호랑이를 기르는 자를 모르십니까? 호랑이에게는 산 것을 주지 않습니다. 호랑이가 이것을 죽일 때 사나운 본성을 드러내기 때문입니다. 또 호랑이에게는 온전한 것을 주지 않습니다. 이빨로 물어뜯을 때 사나운 본성을 드러내기 때문입니다. 호랑이가 배고프고 배부를 때를 파악하고, 기쁘거나 화를 낼 때를 알아야 합니다. 호랑이는 사람과 달라서 자신을 길러준 자를 잘 따릅니다. 이는 본성을 따른 것입니다. 때문에 길러준 사람을 죽이는 것은 본성을 거스르는 것입니다.

말을 좋아하는 자는 광주리로 말똥을 받고, 대합껍질로 소변을 받습니다. 마침 모기나 등에가 (말의 몸에) 달라붙어 있습니다. (이를 잡는다고) 불시에 말을 친다면, (말은 놀라) 재갈을 부러뜨리고 굴레를 망가뜨리며 가슴의 가죽 띠를 끊어버릴 것입니다. 말을 사랑한 뜻은 지극했으나 사랑한 것을 잃었으니, 신중해야 하지 않겠습니까!"

해설

안합(顏闔)이 거백옥(蘧伯玉)에게 성격이 모질고 자신의 잘못을 모르는 사람을 어떻게 대할 것인지를 묻는 내용이다. 거백옥은 그 사람이 어떤 행동을 하던 그 사람의 행동을 그대로 따라하고 자신의 재주를 드러내 자극하지 말라고 했다. 이는 사람의 본성을 무리하게 바꾸려하다가는 오히려 해를 입을 수 있음을 말하는 것이다. 장자는 이를 호랑이를 사육할 때 그 사나운 본성을 자극하지 않고 그 상태에 따라 먹이를 주며 길들이는 것과 같다고 했다.

顏闔將傳衛靈公太子, 而問於蘧伯玉曰 : "有人於此, 其德天殺. 與之爲無方, 則危吾國 ; 與之爲有方, 則危吾身. 其知適足以知人之過, 而不知其所以過. 若然者, 吾奈之何?" 蘧伯玉曰 : "善哉問乎! 戒之, 愼之, 正汝身也哉! 形莫若就, 心莫若和. 雖然, 之二者有患. 就不欲入, 和不欲出. 形就而入, 且爲顚爲滅, 爲崩爲蹶. 心和而出, 且爲聲爲名, 爲妖爲孽. 彼且爲嬰兒, 亦與之爲嬰兒 ; 彼且爲無町畦, 亦與之爲無町畦 ; 彼且爲無崖, 亦與之爲無崖. 達之入於無疵. 汝不知夫螳螂乎? 怒其臂以當車轍, 不知其不勝任也, 是其才之美者也. 戒之, 愼! 積伐而美者以犯之, 幾矣. 汝不知夫養虎者乎? 不敢以生物與之, 爲其殺之之怒也 ; 不敢以全物與之, 爲其決之之怒也 ; 時其飢飽, 達其怒心. 虎之與人異類而媚養己者, 順也 ; 故其殺者, 逆也. 夫愛馬者, 以筐盛矢, 以蜄盛溺. 適有蚉虻僕緣, 而拊之不時, 則缺銜毀首碎胸. 意有所至而愛有所亡, 可不愼邪!"

闔(합) : 간직하다. 傅(부) : 스승. 蘧(거) : 풀이름. 殺(쇄) : 심하다. 顚(전) : 넘어지다. 崩(붕) : 무너지다. 蹶(궐) : 뒤집히다. 妖(요) : 재앙. 孽(얼) : 재앙. 町(정) : 밭두둑, 밭의 경계. 畦(휴) : 밭두둑, 밭의 경계. 崖(애) : 끝. 疵(자) : 흠, 결점. 螳(당) : 사마귀. 蜋(랑) : 사마귀. 臂(비) : 팔. 轍(철) : 바퀴자국. 決(결) : (이빨로) 끊다. 媚(미) : 아첨하다. 筐(광) : 광주리. 矢(시) : 똥. 蜄(진) : 대합조개. 溺(뇨) : 소변, 오줌. 蚉(문) : 모기. 虻(맹) : 등에. 僕(복) : 붙다. 緣(연) : 오르다. 拊(부) : 치다. 缺(결) : 이지러짐. 銜(함) : 재갈. 碎(쇄) : 부수다.

▶ 顏闔(안합) : 노나라의 현자. 성이 안(顏), 이름은 합(闔)임. ▶ 傅(부) : 원의는 스승. 이곳에서는 동사로 쓰여 "스승이 되다"의 의미. ▶ 蘧伯玉(거백옥) : 위나라의 어진 대부이름. 성은 거(蘧), 이름은 원(瑗)임. "백옥"은 그의 자임. ▶ 天殺(천쇄) : 선천적으로 모짊. "쇄"는 심하다. ▶ 爲無方(위무방) : 옳지 않은 일을 함. "방"은 바르다. ▶ 就(취) : 친근하게 다가감. ▶ 出(출) : 드러냄. ▶ 爲顚爲滅(위전위멸) : 떨어져 없어짐. ▶ 爲崩爲蹶(위붕위궐) : 무너지고 뒤집힘. ▶ 爲妖爲孽(위요위얼) : (술수를 부려) 해를 입힘. "요"와 "얼"은 모두 재앙의 의미. ▶ 無町畦(무정휴) : (밭의) 경계가 없음. 즉, 도를 넘어 방탕하게 구는 것을 의미. ▶ 無崖(무애) : 끝이 없음. 즉, 얽매이지 않는다는 의미. ▶ 螳蜋(당랑) : 사마귀. ▶ 怒(노) : 힘을 내 떨쳐 일어남. ▶ 當(당) : 가로막다. "당(擋)"과 통함. ▶ 車轍(거철) : 수레바퀴. ▶ 勝任(승임) : 감당하다, 이겨내다. ▶ 積伐(적벌) : 지나치게 과시함(林希逸說). "적"은 지나치다. "벌"은 과시하다. ▶ 而美(이미) : 그대의 뛰어남. "이"는 그대(2인칭). ▶ 犯(범) : 건드리다, 자극하다. ▶ 幾(기) : 위태로움(郭象說). ▶ 爲(위) : ~때문이다. ▶ 時(시) : 주관하다, 관장하다. "사(司)"와 통함. ▶ 故(고) : 어기사로 의미가 없음. "부(夫)"와 용법이 통함. ▶ 矢(시) : 똥. "시(屎)"와 통함. ▶ 僕緣(복연) : 달라붙어 오름. "복"은 붙다. 청나라 사람 왕염손(王念孫)은 ≪장자잡지(莊子雜志)≫에서 "'복'은 '부'를 말한다. 모기나 등에가 말의 몸에 달라붙는 것을 말한다. '복'과 '부'는 발음은 비슷하지만 의미는 같다('僕'之言'附'也, 言蚉虻附緣於馬體也. '僕'與'附', 聲近而義同)."라고 했다. ▶ 缺銜(결함) : 재갈을 부러뜨림. ▶ 毀首(훼수) : 말머리에서 재갈에 매어진 가죽 끈, 즉 굴레를 망가뜨림. ▶ 碎胸(쇄흉) : 가슴의 가죽 띠를 끊어버림.

[06]

목수 석씨(石氏)가 제나라로 가다가 곡원(曲轅)이라는 곳에 왔다. 그는 이곳에서 (사람들이) 지신(地神)으로 숭배하는 상수리나무를 보았다. 이 나무는 수천 두의 소를 가릴 정도로 컸고, 그 둘레는 100아름이나 되었다. 또 산처

인
간
세
人
間
世

럼 높아 나무의 7~80척 되는 곳에서 가지가 자랐다. 배를 만들 수 있는 곁가지만 수십 개나 되었다. 구경꾼들이 저자거리에 가듯 몰려왔다. (그런데) 목수 석씨는 쳐다보지도 않고 가던 길을 계속 갔다. 그의 제자가 (이 나무를) 한참을 보고 나서 빠른 걸음으로 스승인 석씨를 따라가 말했다.

"제가 도끼를 잡고 스승님을 따른 후로 이렇게 아름다운 나무를 본 적이 없습니다. 스승님께서는 보시지도 않고 길을 계속 가시는 것은 왜이신지요?"

목수 석씨가 말했다.

"그만하고, 말하지 말거라! 쓸모없는 나무니라. 배를 만들면 가라앉고, 관을 만들면 빨리 썩고, 기물을 만들면 빨리 망가지고, 문을 만들면 나무진이 흘러내리고, 기둥을 만들면 좀이 먹을 것이다. 그 나무는 재목이 되지 못할 나무이니, 쓸 곳이 없느니라. 그러니 이렇게 오래 산 것이지."

목수 석씨가 집에 돌아왔다. 지신으로 숭배를 받는 상수리나무가 (석씨의) 꿈에 나타나 말했다.

"그대는 나를 무엇과 비교하려는 것인가? 그대는 나를 재목으로 쓰기에 좋은 나무에 비교하는 것인가? 저 돌배·배·귤·유자 같은 과실나무와 풀의 열매는 속이 꽉 차고 익으면, 잘려나간다. 잘려지면 꺾이게 되지. 큰 가지는 꺾이고, 작은 가지는 당겨진다. 이는 자신들의 재능으로 자신의 삶을 괴롭힌 것이다. 그래서 천수를 다하지 못하고 중도에 요절하는 것이고, 스스로 유용함을 드러내 사람들에게 치이는 것이다. 사물치고 이와 같지 않은 것은 없다. 나는 쓸모가 없기를 바란지 오래되었다. 거의 죽을 뻔한 적도 있으나 지금 이렇게 살아있다. 이것이 나의 큰 쓰임(大用)이다. 내가 쓸모가 있었다면, 이렇게 크게 자랄 수 있었을까? 또 그대와 나는 모두 만물(의 일종)인데, 어찌 이렇게 만물을 평할 수 있는가? 다 죽어 가는 쓸모없는 사람이 쓸모가 없는 나무를 어찌 안단 말인가!"

목수 석씨가 깨어나 (제자에게) 꿈 이야기를 했다. 제자가 말했다.

"쓸모가 없음에 뜻을 둬놓고, 지신이 되려고 한 것은 왜인지요?"

목수 석씨가 말했다.

"그만, 말하지 말거라. 그 상수리나무도 (지신에) 기탁한 것뿐이다. 자신을 알아주지 않는 자들이 꾸짖고 욕한다고 생각한 것이지. 지신이 되지 않았다면, 베여졌겠지! 게다가 그 상수리나무가 자신을 지키는 방법은 사람들과 다르니라. 우리 생각대로만 헤아리면, 이 또한 (본의에서) 멀어지지 않겠느냐?"

해설

상수리나무를 예로 쓸모없는 것의 큰 쓰임을 말하고 있다. 상수리나무는 목재로써 쓸모가 없기 때문에 장수하여 지신으로 추앙받았다. 이와 달리 돌배·배·귤·유자를 비롯한 나무와 풀의 열매들은 익으면 바로 잘려 나간다. 과연 쓸모없어 천수를 누리는 것이 옳을까? 아니면 쓸모 있어 천수를 다하지 못하고 죽는 것이 옳을까? 장자는 전자가 올바른 삶이라고 여긴다. 이 단락은 ≪소요유≫ [12] 단락과 함의가 유사하다. 또 하나 흥미로운 것은 상상력이 풍부한 장자문장의 일면을 볼 수 있다는 것이다. 첫째는 수천 두의 소를 가려줄 정도로 큰 상수리나무에 대한 묘사이다. 사실 현실에서 수천 두의 소를 가려줄 정도의 나무를 상상하기란 쉽지 않다. 그 쓸모없음과 쓸모 있음의 효과를 극도로 끌어올리기 위해 문장을 과장한 것이라고 할 수 있다. 둘째는 상수리나무가 목수 석씨의 꿈에 나타나 말하는 장면이다. 나무는 말을 할 수 없기 때문에 꿈이라는 매개를 통해 자신의 주장을 펼치는 것이다. 보통 꿈은 초현실적인 것이기 때문에 아주 신비한 힘을 갖는다.

匠石之齊, 至於曲轅, 見櫟社樹. 其大蔽數千牛, 絜之百圍, 其高臨山, 十仞而後有枝, 其可以爲舟者旁十數. 觀者如市, 匠伯不顧, 遂行不輟. 弟子厭觀之, 走及匠石, 曰:"自吾執斧斤以隨夫子, 未嘗見材如此其美也. 先生不肯視, 行不輟, 何邪?" 曰:"已矣, 勿言之矣! 散木也, 以爲舟則沈, 以爲棺槨則速腐, 以爲器則速毀, 以爲門戶則液樠, 以爲柱則蠹. 是不材之木也, 無所可用, 故能若是之壽." 匠石歸, 櫟社見夢曰:"女將惡乎比予哉? 若將比予於文木邪? 夫柤梨橘柚, 果蓏之屬,實熟則剝, 剝則辱;大枝折, 小枝泄. 此以其能苦其生者

也, 故不終其天年而中道夭, 自掊擊於世俗者也. 物莫不若是. 且予求無所可
用久矣, 幾死, 乃今得之, 爲予大用. 使予也而有用, 且得有此大也邪? 且也若
與予也皆物也, 奈何哉其相物也? 而幾死之散人, 又惡知散木!" 匠石覺而診其
夢. 弟子曰: "趣取無用, 則爲社何邪?" 曰: "密! 若無言! 彼亦直寄焉, 以爲
不知己者詬厲也. 不爲社者, 且幾有翦乎! 且也彼其所保與衆異, 而以義喩之,
不亦遠乎!"

轅(원) : 끌채. 櫟(역) : 상수리나무. 社(사) : 토지의 신. 蔽(폐) : 가리다. 輟(철) : 그
치다. 厭(염) : 충분하다. 棺(관) : 널. 槨(곽) : 덧널. 樠(만) : 송진. 蠹(두) : 좀 벌레.
柤(사) : 돌배. 橘(귤) : 귤. 柚(유) : 유자. 萸(라) : 열매. 剝(박) : 벗기다. 泄(설) : 새
다. 掊(부) : 헤쳐 드러나게 하다. 詬(후) : 꾸짖다. 翦(전) : 자르다. 喩(유) : 깨우치다.

▶ 匠石(장석) : 석(石)씨 성을 가진 목수(木手). ▶ 曲轅(곡원) : 지명. ▶ 櫟社樹(역사
수) : 토지의 신으로 제사를 받는 상수리나무. 고대에는 큰 나무를 토지의 신으로 삼
아 제사를 올렸음(朱桂曜說). ▶ 絜(혈) : 재다. ▶ 百圍(백위) : 100아름. ▶ 仞(인) : 길
(길이단위). 일인(一仞)은 7~8척(尺)에 해당. ▶ 有枝(유지) : 가지가 자람. ▶ 旁(방) : 곁.
이곳에서는 곁가지의 의미. ▶ 匠伯(장백) : 목수 석씨(石氏). "백"은 목수의 우두머
리(陳鼓應說). ▶ 厭看(염간) : 실컷 봄. ▶ 散木(산목) : 쓸모없는 나무. ▶ 棺槨(관
곽) : 널과 덧널. ▶ 門戶(문호) : 문. ▶ 液樠(액만) : 나무진이 흘러나옴. "만"은 송진.
▶ 文木(문목) : 결이 아주 좋은 나무. 즉, 재목으로 쓰기에 좋은 나무. ▶ 果萸(과
라) : 나무와 풀에서 열리는 열매들. "과"는 나무에서 열리는 열매. "과"는 풀에서
열리는 열매. ▶ 辱(욕) : 꺾다. 장병린(章炳麟)은 ≪장자해고(莊子解故)≫에서 "이
'욕'자는 '뉵'의 의미를 빌렸다(此'辱'字借爲'衄'義)."라고 했다. "뉵"은 꺾다. ▶ 泄
(설) : 당겨짐(兪樾說). ▶ 自掊(자부) : 스스로 유용함을 드러냄. ▶ 相物(상물) : 사물을
평가하다. "상"은 품평하다(陳啓天說). ▶ 散人(산인) : 쓸모없는 사람. ▶ 診(진) : 알리
다(王念孫說). "진(畛)"과 통함. ▶ 趣取(취취) : 뜻이 바라고 찾는 것. ▶ 密(밀) : 조
용함. 이곳에서는 말을 하지 말라는 의미. ▶ 詬厲(후려) : 꾸짖고 욕함. ▶ 直(직) : 단
지. ▶ 義喩(의유) : 두 가지 설이 있음: 첫째는 "의"를 "의(儀)"보고, "겉모습"으로
풀이한 설이고, 둘째는 "이치"의 의미로 풀이한 설이다. 본서는 후자를 따랐음.

남백자기가 상구(商丘)에 놀러갔다가 아주 특이하게 생긴 큰 나무를 보았다. 1,000대의 수레를 끄는 4,000필의 말을 매어놓아도 나무의 그늘진 곳에다 가릴 수 있었다. 자기가 말했다.

"이것은 무슨 나무일까? 이 나무는 분명히 특이한 재목일 것이다."

위를 보니 굽은 가는 가지는 마룻대와 대들보가 될 수 없고, 아래를 보니 가운데 갈라진 큰 뿌리는 널과 덧널이 될 수 없었다. 또 잎을 핥아보니 입이 헐어 상처가 났고, 냄새를 맡아보니 사람을 크게 취하게 하는데 3일이 지나도 깨어나지 않았다.

자기가 말했다.

"이 나무는 정말이지 재목감이 되지 못하는 나무구나. 그래서 이렇게 크게 자랐던 것이야. 아! 도를 터득한 사람은 이 때문에 자신의 자질을 드러내지 않는 것이구나!

송나라의 형씨(荊氏)라는 곳은 호두나무・잣나무・뽕나무가 자라기에 적합하다. 굵기가 한 아름 내지 한 웅큼 이상인 것은 원숭이를 묶는 말뚝을 하는 자가 베어가고, 굵기가 서너 아름 되는 것은 높고 큰 들보가 필요한 자가 베어가고, 굵기가 일여덟 아름 되는 것은 귀족이나 부유한 상인의 집 안에서 관을 만들 재목을 찾는 자들이 베어간다. 그래서 그 천수를 다하지 못하고 중도에 도끼에 의해 요절한다. 이것은 재목이 되어 입는 재앙이다. 그래서 액을 쫓고 복을 비는 제사에서는 이마에 흰털이 난 소・코가 위로 올라간 돼지와 치질에 걸린 사람을 강의 신에게 제물로 받치지 않는다. 점을 치는 사람들은 이런 것을 잘 알고 있다. 그들은 이를 불길하다고 여긴다. (그러나) 이것은 도를 터득한 사람들이 가장 상스럽게 생각하는 것이다.

해설

　　앞의 [06] 단락과 함의가 유사하다. 이곳에서는 4,000필의 말에게 그늘을 제공할 수 있는 큰 나무를 예로 들고 있다. 나무가 이렇게 될 수 있었던 것은 목재로써 가치가 없기 때문이다. 호두나무·잣나무·뽕나무는 목재로써 큰 가치가 있어 천수를 다하지 못하고 중도에 도끼에 베여진다. 이 역시 쓸모없음(無用)의 쓸모 있음(有用)을 말한다. 장자는 우리가 불길하다고 생각하는 것이나 외면하는 것은 도를 터득한 사람들이 가장 상스럽게 여기는 것이라고 역설적으로 설파한다.

南伯子綦遊乎商之丘, 見大木焉, 有異, 結駟千乘, 將隱芘其所藾. 子綦曰: "此何木也哉? 此必有異材夫." 仰而視其細枝, 則拳曲而不可以爲棟樑; 俯而視其大根, 則軸解而不可以爲棺槨; 咶其葉, 則口爛而爲傷; 嗅之, 則使人狂酲, 三日而不已. 子綦曰: "此果不材之木也, 以至於此其大也. 嗟乎神人, 以此不材! 宋有荊氏者, 宜楸柏桑. 其拱把而上者, 求狙猴之杙者斬之; 三圍四圍, 求高名之麗者斬之; 七圍八圍, 貴人富商之家求樿傍者斬之. 故未終其天年, 而中道之夭於斧斤, 此材之患也. 故解之以牛之白顙者與豚之亢鼻者, 與人有痔病者不可以適河. 此皆巫祝以知之矣, 所以爲不祥也. 此乃神人之所以爲大祥也."

　　駟(사) : 말 네 마리. 芘(비)·藾(뢰) : 덮다. 拳(권) : 구부리다. 棟(동) : 마룻대. 樑(량) : 대들보. 軸(축) : 굴대. 棺(관) : 널. 槨(곽) : 덧널. 咶(지) : 핥다. 爛(란) : 문드러지다. 嗅(후) : 냄새를 맡다. 酲(정) : 숙취. 嗟(차) : 탄식하다. 荊(형) : 가시나무. 楸(추) : 호두나무. 柏(백) : 잣나무. 桑(상) : 뽕나무. 拱(공) : 두 손을 맞잡다. 把(파) : 한 손으로 쥐다. 狙(저) : 원숭이. 猴(후) : 원숭이. 杙(익) : 말뚝. 樿(전) : 회양목. 傍(방) : 곁. 顙(상) : 이마. 豚(돈) : 돼지. 亢(항) : 오르다. 痔(치) : 치질. 巫(무) : 무당. 祝(축) : 박수무당.

　　▶ 南伯子綦(남백자기) : 장자가 만들어낸 허구의 인물. ≪제물론≫에 나오는 "남곽자기(南郭子綦)"와 동일인물. ▶ 商之丘(상지구) : 상구(商丘). 지금의 하남성(河南省) 상구현(商丘縣). ▶ 駟千乘(사천승) : 1,000대의 수레를 끄는 4,000마리의 말. ▶ 隱芘(은비) : 가리다. "은"은 가리다. "비"는 "비(庇)"와 통함. ▶ 藾(뢰) : 그늘. "음(蔭)"과 통함. ▶ 拳曲(권곡) : 굽어짐. ▶ 棟樑(동량) : 마룻대와 대들보. ▶ 軸解(축해) : 나무

의 가운데가 갈라짐(陳啓天說). ▶ 棺槨(관곽) : 널과 덧널. ▶ 狂酲(광정) : 술에 크게
취하게 함. ▶ 果(과) : 참으로, 정말로. ▶ 嗟乎(차호) : 아!(탄식하는 말). ▶ 神人(신
인) : 도를 터득한 사람. ▶ 以此(이차) : 이 때문에. ▶ 荊氏(형씨) : 송나라에 있는 지명.
▶ 宜楸柏桑(의추백상) : 호두나무·잣나무·뽕나무가 자라기에 적합함. ▶ 拱(공) : 양
손으로 안을 수 있는 굵기. 아름. ▶ 把(파) : 한 손으로 잡을 수 있는 굵기. 웅큼.
▶ 而上(이상) : 이상(以上). "이"는 "이(以)"의 의미. ▶ 狙猴(저후) : 원숭이. ▶ 三圍
四圍(삼위사위) : 서너 아름. "위"는 둘레. 두 팔로 안을만한 길이. ▶ 高名之麗(고명
지려) : 높고 큰 들보. "려"는 "려(欐)"와 통함. ▶ 欂傍(전방) : 이음매 없는 한 장의
널빤지로, 주로 관을 만드는데 사용되었음. ▶ 解之(해지) : 액운을 쫓고 복을 비는
제사. ▶ 白顙(백상) : 이마에 흰 털이 난 것. ▶ 痔病(치병) : 치질. ▶ 適河(적하) : 어
린 아이를 강에 던져 강의 신에게 제사를 지냄. ▶ 巫祝(무축) : 점을 치는 사람들.

[08]

지리소(支離疏)는 턱이 배꼽 아래에 가려있고, 어깨는 정수리보다 높았다.
또 상투는 하늘을 가리키고, 오장(五臟)의 혈관은 위로 향했으며, 양쪽 넓적
다리는 옆구리에 닿았다. 그는 옷을 바느질하고 씻어주는 일로 생계를 유
지했다. 또 키질하고 쌀을 불리는 일로 열 식구를 먹었다. 나라에서 병사를
징집했다. 지리소는 팔을 흔들며 그들 사이를 활보하고 다녔다. 나라에서
일할 사람들을 크게 징발했다. 지리소는 고질병이 있다는 이유로 노역을
하지 않았다. 나라에서 병든 사람에게 곡식을 나누어 줄 때는 삼종(三鍾)의
쌀과 열 단의 땔나무를 받았다. 몸이 온전하지 않는 자도 자신의 몸을 부양
하고 천수를 다하기에 족한데, 하물며 그 덕을 잊은 사람에게서는!

해설
지리소(支離疏)라는 사람은 아주 기형적인 몸을 갖고 있다. 이런 점 때문에 나라에
큰일이 있음에도 징집되지 않았고, 심지어는 식량과 땔나무를 받기까지 했다. 이 단락
은 몸이 온전하지 않은 사람을 예로 쓸모없음의 쓸모 있음을 말하고 있다.

支離疏者, 頤隱於臍, 肩高於頂, 會撮指天, 五管在上, 兩髀爲脅. 挫鍼治繲

足以餬口 ; 鼓筴播精, 足以食十人. 上徵武士, 則支離攘臂而遊於其間 ; 上有大役, 則支離以有常疾不受功 ; 上與病者粟, 則受三鍾與十束薪. 夫支離其形者, 猶足以養其身, 終其天年, 又況支離其德者乎!"

支(지) : 가르다. 頤(이) : 턱. 隱(은) : 숨기다. 臍(제) : 배꼽. 頂(정) : 정수리. 撮(촬) : 모으다. 髀(비) : 넓적다리. 脅(협) : 옆구리. 鍼(침) : 침놓다. 綷(해) : 옷을 빨다. 餬(호) : 죽을 먹다. 筴(협) : 점대. 精(정) : 정미(精米). 食(사) : 먹이다. 徵(징) : 부르다. 攘(양) : 물리치다. 粟(속) : 조. 鍾(종) : 되(용량단위)이름. 束(속) : 묶다.

▶ 支離疏(지리소) : 장자가 만든 허구의 인물. 성이 "지리", 이름이 "소"임. 명나라 사람 덕청(德淸)은 "이것은 인명에 가탁한 것이다 '지리'는 그 형체를 쓸모없게 하는 것을 말한다. '소'는 지혜를 없애는 것을 말한다. 형체를 잊고 지혜를 없애는 것에 비유한 것이다(此假設人之名也. '支離'者, 謂隳其形. '疏'者, 謂泯其智也. 乃忘形去智之喩)."라고 했다. ▶ 會撮指天(회촬지천) : 상투가 하늘을 가리킴. 상투는 머리 위의 정중앙에 하는데 허리가 굽은 관계로 상투가 하늘을 향한 것을 말함. "회촬"은 상투. ▶ 五管(오관) : 오장(五臟)의 혈관. ▶ 挫鍼治綷(좌침치해) : 옷을 바느질하고 옷을 세탁함(司馬彪說). ▶ 餬口(호구) : 입에 풀칠함. 즉, 최소한의 생계를 유지했다는 의미. ▶ 鼓筴(고협) : 키질을 함. "고"는 까부르다. "협"은 키. ▶ 播精(파정) : 쌀을 키질하여 깨끗이 불림. "파"는 까부르다. "정"은 쌀. ▶ 攘臂(양비) : 팔을 흔들다. ▶ 大役(대역) : 큰 노역. 즉, 나라에서 대대적으로 일할 사람들을 징발하는 것. ▶ 常疾(상질) : 고질병. ▶ 受功(수공) : 노역을 함. "공"은 일. ▶ 三鍾(삼종) : 삼종의 쌀. "종"은 용량단위로, 일종(一鍾)은 육곡사두(六斛四斗)에 해당. ▶ 十束薪(십속신) : 열 단의 땔나무. ▶ 支離(지리) : 불완전함. ▶ 支離其德(지리기덕) : 덕을 잊음(成玄英說). 또 송나라 사람 임희일(林希逸)은 "지극한 사람의 덕도 몸이 온전하지 않는 자처럼 쓸모없음을 크게 쓸모 있음으로 삼는다. 이는 재목감이 되지 못하는 나무와도 같은 맥락이다(言至人之德亦如此支離者, 以無用爲大用也. 此與不才之木亦同意)."라고 했다.

[09]

공자가 초(楚)나라에 갔다. 초나라에서 미치광이 행세하는 접여(接輿)가 공자가 머물던 객사를 지나며 노래했다.

"봉황아, 봉황아, (너의) 덕이 어찌하여 쇠미하였느냐! 올 날은 기다릴 수 없고, 간 날은 쫓아 갈 수 없구나. 세상에 도가 있으면, 성인은 자신의 뜻을 이루고, 세상에 도가 없으면, 성인은 살기에 급급하지. 지금 이 순간, 형벌만 피하길 바라는구나. 복은 깃털보다 가벼움에도 실어야 함을 모르고, 화는 땅보다 무거움에도 피해야 함을 모르는구나. 관두게, 관두게, 사람들 앞에서 자신의 덕을 드러냄을! 위험하네, 위험하네, 땅을 가려 달림이! 가시나무야, 가시나무야, 내 가는 길 망치지 말거라! (길을) 돌아가며, 돌아가며, 내 발 아프게 하지 말거라!"

인 간 세 人 間 世

해설

초나라의 은자 접여(接輿)를 통해 공자의 처신을 풍자하고 있다. 공자는 세상이 다스려지면 정치에 나아갔고 세상이 어지러우면 정치에서 물러났다. 자신을 드러내지 말 것을 주장하는 장자의 입장에서 보면, 공자의 이런 처신은 자신을 수고롭게 하고 위태롭게 하는 것이었다. 그래서 장자는 공자에게 자신의 덕을 드러내지 말라고 한다. 이 단락 역시 쓸모없음의 쓸모 있음을 역설적으로 설파하고 있다.

孔子適楚, 楚狂接輿遊其門曰 : "鳳兮鳳兮, 何如德之衰也! 來世不可待, 往世不可追也. 天下有道, 聖人成焉 ; 天下無道, 聖人生焉. 方今之時, 僅免刑焉. 福輕乎羽, 莫之知載 ; 禍重乎地, 莫之知避. 已乎已乎, 臨人以德! 殆乎殆乎, 畫地而趨! 迷陽迷陽, 無傷吾行! 郤曲郤曲, 無傷吾足!"

僅(근) : 겨우. 已(이) : 그치다. 畫(화) : 그리다. 趨(추) : 달리다. 郤(극) : 틈.

▶ 接輿(접여) : 사람이름. ▶ 凰(황) : 봉황. 세상이 평화로우면 나타난다는 전설적인 새. 이곳에서는 공자를 말함. ▶ 成(성) : 뜻을 이룸. ▶ 生(생) : 살기에 급급함. ▶ 知載(지재) : 실어야 함을 앎. ▶ 迷陽(미양) : 가시나무(王先謙說). ▶ 郤曲(극곡) : 굽음. 즉, 길을 돌아서 감.

111

[10]

산의 나무는 스스로 베임을 초래하고, 기름불은 스스로 탄다. 계수나무는 (계피로) 먹을 수 있어 베이고, 옻나무는 (옻으로) 쓸 수 있어 잘린다. 사람들은 쓸모 있는 것의 쓸모는 알아도, 쓸모없는 것의 쓸모는 모른다.

해설

쓸모 있는 것들은 그 쓸모 있음으로 인해 중도에 베여지고 사라진다. 사람도 마찬가지이다. 사람들은 자신의 재주를 내보이며 자신이 쓸모 있는 사람임을 알리려고만 한다. 그러나 장자는 자신의 재주를 드러내는 것은 자신을 위태롭게 하는 것이며, 우리에게 쓸모없는 것이야말로 정말로 쓸모 있는 것임을 알려주고 있다.

山木自寇也, 膏火自煎也. 桂可食, 故伐之 ; 漆可用, 故割之. 人皆知有用之用, 而莫知無用之用也.

寇(구) : 베다. 膏(고) : 기름. 煎(전) : 달이다. 漆(칠) : 옻나무. 割(할) : 쪼개다.

▶ 自寇(자구) : 스스로 베임을 초래함. ▶ 膏火(고화) : 기름 불. ▶ 桂可食(계가식) : 계수나무의 껍질은 약으로 쓰임.

덕충부德充符

자연의 변화를 따르면 나타나는 징조

〈산수도(山水圖)〉
현재玄齋 심사정沈師正(1707~1769)
출처 : 국립중앙박물관

덕충부德充符
자연의 변화를 따르면 나타나는 징조

해제

"덕충부(德充符)"는 덕이 마음에 충만하면 몸 밖으로 드러나면서 육신을 떠나 자연의 변화를 따르는 징조가 나타난다는 의미이다. "부"는 징조의 의미.

본편은 두 가지 내용으로 나눌 수 있다. 첫째는 몸에 장애가 있거나 얼굴이 못생긴 사람들이 등장하나 이들은 하나같이 자신의 장애를 떠나 사물의 변화에 몸을 맡기고 만물과 함께 한다는 내용이다. 아울러 지혜를 재앙의 근원으로 여기고 공자를 사람을 홀리고 괴상한 명성이나 추구하는 사람으로 보았다. 장자는 이곳에서 훌륭한 덕을 갖고 있다면 형체상의 결함은 잊혀 진다고 했다. 둘째는 장자와 혜자의 대화부분이다. 이곳에서 장자는 좋고 나쁨으로 심신을 상하게 하지 않아야 하고, 인위적으로 무리하게 더하는 것이 아닌 있는 그대로의 자연을 따르라고 했다.

[01]

노나라에 왕태(王駘)라는 한쪽 발이 잘린 사람이 있었다. 그를 따라 도를 배우는 자들이 공자의 제자수와 엇비슷했다. 상계(常季)가 공자에게 여쭈었다.

"왕태라는 사람은 한쪽 다리가 잘린 사람입니다. 그를 따라 도를 배우는 자들과 스승님의 제자들이 노나라를 양분하고 있습니다. (그 사람은) 서면 가르치지 않고, 앉으면 논하지 않는다고 합니다. 그럼에도 (그의 제자들은) 빈손으로 가서 많은 가르침을 받고 돌아옵니다. 정말로 무언(無言)의 가르침이라는 것이 있어서 어떤 과정 없이 마음으로 깨치는 것인지요? 그는 어떤 사람인지요?"

공자가 말했다.

"그이는 성인이니라. 나도 줄곧 뒤처져서 그에게 (가르침을 청하러) 가지 못했다. 나도 스승으로 모시고 싶은데, 하물며 나보다 못한 사람들이야 더 말할 것이 있겠느냐! (이런 경우가) 어찌 노나라에만 있겠느냐! 나는 세상 사람들을 이끌고 그를 따를 것이다."

상계가 말했다.

"저 다리가 잘린 분이 스승님보다 뛰어나다면, 보통사람보다 훨씬 뛰어날 것입니다. 그러면 이런 분은 마음을 어떻게 다스리는지요?"

공자가 말했다.

"삶과 죽음은 큰일이나 이 사람에게는 어떤 변화도 주지 못하지. 또 천지가 뒤집히고 떨어져도, 이 사람을 사라지게 할 순 없지. 이 사람은 의지하는 것이 없는 상태에 있기 때문에 사물을 따라가지 않지. 그는 사물의 변화에 몸을 맡기고 그 근원을 지키네."

상계가 말했다.

"무슨 말씀인지요?"

공자가 말했다.

"그 다름으로 보면, 간과 쓸개는 초나라와 월나라만큼이나 멀리 떨어져 있네. 그 같음으로 보면, 만물은 모두 같네. 이를 알면, 눈과 귀가 듣고 보고 싶어 하는 것을 알려하지 않고, 덕과 조화되는 경지에서 노닐려고 할 걸세. 만물은 같다고 생각하면, 잃어버리는 것은 보이지 않네. 그래서 발을 잃었어도 흙을 내던지듯 아무렇게 생각하지 않는 것이지."

상계가 말했다.

"그분은 수양하실 때, 자신의 앎으로 마음을 깨치셨습니다. 또 그 (깨친) 마음으로 마음을 일정하게 유지할 수 있게 되었습니다. 그런데 왜 사람들이 그에게 모이는 것인지요?"

공자가 말했다.

"사람들은 흐르는 물을 거울로 삼지 않고, 멈춰 있는 물을 거울로 삼지. (왜이겠나?) 멈춰 있는 것만이 서길 바라는 것들을 멈추게 할 수 있어서이지. 땅에서 생명을 받은 것 중에 소나무와 잣나무만이 올곧지. 그렇기 때문에 여름이나 겨울에도 푸르른 것이네. 하늘에서 생명을 받은 것 중에 요와 순만이 올바르지. 그렇기 때문에 만물의 으뜸이 된 것이지. (이분들은) 운 좋게도 (자신의) 성품을 올바르게 가꾸어 많은 사람들을 인도했지. 근원을 지켜서 (외부로) 나타나는 조짐은 현실을 두려워하지 않는 것이네. (이를테면) 용감한 사람이 혼자 적의 대군 속으로 돌진하는 것이지. (용감하다는) 명성을 얻고자 스스로 이렇게 하는 자도 있는데, 하물며 천지를 주재하시고, 만물을 포용하시고, 육체를 잠시 왔다 머무는 곳으로만 여기시고, 눈과 귀를 허상으로 간주하시며, 타고난 지혜로 앎의 경지를 비추면서 마음에는 죽음을 생각하지 않는 그런 분이야 더 말할 것이 있겠느냐! 그분은 날을 골라 속세를 떠나려 하네. 사람들이 그를 따르는 것일세. 그런 분이 어찌 사람을 끌어들이는 일을 하겠나?"

해설

　한쪽 발이 잘린 왕태(王駘)라는 사람이 마음을 다스리는 방법을 말하고 있다. 상식적으로 한쪽 발이 잘린 사람이라면 육체적·정신적 고통이 대단할 것인데 이 사람은 자신의 장애를 아무렇게 여기지 않는다. 장자는 이를 만물은 같다고 생각하면 잃어버리는 것은 보이지 않게 된다고 설명한다.

　魯有兀者王駘, 從之遊者, 與仲尼相若, 常季問於仲尼曰:"王駘, 兀者也, 從之遊者, 與夫子中分魯. 立不教, 坐不議, 虛而往, 實而歸. 固有不言之教, 無形而心成者邪? 是何人也?" 仲尼曰:"夫子, 聖人也, 丘也直後而未往耳. 丘將以爲師, 而況不若丘者乎! 奚假魯國! 丘將引天下而與從之." 常季曰:"彼兀者也, 而王先生, 其與庸亦遠矣. 若然者, 其用心也獨若之何?" 仲尼曰:"死生亦大矣, 而不得與之變, 雖天地覆墜, 亦將不與之遺. 審乎無假而不與物遷, 命物之化而守其宗也." 常季曰:"何謂也?" 仲尼曰:"自其異者視之, 肝膽楚越也;自其同者視之, 萬物皆一也. 夫若然者, 且不知耳目之所宜, 而遊心乎德之和;物視其所一而不見其所喪, 視喪其足猶遺土也." 常季曰:"彼爲己. 以其知得其心, 以其心得其常心, 物何爲最之哉?" 仲尼曰:"人莫鑑於流水, 而鑑於止水, 唯止能止衆止. 受命於地, 唯松柏獨也正, 在冬夏青青;受命於天, 唯舜獨也正, 在萬物之首. 幸能正生, 以正衆生. 夫保始之徵, 不懼之實. 勇士一人, 雄入於九軍. 將求名而能自要者, 而猶若是, 而況官天地, 府萬物, 直寓六骸, 象耳目, 一知之所知, 而心未嘗死者乎! 彼且擇日而登假, 人則從是也. 彼且何肯以物爲事乎!"

兀(올):발뒤꿈치 베다. 駘(태):어리석다. 遺(유):잃다, 버리다. 宗(종):근원. 肝(간):간. 膽(담):쓸개. 遺(유):버리다. 鑑(감):거울. 柏(백):잣나무. 象(상):형상. 骸(해):뼈.

　▶兀者(올자):발이 잘린 사람. "개(介)"와 통함. ▶王駘(왕태):장자가 만들어낸 허구의 인물. 진고응(陳鼓應)은 "'왕'은 사람들에 의해 존경과 숭배를 받는다는 의

미이다. '태'는 '둔하다'는 의미로, '큰 지혜를 갖고 있는 사람은 어리석게 보인다.' 는 의미를 내포하고 있다('王', 取爲人所敬崇之義, '駘', 卽駑, 含有'大智若愚'的意 思).”라고 했다. ▶ 常季(상계) : 공자의 제자이름. ▶ 後(후) : 뒤떨어짐. ▶ 奚假(해 가) : 어찌 ~에 그치겠는가! “가”는 “이(已)”와 통함. “이”는 그치다. ▶ 王(왕) : 낫 다, 뛰어나다. “왕(旺)”과 통함. ▶ 庸(용) : 일반사람. ▶ 若之何(약지하) : ~이 어떠 한가? “여지하(如之何)”와 같음. ▶ 覆墜(복추) : 뒤집어져 떨어짐. ▶ 審乎無假(심호무 가) : 빌리는 것이 없음에 있음. 즉, 의지하거나 기대는 것이 없는 상태에 있음. “심” 은 처하다(陳鼓應說). ▶ 與物遷(여물천) : 사물에 따라 변화함. ▶ 爲己(위기) : 자신을 수양함. ▶ 最(최) : 모이다(司馬彪說). ▶ 衆止(중지) : 멈추길 바라는 사물. ▶ 正生 (정생) : 타고난 성품을 바르게 함. “생”은 “성(性)”과 통함(林希逸說). ▶ 保始之徵 (보시지징) : 근원을 지켜서 외부로 나타나는 조짐. 선영(宣穎)은 “'보시'는 근원을 지키는 것이다. 근원을 지키면 반드시 조짐이 나타난다. 예를 들어, 용기를 기르는 자가 현실을 두려워하지 않는 것이다(保始卽守宗也. 保始者必有徵驗, 譬如養勇者自 有不懼之實也).”라고 했다. ▶ 雄入(웅입) : 돌진해 들어감. ▶ 九軍(구군) : 대군(大軍). 천자의 육군(六軍)과 제후의 삼군(三軍)을 합친 말. 일군(一軍)은 12,500명으로 구성 됨. ▶ 自要者(자요자) : 스스로 바라는 자. ▶ 官天地(관천지) : 천지를 주재함. ▶ 府萬 物(부만물) : 만물을 포용함. “부”는 모으다. ▶ 直(직) : 단지, 그저. ▶ 六骸(육해) : 육 체, 육신. ▶ 象耳目(상이목) : 눈과 귀를 허상으로 간주함. “상”은 형태. ▶ 一知之所知 (일지지소지) : 타고난 지혜로 앎의 경지를 비춤. 성현영(成玄英)은 “'일지'는 지혜이 다. '소지'는 경지이다. 알 수 있는 지혜로 앎의 경지를 비춘다는 의미이다('一知', 智 也. '所知', 境也. 能知之智照所知之境).”라고 했다. ▶ 且(차) : 장차. ▶ 登假(등가) : 먼 곳으로 올라감. 즉, 속세를 초월한다는 의미. “가”는 “하(遐)”의 가차자(奚侗說).

[02]

신도가(申徒嘉)는 한쪽 다리가 잘린 사람으로, 정나라의 자산(子産)과 함께 백혼무인(伯昏无人)을 스승으로 섬겼다. 자산이 신도가에게 말했다.

“내가 먼저 나가면, 자네는 가만히 있게. 자네가 먼저 나가면, 내가 가만 히 있겠네.”

다음날, (두 사람은) 또 같은 방의 같은 자리에 앉았다. 자산이 신도가에 게 말했다.

“내가 먼저 나가면, 자네는 가만히 있게. 자네가 먼저 나가면, 내가 가만히 있겠네. 나는 지금 나갈 것인데, 자네는 가만히 있을 수 있겠는가? 가만히 있을 수 없겠는가? 자네는 일국의 재상을 보고도 피하지 않는데, 자네는 (자신을) 재상과 동등하다고 여기는가?"

신도가가 말했다.

"스승님의 문하에 자네 같은 재상이 있었던가? 자네는 자네가 재상임을 내세워 사람을 무시하는가? '거울이 맑으면 먼지와 때가 묻지 않고, (먼지와 때가) 묻으면 맑지 않는다. 어진 이와 오래 있으면 허물이 없다.'라고 들었네. 지금 자네가 학문을 닦고 덕을 수양하면서, 이런 말을 한다는 것이 너무 과하다는 생각이 들지 않는가!"

자산이 말했다.

"자네는 (몸이) 이 모양인데도 요임금과 선을 다투려하는가? 자네의 덕을 헤아려 보시게, 자신을 돌아보기에도 모자라지 않는가?"

신도가가 말했다.

"자신의 허물을 말하며 다리를 잃지 않았어야 했다고 여기는 사람은 많지만 자신의 허물을 말하지 않으면서 다리를 지켰어야 했다고 여기는 사람은 적소. 어찌할 수 없는 것임을 알고 운명인양 편안하게 생각하는 것은 덕이 있는 자만이 할 수 있소. (활쏘기의 명수) 예(羿)가 쏘는 화살의 사정권 안에서 한번 거닐어 보시게. 그 중앙은 화살을 맞는 곳이나 맞지 않는 것은 운명이지. 사람들 중에는 자신들이 온전한 다리를 갖고 있다고 해서 나의 온전하지 못한 다리를 비웃는 사람들이 많소. 나는 발끈 화가 치솟지만 스승님이 계신 곳에 오면, 노기는 사라지고 평온한 마음을 되찾소. 스승님께서 올바르게 나를 인도해주신 것이 아니겠소? 스승님을 따라 공부한 지 19년이 되었지만 스승님께서는 내가 한쪽 다리를 잃은 사람이라는 것을 의식한 적이 한 번도 없으셨소. 지금 자네와 나는 (한 스승 밑에서) 육신의 안, 즉 마음에서 노닐고 있소. 그런데도 자네가 육신의 밖에서 나를 찾는다면, 이 역시 과하지 않겠소!"

자산은 부끄러워 어쩔 줄 모르며 안색을 바꿔 말했다.

"더 이상 말하지 말게!"

해설

　신도가(申徒嘉)는 같이 공부하는 일국의 재상인 자산(子産)에 비해 육체도 온전하지 않고 신분도 훨씬 낮다. 그러나 신도가는 마음으로 덕을 쌓는 것이 중요하지 사람의 겉모습이나 세속적인 신분은 중요하지 않다고 말한다.

申徒嘉, 兀者也, 而與鄭子産同師於伯昏无人. 子産謂申徒嘉曰:"我先出則子止, 子先出則我止." 其明日, 又與合堂同席而坐. 子産謂申徒嘉曰:"我先出則子止, 子先出則我止. 今我將出, 子可以止乎, 其未邪? 且子見執政而不違, 子齊執政乎?" 申徒嘉曰:"先生之門, 固有執政焉如此哉? 子而悅子之執政而後人者也? 聞之曰:'鑑明則塵垢不止, 止則不明也. 久與賢人處則無過.' 今子之所取大者, 先生也, 而猶出言若是, 不亦過乎!" 子産曰:"子旣若是矣, 猶與堯爭善, 計子之德, 不足以自反邪?" 申徒嘉曰:"自狀其過, 以不當亡者衆, 不狀其過, 以不當存者寡, 知不可奈何, 而安之若命, 唯有德者能之. 遊於羿之彀中. 中央者, 中地也; 然而不中者, 命也. 人以其全足笑吾不全足者多矣, 我怫然而怒; 而適先生之所, 則廢然而反. 不知先生之洗我以善邪? 吾與夫子遊十九年矣, 而未嘗知吾兀者也. 今子與我遊於形骸之內, 而子索我於形骸之外, 不亦過乎!" 子産蹴然改容更貌曰:"子無乃稱!"

　齊(제):같다. 垢(구):때. 狀(상):진술하다. 彀(구):당기다, 활을 쏘기에 알맞은 거리. 怫(불):발끈하다. 廢(폐):폐하다. 骸(해):뼈. 索(색):찾다. 蹴(축):차다. 稱(칭):일컫다.

　▶ 申徒嘉(신도가):정(鄭)나라의 현자로, 성이 신도(申徒), 이름이 가(嘉)임. ▶ 子産(자산):춘추시기 정나라의 명재상. 성은 공손(公孫), 이름은 교(僑)임. "자산"은 그의 자임. ▶ 伯昏无人(백혼무인):장자가 만든 허구의 인물. ▶ 執政(집정):집정대

신. 즉, 재상을 말함. ▸ 後人(후인) : 사람을 뒤로함. 즉, 사람을 무시함. ▸ 塵垢(진구) : 먼지와 때. ▸ 所取大者(소취대자) : 큰 것을 구함. 즉, 학문을 닦고 몸을 수양함을 구한다는 의미. "취"는 구하다. ▸ 自狀其過(자장기과) : 자신의 허물을 진술함. "장"은 진술하다. ▸ 以不當亡者(이불당망자) : 한쪽 다리를 잃지 말았어야 한다고 생각하는 사람. "이"는 생각하다. "당"은 마땅히 ~해야 한다. "망"은 없음. 즉, 한쪽 다리를 잃은 것을 의미. ▸ 羿(예) : 사람이름. 하나라 때의 제후로, 궁술의 명인. ▸ 彀中(구중) : 화살이 날아가는 사정권 안에 있음. ▸ 中地(중지) : 적중되는 지점. ▸ 怫然(불연) 발끈하며 화를 냄. ▸ 廢然(폐연) : 분노나 노기가 사라지는 모양. ▸ 形骸之內(형해지내) : 육신의 안. 즉, 마음을 의미. ▸ 蹴然(축연) : 부끄러워 어쩔 줄 모르는 모양. ▸ 乃稱(내칭) : 다시 말함. "내"는 "잉(仍)"의 의미. "잉"은 거듭(王闓運說).

[03]

노나라에 한쪽 발이 잘린 숙산무지(叔山無趾)라는 사람이 있었다. 그가 공자를 찾아와 만났다. 공자가 말했다.

"자네가 신중하지 않아 죄를 저질러 이렇게 됐네. 지금 (가르침을 청하러) 온들, 어찌 만회할 수 있겠나!"

무지가 말했다.

"저는 힘써야 할 것을 모르고 제 몸을 가벼이 썼기 때문에 발을 잃은 것입니다. 지금 제가 온 것은 발보다 더 귀한 것이 있기 때문입니다. 저는 이를 더 온전하게 가꾸려합니다. 하늘은 (만물을) 덮어주지 않음이 없고, 땅은 (만물을) 실어주지 않음이 없습니다. 저는 선생님을 천지로 여겼습니다. 선생님께서 이렇게 말씀하실 줄은 몰랐습니다!"

공자가 말했다.

"내 생각이 짧았네. 어찌 들어오지 않는가, 자네 생각을 한번 들어봄세."

무지가 나갔다. 공자가 말했다.

"제자들은 분발하라! 무지는 발이 잘렸음에도 열심히 배워 지난날의 잘못을 만회하려고 한다. 하물며 몸이 온전한 사람이야 (더더욱 배움에 힘써야 하지 않겠느냐)!"

무지가 노담(老聃)에게 말했다.

"공자는 아직 지인(至人)의 경지에 이르지 못했습니까? 그는 왜 선생님께 자주 가르침을 청하는 것입니까? 그는 사람을 홀리는 기이하고 괴상한 명성이나 바랍니다. 지인은 이를 자신을 옭아매는 차꼬와 쇠고랑으로 생각한다는 것을 모르는 것입니까?"

노담이 말했다.

"자네는 왜 그 사람에게 삶과 죽음은 서로 이어지고, 됨과 될 수 없음은 서로 통하는 것이라고 바로잡아주지 않았는가? 그랬다면 그의 차꼬와 쇠고랑을 풀어줄 수 있지 않았겠나?"

무지가 말했다.

"하늘이 내린 벌인데, 제가 어떻게 풀 수 있습니까!"

해설

숙산무지(叔山無趾)가 한쪽 발을 잃은 자신을 질책하는 공자를 비판하는 대목이다. 이에 숙산무지는 공자를 사람을 홀리고 기이하고 괴상한 명성이나 바라는 사람이라고 말한다. 그는 또 공자가 아직 진정한 지인(至人)의 경지에 이르지 못했다고 말한다. 지인이란 세속의 명성을 자신을 옭아매는 차꼬와 쇠고랑으로 여기는 사람을 말한다. 마지막 부분에 공자는 하늘로부터 벌을 받고 있기 때문에 차꼬와 쇠고랑의 속박으로부터 벗어날 수 없다고 했다.

魯有兀者叔山無趾, 踵見仲尼, 仲尼曰 : "子不謹, 前旣犯患若是矣. 雖今來, 何及矣!" 無趾曰 : "吾唯不知務而輕用吾身, 吾是以亡足. 今吾來也, 猶有尊足者存焉, 吾是以務全之也. 夫天無不覆, 地無不載, 吾以夫子爲天地, 安知夫子之猶若是也!" 孔子曰 : "丘則陋矣. 夫子胡不入乎, 請講以所聞!" 無趾出. 孔子曰 : "弟子勉之! 夫無趾, 兀者也, 猶務學以復補前行之惡, 而況全德之人乎!" 無趾語老聃曰 : "孔丘之於至人, 其未邪? 彼何賓賓以學子爲? 彼且蘄以

諔詭幻怪之名聞, 不知至人之以是爲己桎梏邪?" 老聃曰："胡不直使彼以死生
爲一條, 以可不可爲一貫者, 解其桎梏, 其可乎?" 無趾曰："天刑之, 安可解!"

趾(지) : 발. 踵(종) : 발꿈치, 쫓다. 謹(근) : 삼가다. 陋(루) : 좁다. 講(강) : 이야기하
다. 胡(호) : 어찌. 複(부) : 다시. 諔(숙) : 기이하다. 詭(궤) : 속이다. 幻(환) : 홀리게
하다. 桎(질) : 차꼬, 족쇄. 梏(곡) : 쇠고랑, 수갑.

▶ 叔山無趾(숙산무지) : 장자가 만든 허구의 인물. "숙산"은 그의 자. 발이 베이는
형벌을 받았기 때문에 "무지(無趾)"라고 했다. ▶ 踵見(종견) : 찾아가서 만남. "종"
은 이르다. ▶ 犯患(범환) : 죄를 지음. ▶ 有尊足者存(유존족자존) : 발보다 귀한 것
이 있음. "존족"은 존어족(尊於足)"과 같음. ▶ 複補(복보) : 다시 보충함. ▶ 全德(전
덕) : 몸이 온전함(德清說). ▶ 賓賓(빈빈) : 빈번함(俞樾說). "빈빈(頻頻)"과 같음.
▶ 學子(학자) : 선생님에게 배움. "학어자(學於子)"와 같음. ▶ 爲(위) : 어조사로, 의
미가 없음. ▶ 諔詭幻怪(숙궤환괴) : 사람을 홀리는 기이하고 괴상한 것. "숙"은 속
이다, 기이하다. "궤"는 속이다. "환"은 사람을 홀림. ▶ 桎梏(질곡) : 차꼬와 쇠고랑.
▶ 直(직) : 바로잡음. ▶ 一條(일조) : 서로 연결됨. ▶ 一貫(일관) : 서로 통함. ▶ 天刑
之(천형지) : 하늘이 그를 벌함.

[04]

노나라 애공(哀公)이 공자에게 물었다.

"위나라에 애태타(哀駘它)라는 못생긴 사람이 있소. 그와 함께 지낸 자들은
(그를) 생각하느라 돌아가기 아쉬워한다고 하오. 여인들이 그를 보면, 부모
에게 '다른 사람의 아내가 되느니, 이분의 첩이 되게 해주세요.'라고 청하
는 사람만도 십수 명이 넘는다 하오. 그런데 (사람들은) 그의 주장을 들어
본 적이 없소. 그는 늘 사람들과 화목하게 지낼 뿐이오. (그에게는) 죽을 사
람을 구해줄만한 임금의 권세도 없고, 사람들의 배를 채워줄 만큼의 모아
놓은 봉록도 없소. 게다가 세상 사람들이 놀랄 정도로 못생겼고, (사람들과)
화목하나 자신의 주장이 없으며, 지식은 세속에 국한되어 있소. 그럼에도
남자와 여자들이 그에게 몰려가오. 이는 필시 보통사람과 다른 점이 있기

때문이오. 과인이 그를 불러 보니, 과연 그 추함은 세상 사람을 놀라게 할 정도였소. 과인은 그와 지낸 지 한 달도 안 되어, 그 사람 됨됨이에 호감이 갔소. 1년도 안 되어, 그를 신임하게 되었소. 마침 재상이 공석이어서 그에게 국사를 맡겨보려 했소. 그는 (내 제의에) 마음을 비운 듯 응대하지 않았고, 개의치 않는다는 듯 사양했소. 과인은 부끄러웠지만 결국 그에게 국사를 맡겼소. 얼마 지나지 않아, 과인을 떠나가버렸소. 과인은 뭔가를 잃어버린 듯 아주 울적했소. 마치 이 나라에 함께 즐길 이가 없어진 듯 말이오. 그는 어떤 사람이오?"

공자가 대답했다.

"저는 일전에 초나라에서 노닌 적이 있었습니다. 그때 마침 아기 돼지들이 죽은 지 얼마 되지 않은 어미 돼지의 젖을 빨고 있는 것을 보았습니다. 조금 후 (아기 돼지들은) 놀라 허둥대며 어미 돼지를 버리고 달아났습니다. (이는 어미 돼지가) 자신들을 알아보지 못하고 이미 자신들과 같지 않았기 때문이었습니다. 아기 돼지들이 그 어미를 사랑한 것은 그 육신이 아니라 그 육신을 부리는 정신이었습니다. 전쟁에 나가 죽은 자를 장례할 때는 관에 운불삽(상여의 양옆에 세우고 가는 제구)을 세우지 않고 묘지로 보냅니다. 형벌을 받아 발이 잘린 자는 자신이 신었던 신발을 아끼지 않습니다. 이 모든 것들은 근본을 잃었기 때문입니다. 천자의 시녀는 손톱을 자르지 않고, 귓구멍을 뚫지 않습니다. 또 장가든 하인을 궁 밖에서 살게 하여 더 이상 (궁 안에서) 부려지지 않도록 합니다. 육신을 지키려고 천자의 시종도 이렇게 하는데, 하물며 덕이 완전한 사람이야 어떠하겠습니까! 지금 애태타는 말 한마디 하지 않고 임금의 신임을 받았고, 세운 공도 하나 없는데 사람들은 그와 가까이 지내려합니다. 사람을 보내 그에게 국정을 맡겨도 받지 않을 것입니다. 이는 필시 완전한 자질을 갖고 있으면서 덕을 드러내지 않는 사람일 것입니다."

애공이 물었다.

"완전한 자질을 갖고 있다는 것은 무슨 말이오?"

공자가 말했다.

"생사와 흥망, 귀천과 빈부, 현자와 우인(愚人), 비방과 명성, 배고픔과 목마름, 추위와 더위는 사물의 변화이자 자연의 운행입니다. 우리 앞에 밤낮으로 이어지지만 우리의 지혜로는 그 변화의 원류를 엿볼 수 없습니다. 그렇기 때문에 (지혜로는) 자연의 조화를 어지럽힐 수 없고, 마음으로 들어올 수 없는 것입니다. 마음이 차분하고 즐거우며 열려있으면, 기쁨을 잃지 않을 것입니다. (이런 마음으로) 낮밤을 잇고, 사물과 함께 하면, 봄날처럼 생기발랄해질 것입니다. 이렇게 되면 마음에는 어떤 사물을 만나더라도 때에 맞는 감정이 나오게 되는 것입니다. 이를 완전한 자질을 갖췄다고 하는 것입니다."

애공이 물었다.

"덕을 드러내지 않는 것은 무슨 말이오?"

공자가 말했다.

"잔잔함은 물이 거의 정지된 상태입니다. 이를 본보기로 삼을 수 있습니다. 속으로는 잔잔하고 겉으로 출렁이지 않습니다. 덕이라는 것은 수양으로 (만물과) 조화를 이루는 것입니다. 덕을 드러내지 않으면, 사물은 (그것으로부터) 떠날 수 없습니다."

다른 날, 애공은 (공자의 제자인) 민자(閔子)에게 말했다.

"과인이 임금이 되어 세상을 다스리기 시작할 때, 백성을 다스리는 법도를 주관하면서 그들의 생사문제를 걱정했소. 과인은 이렇게 하는 것이 세상을 다스리는 가장 좋은 방법이라고 여겼소. 지금 과인이 지인의 말을 듣고 보니, 실속 없이 내 몸을 가벼이 쓰고 나라를 망하게 하지나 않을까 걱정이오. 나와 공(孔) 선생은 군신(君臣)의 관계가 아니오. 덕으로 사귀는 벗이오."

해설

　애태타(哀駘它)처럼 못생긴 사람이 왜 사람들로부터 호감을 받고 군주의 신임을 받
는지에 대해 말하고 있다. 보통 사람이라면 이를 이해하기 어려울 것이다. 장자는 그
이유를 애태타의 완전한 자질과 덕을 밖으로 드러내지 않는 마음 때문이라고 했다.
장자에 의하면, 이 완전한 자질은 마음을 차분히 하고 즐겁게 하며 막히지 않게 하면
서 이 마음을 밤낮으로 끊어지지 않게 하고 만물과 함께 해야 이룰 수 있다. 또 덕을
밖으로 드러내지 않는 것은 만물과 조화를 이루고 이를 드러내지 않는 것이라고 했
다. 법을 집행하고 백성들의 문제를 해결하는 것이 최고의 다스림이 아님을 설파하고
있는 것이다.

　魯哀公問於仲尼曰：“衛有惡人焉, 曰哀駘它. 丈夫與之處者, 思而不能去
也. 婦人見之, 請於父母曰：‘與爲人妻, 寧爲夫子妾’者, 十數而未止也. 未嘗
有聞其唱者也, 常和人而矣. 无君人之位以濟乎人之死, 无聚祿以望人之腹. 又
以惡駭天下, 和而不唱, 知不出乎四域, 且而雌雄合乎前. 是必有異乎人者也.
寡人召而觀之, 果以惡駭天下. 與寡人處, 不至月數, 而寡人有意乎其爲人也.
不至乎期年, 而寡人信之. 國無宰, 寡人傳國焉. 悶然而後應, 氾然而若辭. 寡
人醜乎, 卒授之國. 無幾何也, 去寡人而行, 寡人恤焉若有亡也, 若無與樂是國
也. 是何人者也?” 仲尼曰：“丘也嘗使於楚矣, 適見狋子食於其死母者, 少焉
眴若皆棄之而走. 不見己焉爾, 不得類焉爾. 所愛其母者, 非愛其形也, 愛使其
形者也. 戰而死者, 其人之葬也不以翣資；刖者之屨, 無爲愛之；皆無其本矣.
爲天子之諸御, 不翦爪, 不穿耳；取妻者止於外, 不得復使. 形全猶足以爲爾,
而況全德之人乎! 今哀駘它未言而信, 無功而親, 使人授己國, 唯恐其不受也,
是必才全而德不形者也.” 哀公曰：“何謂才全?” 仲尼曰：“死生存亡, 窮達貧富,
賢與不肖毀譽, 飢渴寒暑, 是事之變, 命之行也；日夜相代乎前, 而知不能規乎
其始者也. 故不足以滑和, 不可入於靈府. 使之和豫通而不失於兌；使日夜無
郤而與物爲春, 是接而生時於心者也. 是之謂才全.” “何謂德不形?” 曰：“平
者, 水停之盛也. 其可以爲法也, 內保之而外不蕩也. 德者, 成和之修也. 德不

形者, 物不能離也." 哀公異日以告閔子曰: "始也吾以南面而君天下, 執民之紀而憂其死, 吾自以爲至通矣. 今吾聞至人之言, 恐吾無其實, 輕用吾身而亡其國. 吾與孔丘, 非君臣也, 德友而已矣."

唱(창) : 앞서서 주장하다. 雌(자) : 암컷. 期(기) : 일주년. 悶(민) : 번민하다. 氾(범) : 넘치다. 恤(휼) : 근심하다. 独(돈) : 돼지새끼. 眴(현) : 깜짝이다. 翣(삽) : 운불삽(상여의 양옆에 세우고 가는 제구). 刖(월) : 베다, 자르다. 屨(구) : 신발. 翦(전) : 자르다. 爪(조) : 손톱. 滑(활) : 반드럽다. 豫(예) : 즐기다. 兌(태) : 기쁘다. 郤(극) : 틈, 사이. 法(법) : 본받다. 蕩(탕) : 움직이다.

▶ 惡人(악인) : 추한 사람, 못생긴 사람. ▶ 哀駘它(애태타) : 장자가 만든 허구의 인물. 선영(宣穎)은 "'애태'는 추한 모습이다. '타'는 이름이다('哀駘', 醜貌. '它', 名也)."라고 했다. ▶ 與爲⋯寧爲~(여위⋯녕위~) : ⋯하느니 차라리 ~함. ▶ 未止(미지) : ~에 그치지 않음. 즉, ~이상의 의미. ▶ 望(망) : 채우다. ▶ 不出(불출) : 넘어가지 않음. ▶ 四域(사역) : 사방. 즉, 천하, 세상의 의미. ▶ 雌雄(자웅) : 남녀들. ▶ 有意(유의) : 마음이 생김. 즉, 호감이 갔다는 의미. ▶ 期年(기년) : 1년. ▶ 悶然(민연) : 냉담한 모양. ▶ 後應(후응) : 승낙을 뒤로 미룸. 즉, (재상의 자리를) 승낙할 뜻이 없다는 의미. ▶ 氾然(범연) : 조금도 마음에 두지 않는 모양. ▶ 醜(추) : 부끄러워함. ▶ 無幾何(무기하) : 얼마 되지 않음. ▶ 独子(돈자) : 새끼 돼지. ▶ 少焉(소언) : 조금 후. ▶ 眴若(현약) : 놀라 허둥대는 모양. ▶ 類(류) : 같은 부류. 이곳에서는 어미 돼지를 가리킴. ▶ 不以翣資(불이삽자) : 관에 운불삽(상여의 양옆에 세우고 가는 제구)을 세우지 않고 묘지로 보냄. "자"는 보낸다. 즉, 관에 아무런 장식을 하지 않는다는 의미. ▶ 諸御(제어) : 궁녀. ▶ 足以爲爾(족이위이) : 이와 같이 하기에 충분함. "이"는 이와 같다. ▶ 才全(재전) : 자질이 완전함. 덕청(德淸)은 "'재전'이라는 것은 외부의 사물이 그의 본성을 해치지 않는 것을 말하는 것으로, 이는 바로 천성이 완전하여 다치지 않는 것이다(才全者, 謂不以外物傷戕其性, 乃天性全然未壞)."라고 했다. ▶ 窮達(궁달) : 귀천(貴賤). ▶ 德不形(덕불형) : 덕이 밖으로 드러나지 않음. ▶ 規(규) : 엿봄. "矨(窺)"와 통함. ▶ 滑和(활화) : 마음의 조화를 어지럽힘. "활"은 어지럽다. ▶ 靈府(영부) : 심령. 곽상(郭象)은 "'영부라는 것은 정신의 집이다(靈府者, 精神之宅也)."라고 했다. ▶ 和豫通(화예통) : 심령을 차분히 하고 즐거워하며 막힘이 없게 함. "예"는 즐기다. ▶ 日夜無郤(일야무극) : 밤낮으로 틈이 없음. 계속 이어진다는 의미. ▶ 爲春(위춘) : 봄날처럼 생기발랄해짐(德淸說). ▶ 接(접) : 사물과 접촉함. 즉, 사물을 만남. ▶ 生時於心(생시어심) : 때에 맞는 감정이 생김. ▶ 成

和之修(성화지수) : 수양으로 조화를 이룸. ▶閔子(민자) : 공자의 제자이름. 민자건
(閔子騫)을 말함.

[05]

　발을 절고 등은 굽었으며 입술이 없는 사람이 위(衛)나라 영공(靈公)에게 유
세했다. 영공은 그를 좋아했다. (영공은) 몸이 온전한 사람을 보면, 그들의
목이 너무 가늘고 작다고 여겼다. 목에 단지만큼 큰 혹이 나있는 사람이 제
(齊)나라 환공(桓公)에게 유세했다. 환공은 그를 좋아했다. (환공은) 몸이 온전
한 사람을 보면, 그들의 목이 너무 가늘고 작다고 여겼다. 그래서 훌륭한 덕
을 갖고 있으면, 형체상의 결함은 잊혀 진다. 사람들은 잊어야 할 것은 잊지
않고, 잊지 말아야 할 것은 잊는다. 이를 정말로 잊는 것(誠忘)이라고 한다.
　그래서 성인은 속박을 받지 않고 자유로이 노닐며, 지혜를 재앙으로 여
기고, 맹세를 아교로 여기고, (작은) 은혜를 교제수단으로 여기고, 공교(工巧)
함을 장사로 여긴다. 성인은 도모하지 않는데, 어찌 지혜를 쓰겠는가? (성
인은) 물건을 조각하지 않는데, 어떻게 아교를 쓰겠는가? (성인은) 잃는 것
이 없는데, 어찌 은혜를 베풀겠는가? (성인은) 돈을 벌려고 하지 않는데, 어
찌 장사를 하겠는가? 이 네 가지는 하늘이 길러주는 것이다. 하늘이 길러주
는 것은 하늘이 먹여주는 것이다. 이미 하늘이 먹여주고 있는데, 무엇 때문
에 또 사람이 필요하겠는가! (성인은) 사람의 육신을 하고 있으나 사람의
정(情)은 없다. 사람의 육신을 하고 있기 때문에 사람과 모여 산다. 사람의
정이 없기 때문에 (세속의) 시비가 그의 육신에 생기지 않는다. 보잘것없구
나, 사람과 같은 무리인 것이! 훌륭하구나, 하늘과 하나 됨이.

해설
　아무리 신체적으로 큰 결함이 있더라도 정신이 온전하다면, 그의 신체적 결함은 잊
혀질 수 있음을 말한다. 진정한 성인은 신체적 결함뿐만 아니라 속세의 온갖 지식·맹

세·재화 등에 집착하지 않고 자유로이 노닌다. 그의 이런 정신은 하늘로부터 부여받은 것이기에 사람들과 함께 모여 살아도 세속의 문제들이 그의 몸에 생기지 않는다는 것이다.

闉跂支離無脤說衛靈公, 靈公說之;而視全人, 其脰肩肩. 甕㼈大癭說齊桓公, 桓公說之;而視全人, 其脰肩肩. 故德有所長, 而形有所忘. 人不忘其所忘, 而忘其所不忘, 此謂誠忘. 故聖人有所遊, 而知爲孽, 約爲膠, 德爲接, 工爲商. 聖人不謀, 惡用知? 不斲, 惡用膠? 無喪, 惡用德? 不貨, 惡用商? 四者, 天鬻也;天鬻者, 天食也. 旣受食於天, 又惡用人! 有人之形, 无人之情. 有人之形, 故羣於人, 无人之情, 故是非不得於身. 眇乎小哉, 所以屬於人也! 謷乎大哉, 獨成其天!

闉(인) : 성곽 문. 跂(기) : 육발이. 脤(신) : 제육(祭肉). 說(세) : 유세하다. 說(열) : 기뻐하다. 脰(두) : 목, 목덜미. 甕(옹) : 독, 단지. 㼈(앙) : 동이. 癭(영) : 혹. 誠(성) : 정말로. 孽(얼) : 화근. 膠(교) : 아교. 約(약) : 묶다. 工(공) : 교묘하다. 斲(착) : 새기다. 鬻(육) : 기르다. 羣(군) : 모이다. 眇(묘) : 작다. 謷(오) : 크다.

▶闉跂支離無脤(인기지리무신) : 발을 절고 등이 굽었으며 입술이 없는 사람. "인" 은 굽다(司馬彪說). ▶肩肩(견견) : 가늘고 작은 모양. ▶甕㼈大癭(옹앙대영) : 목에 단지만큼 큰 혹이 나있는 사람. "대영"은 큰 혹. ▶德爲接(덕위접) : 목적을 갖고 베푸는 은혜를 사람들과 교제하기 위한 수단으로 봄. 덕청(德清)은 "작은 은혜로 사람들의 마음을 얻길 바라는 것을 '덕'이라 한다(以小惠要買人心, 謂之'德')."라고 했다. "접"은 접근하다, 다가가다. ▶不貨(불화) : 돈을 벌려 하지 않음. ▶天鬻(천육) : 하늘이 길러줌. "육"은 기르다. ▶眇乎(묘호) : 아주 작은 모양. ▶謷乎(오호) : 큰 모양. ▶成其天(성기천) : 하늘과 하나가 됨.

[06]

혜자가 장자에게 말했다.

"사람은 원래 정(情)이 없는가?"

장자가 말했다.

"그렇네."

혜자가 말했다.

"사람이 정이 없다면, 어떻게 사람이라고 할 수 있겠는가?"

장자가 말했다.

"도가 사람에게 얼굴을 주었고, 하늘이 사람에게 육신을 주었는데, 어찌 사람이라 말하지 않을 수 있겠는가?"

혜자가 말했다.

"사람이라고 말했다면, 왜 정이 없는가?"

장자가 말했다.

"이것은 내가 말하는 정이 아니네. 내가 말하는 정이 없다는 것은 사람들이 옳고 그름으로 자신의 몸을 상하지 않게 하는 것이네. 늘 자연을 따르되 인위적으로 더하지 않는 것이지."

혜자가 말했다.

"인위적으로 더하지 않는데 어떻게 몸이 있을 수 있는가?"

장자가 말했다.

"도가 사람에게 얼굴을 주었고, 하늘이 사람에게 육신을 주었으니, 옳고 그름으로 몸을 상하게 해서는 안 되네. 지금 자네는 자네의 정신을 도외시하고, 자네의 기력을 소모하고 있네. 나무에 기대어 읊조리고, [마른] 오동나무 안석에 의지해 잠을 자고 있지 않은가. 하늘이 자네에게 육신을 내려주었건만 자네는 견백론(堅白論) 같은 궤변이나 울리고 있네!"

해설

장자와 혜자가 정(情)에 대해 말하고 있다. 혜자가 말하는 "정"은 일반 사람들이 느끼는 상당히 현실적인 "정"이다. 즉 우리의 감정을 말한다. 감정은 현실의 옳고 그름에 많은 영향을 받는다. 장자가 생각하는 "정"은 마음을 의미한다. 그래서 장자는 이 마음은 늘 자연을 따르고 옳고 그름으로 인해 다치지 말아야 한다고 주장했다. 장자는 혜자가 현실의 관념에 빠져 자신의 주장을 펴고 있는 것을 질타하고 있다.

惠子謂莊子曰 : "人故无情乎?" 莊子曰 : "然." 惠子曰 : "人而无情, 何以謂
之人?" 莊子曰 : "道與之貌, 天與之形, 惡得不謂之人." 惠子曰 : "旣謂之人,
惡得无情?" 莊子曰 : "是非吾所謂情也. 吾所謂无情者, 言人之不以好惡内傷
其身, 常因自然而不益生也." 惠子曰 : "不益生, 何以有其身?" 莊子曰 : "道與
之貌, 天與之形, 无以好惡内傷其身. 今子外乎子之神, 勞乎子之精, 倚樹而吟,
據[槁]梧而暝. 天選之形, 子以堅白鳴!"

故(고) : 원래. 槁(고) : 마르다. 吟(음) : 읊조리다. 據(거) : 의거하다. 暝(명) : 어둡
다. 鳴(명) : 밖으로 나타내다.

▶益生(익생) : 인위하게 무리하게 더함. "생"은 무리하다. ▶據[槁]梧(거고오) : [마
른] 오동나무로 만든 안석에 의지함. "고"는 더 들어간 글자로 의심됨. 왕숙민(王叔
岷)은 대부분의 고서에는 이 "고"자 없음을 고증했음. 또한 ≪제물론≫ [08] 단락
에도 "거오(據梧)."로 되어있음. 본서에는 [~]로 표시했음. ▶暝(명) : 자다. "면
(眠)"의 옛 글자. ▶天選(천선) : 하늘이 내려줌. ▶堅白(견백) : 전국(戰國)시기 공손
룡(公孫龍)과 장자의 친구인 혜자(惠子)가 주장한 이론으로, 당시 사상가로부터 궤
변에 가깝다는 평가를 받았음. 예를 들어, 단단하고(堅) 흰(白) 돌(石)에서 시각적으
로는 흰 것만 알고 단단함을 모를 것이며, 촉각적으로는 단단함을 알고 흰 것을 알
지 못한다. 따라서 단단한 돌(堅石)과 흰 돌(白石)은 두 개로 나누어지므로 하나의
단단하고 흰 돌로 부를 수 없다고 주장함. 이 설은 사물의 전체를 보지 않고 사물
의 한쪽 측면만 극단적으로 강조했다는 점에서 당시 사상가들로부터 궤변이라는
평가를 받음.

대종사大宗師

크게 본받아야 할 스승

〈정선필관폭도(鄭敾筆觀瀑圖)〉
겸재謙齋 정선鄭敾(1676～1759)
출처 : 국립중앙박물관

대종사大宗師
크게 본받아야 할 스승

해제

　"대종사(大宗師)"는 크게 본받아야 할 스승이라는 의미이다. 이곳에서는 마음을 두지 않고 자연을 따르는 것을 말한다. 동진(東晉) 사람 곽상(郭象)은 "하늘과 땅은 크고 만물은 풍부하나 그것이 추종하고 본받는 것은 사물에 마음을 두지 않는 것이다(雖天地之大, 萬物之富, 其所宗而師者, 無心也)."라고 설명하고 있다.

　본편은 내용상 세 부분으로 나눌 수 있다. 첫째, 참된 사람(眞人)에 대한 설명이다. 참된 사람만이 참된 앎을 이루며 그것으로 세속의 속박을 떠나 자연에 순응하고 하나가 됨을 말하고 있다. 둘째는 위대한 도(道)에 대해 말하고 있다. 이곳에서는 도의 생성·존재·작용·전래와 도를 깨치는 과정 등이 자세하게 설명되어있다. 셋째, 신체적 결함이나 죽음에 임박한 사람을 등장시켜 이들의 자신의 결함과 생사를 초월한 것을 말하고 있다. 이곳에서는 자연에 편안히 몸을 맡기고 아무런 속박을 받지 않는다면 만물과 하나가 될 수 있다고 말하고 있다. 그 방법으로 제시하고 있는 것이 가만히 앉아 사물과 나를 잊는 "좌망(坐忘)"의 경지이다.

　본편은 ≪장자≫ 내편에서 <제물론>과 더불어 가장 중요한 편이다. <제물론>이 장자의 인식론을 말했다면, 본편은 장자의 본체론을 말하고 있다. 이 두 편을 읽었다면 장자의 사상을 기본적으로 이해했다고 할 수 있다.

[01]

하늘이 하는 것을 알고 사람이 하는 것을 아는 것이 가장 좋다. 하늘이
하는 것을 아는 것은 자연스러움에서 나온다. 사람이 하는 것을 아는 것은
지혜로 아는 것이다. 지혜로 알지 못하는 것을 길러야 중도에 요절하지 않
고 천수를 다한다. 이것이 지혜의 최고경지이다. 그러하나 문제도 있다. 지
혜는 탐구하는 대상이 있어야 옳은지를 판단할 수 있다. 그러나 탐구하는
대상은 정해진 것이 아니다. 그러니 어찌 내가 말하는 하늘이 사람이 아님
을 알 수 있으며, 내가 말하는 사람이 하늘이 아님을 알 수 있겠는가?

또한 참된 사람(眞人)이 있어야 참된 앎(眞知)이 있다. 참된 사람이란 누구일까?
옛날의 참된 사람은 사소한 것이라도 어기지 않았고, 성공에도 당당해하지 않
았으며, 일을 인위적으로 도모하지 않았다. 이렇다면, 때를 놓쳐도 후회하지 않
으며, 일이 잘되어도 우쭐해하지 않는다. 이렇다면, 높은 곳에 올라가도 두려워
하지 않으며, 물에 들어가도 젖지 않으며, 불에 들어가도 뜨거워하지 않는다.
앎으로 도의 지극한 곳에 올라설 수 있는 사람만이 이렇게 할 수 있다.

옛날의 참된 사람들은 잠을 자면 꿈을 꾸지 않았고, 깨어나면 걱정하지
않았다. 또한 감미로운 음식을 먹지 않았고, 호흡은 아주 깊었다. 참된 사
람은 발꿈치로 숨을 쉬고, 보통 사람은 목구멍으로 숨을 쉰다. 사람에게 설
득을 당한 자는 목구멍에 뭔가 막힌 듯 말이 불분명하다. 좋아하는 것에 푹
빠지는 자는 자질이 부족하다.

옛날의 참된 사람은 삶에 기뻐할 줄 모르고 죽음을 싫어할 줄 몰랐다. 이
세상에 온 것을 좋아하지 않았고, 이 세상을 떠나는 것도 마다하지 않았다.
아무런 얽매임이 없이 갔다가, 아무런 얽매임 없이 올 뿐이었다. 자신이 온
근원을 잊지 않고, 자신의 돌아갈 곳을 구하지 않았다. (삶을) 받으면 기뻐
하고, (삶을) 잊으면 돌아갔다. 이를 마음으로 도를 저버리지 않고, 사람으
로 하늘을 돕는 것이라고 한다. 이를 참된 사람이라고 한다. 이와 같은 사
람이라면, 그 마음은 세상 모든 것을 잊을 것이며, 그 얼굴은 평온할 것이

며, 그 이마는 널찍해서 보기 좋을 것이며, 가을처럼 쓸쓸하고 봄처럼 따뜻할 것이다. 또한 기쁨과 화냄은 사계절이 돌듯 자연스럽고, 만물과 잘 조화되어 그 (마음의) 한계가 어디까지인지 알 수 없을 것이다.

[그래서 성인은 군사를 동원해 나라를 멸망시키면서도 민심을 잃지 않고, 이익과 은택을 만세에 베풀면서도 사람을 편애하지 않는다. 그러므로 사람과 소통하길 좋아하는 자는 성인이 아니며, 한쪽만 편애하는 자는 어진 자가 아니며, 때를 헤아리는 자는 현자가 아니며, 이해(利害)관계에 통하지 않는 자는 군자가 아니며, 명성을 쫓다 자신을 잃은 자는 선비가 아니며, 몸을 망치고 본성을 잃는 자는 사람을 다스릴 자질을 갖춘 자가 아니다. 호불해(狐不偕)·무광(務光)·백이(伯夷)·숙제(叔齊)·기자(箕子)·서여(胥餘)·기타(紀他)·신도적(申徒狄) 같은 이들은 사람에게 부림을 당하고, 사람들을 즐겁게 해주었지만 자신들의 즐거움을 즐기지 못한 사람들이었다.]

옛날의 참된 사람은 그 모습이 당당하면서 위축되지 않았으며, 부족한 듯해도 남의 도움을 받지 않았다. 혼자서 여유롭게 노니나 아집을 갖지 않고, 광대하게 비워져 있으며 화려하지 않다. 또 늘 기분이 좋은 듯 기뻐하고, 어쩔 수 없는 것처럼 움직인다. 마음은 충실해져 얼굴에 윤기가 더해가고, 덕은 관대해져 사람들이 따른다. 정신은 세상처럼 넓고, 뜻은 고원하여 막을 수 없다. 자신을 닫은 듯 말이 없고, 말을 잊은 듯 무심하다. [(참된 사람은) 형벌로 몸을 삼고, 예의로 날개를 삼으며, 지혜로 때를 대하고, 덕으로 천성을 따른다. 형벌을 몸으로 삼음은 잘 살피기 위함이고, 예의를 날개로 삼음은 세상에 행해지기 위함이다. 또 지혜로 때를 대함은 어쩔 수 없어 일을 하기 위함이고, 덕으로 천성을 따름은 두 발을 가진 사람이 언덕에 오르는 것 (과 같이 자연스럽다는 것)이다. 그럼에도 사람은 참되려면 부지런히 행해야 한다고 생각한다.] 그래서 사람이 좋아하든 좋아하지 않든 (하늘과 사람은) 하나이다. 사람들이 하나라고 여기든 하나라고 여기지 않든 (하늘과 사람은) 하나이다. (하늘과 사람이) 하나라고 생각하면, 하늘과 한 무리가 되는 것이

대종사 大宗師

다. (하늘과 사람이) 하나가 아니라고 생각하면, 사람과 한 무리가 되는 것이다. 하늘과 사람은 서로 다투지 않는다. 이를 참된 사람이라고 한다.

해설

사람들이 지혜로 문제가 옳은지를 판단하는데 이 지혜조차 절대적인 기준이 아니라는 것에 문제가 있다. 장자는 참된 앎은 참된 사람(眞人)만이 깨달을 수 있다고 말한다. 문장에서는 참된 사람의 태도와 처세에 대해 여러 가지를 말하고 있으나 요약하면 세속을 속박을 떠나 자연을 따르며 만물과 하나가 되는 사람이라고 할 수 있다.

知天之所爲, 知人之所爲者, 至矣. 知天之所爲者, 天而生也 ; 知人之所爲者, 以其知之所知, 以養其知之所不知, 終其天年而不中道夭者, 是知之盛也. 雖然, 有患. 夫知有所待而後當, 其所待者特未定也. 庸詎知吾所謂天之非人乎? 所謂人之非天乎? 且有眞人而後有眞知. 何謂眞人? 古之眞人, 不逆寡, 不雄成, 不謨士. 若然者, 過而弗悔, 當而不自得也 ; 若然者, 登高不慄, 入水不濡, 入火不熱. 是知之能登假於道者也若此. 古之眞人, 其寢不夢, 其覺無憂, 其食不甘, 其息深深. 眞人之息以踵, 衆人之息以喉. 屈服者, 其嗌言若哇. 其者欲深者, 其天機淺. 古之眞人, 不知說生, 不知惡死 ; 其出不訢, 其入不距 ; 翛然而往, 翛然而來而已矣. 不忘其所始, 不求其所終 ; 受而喜之, 忘而復之, 是之謂不以心損道, 不以人助天. 是之謂眞人. 若然者, 其心忘, 其容寂, 其顙頯 ; 凄然似秋, 煖然似春, 喜怒通四時, 與物有宜而莫知其極. [故聖人之用兵也, 亡國而不失人心 ; 利澤施乎萬世, 不爲愛人, 故樂通物, 非聖人也 ; 有親, 非仁也 ; 天時, 非賢也 ; 利害不通, 非君子也 ; 行名失己, 非士也 ; 亡身不眞, 非役人也. 若狐不偕, 務光, 伯夷, 叔齊, 箕子, 胥餘, 紀他, 申徒狄, 是役人之役, 適人之適, 而不自適其適者也] 古之眞人, 其狀義而不朋, 若不足而不承 ; 與乎其觚而不堅也, 張乎其虛而不華也 ; 邴乎其似喜也! 崔乎其不得已也! 滀乎進我色也, 與乎止我德也 ; 厲乎其似世也! 謷乎其未可制也 ; 連乎其似好閉也, 悗乎忘其言也 [以刑爲體, 以禮爲翼, 以知爲時, 以德爲循. 以刑爲體者, 綽乎其殺也 ; 以禮爲翼者, 所以行於世也 ; 以

知爲時者, 不得已於事也；以德爲循者, 言其與有足者至於丘也；而人眞以爲勤
行者也] 故其好之也一, 其弗好之也一. 其一也一, 其不一也一. 其一與天爲徒,
其不一與人爲徒. 天與人不相勝也, 是之謂眞人.

當(당) : 맞다. 詎(거) : 어찌. 謨(모) : 계획하다. 慄(율) : 두려워하다. 濡(유) : 젖다. 寢
(침) : 잠자다. 踵(종) : 발꿈치. 喉(후) : 목구멍. 嗌(익) : 목구멍. 哇(왜) : 막히다. 耆
(기) : 즐기다. 訢(흔) : 기뻐하다. 距(거) : 떨어지다. 翛(소) : 날개가 찢어지는 모양.
損(손) : 덜다. 寂(적) : 평온하다. 顙(상) : 이마. 頯(규) : 높이 드러나 보기 좋은 모
양. 凄(처) : 쓸쓸하다. 煖(난) : 따뜻하다. 宜(의) : 화목하다. 狄(적) : 북방오랑캐. 觚
(고) : 술잔. 邴(병) : 기뻐하는 모양. 滀(축) : 물이 모이다. 厲(려) : 갈다. 鰲(오) : 크
다. 制(제) : 누르다, 억제하다. 悗(문) : 잊다. 循(순) : 질서, 차례. 綽(작) : 너그럽다.
丘(구) : 언덕.

▶ 天而生(천이생) : 자연에서 나옴. 곽상은 "'천'이라는 것은 자연을 말한다('天'者,
自然之謂)."라고 했다. ▶ 以其知之所知(이기지지소지) : 그 지혜로 알 수 있음. 첫 번
째 "지"는 지혜의 의미. ▶ 有所待(유소대) : 대하는 대상이 있음(張默生說). 庸詎(용
거) : 어찌. ▶ 不逆寡(불역과) : 사소한 것이라도 어기지 않음. ▶ 不雄成(불웅성) : 성
공에도 당당해하지 않음. ▶ 謨士(모사) : 일을 도모함. "모"는 "모(謀)"와 통함. "사"
는 "사(事)"와 통함(林希逸說). ▶ 登假(등가) : 지극한 곳에 오름. "가"는 "하(遐)"와
통함. ▶ 其嗌言若哇(기익언약왜) : 목구멍에 뭔가가 막힌 듯 말이 불명확함. "왜"는
막히다. ▶ 天機(천기) : 타고난 자질. ▶ 距(거) : 거부하다. "거(拒)"와 통함. ▶ 翛然
(소연) : 얽매임이 없는 모양(成玄英說). ▶ 損(손) : "연(捐)"자의 오류. "연"은 버리다.
▶ 顙頯(상규) : 이마가 널찍하고 보기 좋음. ▶ 凄然(처연) : 쓸쓸한 모양. ▶ 煖然(난
연) : 따뜻한 모양. ▶ 有宜(유의) : 화목하다, 조화롭다. ▶ 故聖人之用兵也……而不
自適其適者也(고성인지용병야……이불자적기적자야) : 이곳의 101글자는 앞뒤 문맥상
잘못 끼어들어온 것으로 의심됨(聞一多·陳鼓應說). 본서에서는 [~]로 묶어 표시했
음. ▶ 不爲愛人(불위애인) : 사람을 편애하지 않음. ▶ 狐不偕(호불해) : 요(堯) 임금이
제위를 물려주려하자 이를 수치로 여기고 황하(黃河)에 투신했다고 함. ▶ 務光(무
광) : 하(夏)나라 사람으로, 은(殷)나라의 탕(湯) 임금이 제위를 물려주려하자 돌을 안
고 강물에 투신했다고 함. ▶ 伯夷, 叔齊(백이, 숙제) : 두 사람 모두 고죽군(孤竹君)
의 아들. 두 형제는 서로 임금의 자리를 사양하다 결국 문왕(文王)의 덕을 흠모하여
주나라로 귀순했다. 그러나 무왕(武王)이 은나라의 주왕(紂王)을 치자 수양산(首陽山)
으로 돌아가 고사리를 뜯어먹고 살다 굶어죽었다고 함. ▶ 箕子(기자) : 은나라 주왕
의 어진 신하. 주왕이 그의 말을 듣지 않자 미친 사람처럼 행세했다고 함. ▶ 胥餘

(서여) : 초나라의 접여(接輿). ▶紀他(기타) : 은나라 탕 임금 때의 어진 신하. 무광(務光)이 제위를 거절하고 강물에 투신한 뒤 다음에는 자신의 차례가 될 것이라 판단하고 관수(窾水)에 투신함. ▶申徒狄(신도적) : 은나라의 폭군 주왕(紂王)에게 정사를 바로 할 것을 간언하였으나 주왕이 받아들이지 않자 돌을 안고 물에 뛰어들어 죽은 현자. ▶役人(역인) : 남을 부리는 사람. ▶適(적) : 즐기다. ▶義而不朋(의이불붕) : 당당하면서 위축되지 않음. 유월(兪樾)은 "'의'는 '아'로 읽어야하고……'붕'은 '붕'으로 읽는다('義'當讀爲'峨'……'朋'讀爲'崩')."라고 했다. "아(峨)"는 높다. "붕(崩)"은 무너지다. ▶承(승) : 도움을 받음. ▶與乎其觚(여호기고) : 혼자 여유롭게 노님. "여호"는 여유롭게 노님(林希逸說). "고"는 혼자(成玄英說). ▶張乎其虛(장호기허) : 크고 넓으며 비어있음. "장호"는 넓고 큰 모양. ▶邴乎(병호) : 기뻐하는 모양. ▶崔乎(최호) : 움직이는 모양(向秀說). ▶滀乎(축호) : 물이 모이는 모양. 이곳에서는 마음이 충실해진다는 의미. ▶與乎止我德(여호지아덕) : 덕이 관대해져 사람들이 따름. "여호"는 관대한 모양. "지"는 따르다, 귀의하다. ▶厲乎其似世(여호기사세) : 정신이 세상처럼 넓음. "려"는 "광(廣)"의 오자(誤字)(郭慶藩・馬敍倫說). ▶警乎(오호) : 고원한 모양. ▶連乎(연호) : 침묵하며 말하지 않음. 임희일(林希逸)은 "'연'은 '합치다'는 의미이다(連, 合也)."라고 했다. ▶悗乎(문호) : 무심한 모양(成玄英說). ▶以刑爲體……而人眞以爲勤行者也(이형위체……이이진이위근행자야) : 진고응(陳鼓應)은 이 문장의 내용이 장자의 사상과 맞지 않기 때문에 삭제해야 한다고 봤음. 본서에서는 [~]로 묶어 구분했음. ▶綽乎其殺(작호기살) : 분명하게 살핌. 장병린(章炳麟)은 《장자해고(莊子解故)》에서 "'작'은 '작'의 가차자이고, '살'은 '찰'의 가차자로, '분명하게 살핀다'라고 하는 것과 같다('綽'借爲'焯', '殺'借爲'察', 猶言明乎其察也)."고 했다. 인용문의 "작(焯)"은 "밝다"는 의미. ▶其好之也一, 其弗好之也一(기호지야일, 기불호지야일) : 그것(하늘과 사람)이 좋아도 하나이고, 그것이 싫든 하나임. 결국 그것이 좋든 싫든 (하늘과 사람은) 하나라는 의미. "일"은 하늘과 사람이 하나라는 의미. ▶其一也一, 其不一也一(기일야일, 기불일야일) : 그것(하늘과 사람)이 하나라고 해도 하나이고, 그것이 하나가 아니라고 해도 하나임. 결국 그것(하늘과 사람)이 하나라고 생각하든 하나가 아니라고 생각하든 그것은 하나라는 의미.

[02]

(사람이) 죽고 사는 것은 운명이다. 낮과 밤이 일정한 것은 자연의 규칙이다. 사람은 (이 일에) 간여할 수 없다. 이 모두가 만물이 돌아가는 실제모습이다. 사람들은 하늘을 아버지로 여기고, 그를 존경한다. 하물며 그 위대한 도에 있어서는! 사람들은 임금이 자신보다 낫다고 여기고, 그를 위해 희

생한다. 하물며 그 참된 도에 있어서는!

샘이 마르면 물고기들은 땅에서 어려움에 처한다. 서로 물기로 숨을 쉬고, 서로 물거품으로 적셔준다. 이는 강과 호수에서 서로 잊고 지내는 것만 못하다. 마찬가지로 요임금을 칭송하고 걸을 비난하는 것은 양쪽을 모두 잊고 도에 녹아드는 것만 못하다. [대지는 나에게 육신을 부여하고, 나를 삶으로 수고롭게 하고, 나를 늙음으로 편안하게 하고, 나를 죽음으로 쉬게 한다. 그래서 내가 살아있다는 것은 훌륭한 것이고, 내가 죽는 것도 훌륭한 것이다.]

배를 산골짜기에 감추고, 연못에 통발을 감추면, (마음이) 든든해진다고 말한다. 그러나 한밤중에 힘이 있는 자가 지고 달아날 수 있음에도 어리석은 자는 알지 못한다. 큰 곳에 작은 것을 숨기는 것은 적절한 것이나 그래도 잃어버릴 수 있다. 천하를 천하에 숨긴다면, (천하는) 잃어버리지 않을 것이다. 이것이 만물의 변하지 않는 큰 실제모습이다. 사람은 육신만 얻으면 기뻐한다. 사람의 육신이 끝없이 무한정 변하는 것임을 안다면, 그 즐거움을 어찌 다 계산할 수 있겠는가! 그래서 성인들은 사물을 잃어버리지 않는 경지에서 노닐며 도와 함께 하는 것이다. 젊음과 늙음을 좋아하고, 삶과 죽음을 즐거워하니, 사람들이 그를 본받는다. 또 하물며 만물과 연관되고 일절의 변화가 의지하는 도에 있어서는!

해설

사람들은 하늘을 존중하고 임금을 위해 희생하면서도 정작 중요한 도(道)는 보지 못한다. 장자는 이런 세속적인 일에 얽매이기보다는 도를 따르라고 주장한다. 또 사람의 육신이 돌고 도는 것임을 생각할 때 비로소 사물을 잃어버리지 않는 경지에서 노닐게 되며 이것이 도와 함께 하는 것이라고 말한다. 이때서야 모든 것이 즐거워지며 사람들이 자신을 본받게 된다.

死生, 命也, 其有夜旦之常, 天也. 人之有所不得與, 皆物之情也. 彼特以天爲父, 而身猶愛之, 而況其卓乎! 人特以有君爲愈乎己, 而身猶死之, 而況其眞乎! 泉涸, 魚相與處於陸, 相呴以濕, 相濡以沫, 不如相忘於江湖, 與其譽堯而非桀也, 不如兩忘而化其道. [夫大塊載我以形, 勞我以生, 佚我以老, 息我以死. 故善吾生者, 乃所以善吾死也] 夫藏舟於壑, 藏山於澤, 謂之固矣. 然而夜半有力者負之而走, 昧者不知也. 藏小大有宜, 猶有所遯. 若夫藏天下於天下而不得所遯, 是恆物之大情也. 特犯人之形而猶喜之. 若人之形者, 萬化而未始有極也, 其爲樂可勝計邪! 故聖人將遊於物之所不得遯而皆存. 善夭善老, 善始善終, 人猶效之, 又況萬物之所係, 而一化之所待乎!

與(여) : 참여하다. 卓(탁) : 뛰어나다. 涸(학) : 물이 마르다. 呴(구) : 숨을 내쉬다. 濕(습) : 축축하다. 濡(유) : 젖다. 沫(말) : 거품. 載(재) : 꾸미다. 佚(일) : 편안하다. 壑(학) : 산골짜기. 昧(매) : 어리석다. 宜(의) : 마땅하다. 遯(둔) : 달아나다. 夭(요) : 어리다. 係(계) : 매다.

▶ 天(천) : 자연의 규칙(張默生說). ▶ 不得與(부득여) : 간여할 수 없음. ▶ 卓乎(탁호) : 뛰어난 모양. 이곳에서는 도가 뛰어나다는 의미. ▶ 眞乎(진호) : 참된 모양. 이곳에서는 참되고 진실한 도를 의미. ▶ 相與(상여) : 함께. ▶ 處(처) : 곤경에 처함. ▶ 與其…不如~(여기…불여~) : …하느니 ~만 못하다. ▶ 夫大塊載我以形……乃所以善吾死也.(부대괴재아이형……내소이선오사야) : 앞 뒤 문장과 맥락이 맞지 않아 잘못 들어간 문장으로 의심됨(王樊竑・馬敍倫說). 이 문장은 본편 [05] 단락에도 그대로 보임. 이곳에서는 [~]로 묶어 표시함. ▶ 大塊(대괴) : 대지, 대자연. ▶ 山(산) : "산(汕)"으로 봐야함(兪樾說). "산(汕)"은 통발. ▶ 夜半(야반) : 한밤중. ▶ 藏小大(장소대) : 큰 곳에 작은 것을 숨김(林希逸說). ▶ 犯人之形(범인지형) : 사람이 자신의 육신을 만남. 즉, 사람이 자신의 몸을 얻음. "범"은 "우(遇)"의 의미(成玄英說). ▶ 勝計(승계) : 다 계산하다. "승"은 다하다. ▶ 善夭善老(선요선로) : 젊음과 늙음을 즐거워함. "요"는 "소(少)"로 된 판본도 있음. ▶ 善始善終(선시선종) : 삶과 죽음을 즐거워함. ▶ 萬物之所係(만물지소계) : 만물이 연관되어 있음. ▶ 一化之所待(일화지소대) : 모든 변화가 의지하는 것. 즉, 도를 의미(林希逸說).

[03]

도란 참되고 분명하며, 하는 것도 없고 드러내는 것도 없다. (마음으로) 전할 순 있어도 (입으로) 줄 수는 없으며, (마음으로) 깨달을 순 있어도 (눈으로) 볼 수는 없다. 그 자신이 근본이 되고, 그 자신이 뿌리가 되기에, 천지가 생성되기 전부터 있어왔다. (도는) 귀신을 낳고 상제를 낳았으며, 하늘을 만들고 땅을 만들었다. 하늘 위의 가장 높은 곳에 있어도 높다 할 수 없고, 땅속 가장 깊은 곳에 있어도 깊다 할 수 없다. 천지보다 먼저 생겨도 오래되었다 할 수 없고, 태고 적보다 길어도 늙었다 할 수 없다. [희위씨(狶韋氏)가 이를 얻어 천지를 거느렸고, 복희씨(伏戱氏)는 이를 얻어 원기를 합쳤고, 북두성이 이를 얻어 아주 오래전부터 (그 방위를) 어기지 않았고, 해와 달이 이를 얻어 아주 오래전부터 쉬지 않고 운행하였고, 감배(堪坏)가 이를 얻어 곤륜산에 들어가 다스렸고, 풍이(馮夷)가 이를 얻어 큰 강에서 노닐었고, 견오(肩吾)가 이를 얻어 큰 산에서 살았고, 황제(黃帝)가 이를 얻어 하늘로 올라갔고, 전욱(顓頊)이 이를 얻어 현궁(玄宮)에 들어갔고, 우강(禺强)이 이를 얻어 북극에 섰고, 서왕모(西王母)가 이를 얻어 소광산(少廣山)에 앉았다. 그 시작을 아는 사람도 없고, 그 끝을 아는 사람도 없다. 팽조(彭祖)가 이를 얻어 위로 순임금에게 미치고, 아래로 다섯 패자(霸者)에까지 미쳤다. 부열(傅說)이 이를 얻고 무정(武丁)의 재상이 되어 세상을 다스렸다. (부열은) 사후에 동유성(東維星)을 타고 기성(箕星)의 꼬리에 걸터앉아 뭇별들과 나란히 했다.]

해설

　　도의 생성·존재·작용에 대해 말하고 있다. 그런데 [~] 부분은 많은 학자들이 장자의 사상과 연관성이 크지 않는 점을 들어 후인들이 더한 문장으로 보고 있다. 진고응(陳鼓應)은 ≪장자금주금역(莊子今注今譯)≫에서 "이 단락에 나오는 신화는 후인들이 더한 것이고, 또 깊은 의미도 없어 삭제해도 무방하다(這一節神話, 疑是後人添加, 亦無深意, 無妨刪去)."라고 했다.

夫道, 有情有信, 無爲無形 ; 可傳而不可受, 可得而不可見 ; 自本自根, 未有天地, 自古以固存 ; 神鬼神帝, 生天生地 ; 在太極之上而不爲高, 在六極之下而不爲深, 先天地生而不爲久, 長於上古而不爲老. [狶韋氏得之, 以挈天地 ;

伏戲氏得之, 以襲氣母 ; 維斗得之, 終古不忒 ; 日月得之, 終古不息 ; 堪坏得
之, 以襲崑崙 ; 馮夷得之, 以遊大川 ; 肩吾得之, 以處大山 ; 黃帝得之, 以登雲
天 ; 顓頊得之, 以處玄宮 ; 禺强得之, 立乎北極 ; 西王母得之, 坐乎少廣, 莫知
其始, 莫知其終 ; 彭祖得之, 上及有虞, 下及五伯 ; 傅說得之, 以相武丁, 奄有
天下, 乘東維, 騎箕尾, 而比於列星.]

豨(희) : 불빛. 韋(위) : 다룸가죽. 挈(설) : 거느리다. 襲(습) : 합치다, 들어가다. 維
(유) : 밧줄, 매다. 斗(두) : 별이름. 忒(특) : 어긋나다. 堪(감) : 견디다, 하늘. 坏(배) : 언
덕. 崑(곤) : 산 이름. 崙(륜) : 산 이름. 馮(풍) : 타다. 顓(전) : 삼가다. 頊(욱) : 삼가
다. 禺(우) : 긴 꼬리 원숭이. 彭(팽) : 성씨. 奄(엄) : 가리다. 騎(기) : 걸터앉다. 箕
(기) : 키(곡식을 까부르는 데 사용하는 기구).

▶ 有情(유정) : 진실함. ▶ 受(수) : 주다. "수(授)"와 통함. ▶ 神鬼神帝(신귀신제) : 귀
신을 낳고 상제를 낳음. "신"은 "생(生)"의 의미(章炳麟說). ▶ 太極(태극) : 하늘 위
가장 높은 곳. ▶ 六極(육극) : 땅속 가장 깊은 곳. ▶ 豨韋氏得之…而比於列星(희위
씨득지…이비어렬성) : 장자의 사상과 큰 관련이 없어 후인들의 넣은 것으로 추정됨
(宣穎・錢穆・陳鼓應說). 본서에서는 [~]로 묶어 구분함. ▶ 豨韋氏(희위씨) : 전설
속의 제왕. ▶ 伏戲氏(복희씨) : 전설 속의 제왕. ▶ 氣母(기모) : 기의 모체, 즉 원기
(元氣)를 의미. ▶ 維斗(유두) : 북두성(北斗星). ▶ 終古(종고) : 아주 오래됨. ▶ 堪坏
(감배) : 신화 속 곤륜산(崑崙山)에 산다는 신. ▶ 襲崑崙(습곤륜) : 곤륜산에 들어가
다스림. "습"은 들어가다. ▶ 馮夷(풍이) : 황하(黃河)의 신. ▶ 肩吾(견오) : 산을 다스
리는 신. ▶ 黃帝(황제) : 전설 속의 제왕. ▶ 顓頊(전욱) : 전설 속의 제왕. ▶ 玄宮(현
궁) : 북방의 궁전. ▶ 禺强(우강) : 북해(北海)의 신으로, 사람의 얼굴에 새의 몸을
하고 있음. ▶ 西王母(서왕모) : 전설 속의 여신(女神). ▶ 少廣(소광) : 먼 서쪽에 있
다는 산 이름. ▶ 彭祖(팽조) : 전욱(顓頊)의 현손으로 요임금 때부터 800년을 살았
다함. ▶ 有虞(유우) : 순임금. ▶ 五伯(오백) : 오패(五霸)라고도 함. 하나라의 곤오(昆
吾)・상나라의 대팽(大彭)과 시위(豕韋)・제(齊)나라의 환공(桓公)・진(晉)나라의 문
공(文公)을 가리킴. ▶ 傅說(부열) : 은나라의 고종(高宗)인 무정(武丁)을 도와 세상을
다스린 현신(賢臣). ▶ 相(상) : 재상이 됨. ▶ 무정(武丁) : 상(商)나라의 제22대 임금
으로, 명재상 부열(傅說)의 보좌를 받아 쇠퇴하는 상나라를 다시 일으켜 세운 중흥
의 군주. ▶ 奄有(엄유) : 차지하다, 점유하다. ▶ 東維(동유) : 고대 중국의 별자리를
나타내는 28수(宿)의 하나. 기수(箕宿)와 두수(斗宿) 사이에 있음. ▶ 箕尾(기미) : 별
자리로, 기수(箕宿)의 꼬리를 의미.

[04]

남백자규(南伯子葵)가 여우(女偊)에게 물었다.

"선생님께서는 연세가 있으신데 동안(童顏)이십니다. 어찌된 것인지요?"

여우가 말했다.

"내가 도에 대해 들은 적이 있소."

남백자규가 말했다.

"도를 배울 수 있는지요?"

여우가 말했다.

"안 되오! 그것이 어찌 가능한 일이겠소! 그대는 도를 배울 사람이 아니
오. 복량의(卜梁倚)는 성인이 될 자질은 충분했지만 성인의 도를 갖추지 못했
소. 나는 성인의 도는 갖췄지만 성인이 될 자질은 없소. 내가 그를 가르친
다면, 그를 정말로 성인으로 만들 수 있을지도 모르겠소! 그렇게 되지 않더
라도, 성인의 자질을 가진 사람에게 성인의 도를 알려주는 것은 어려운 일
이 아니겠지. 나는 그에게 (방법을) 알려주고 도를 닦게 했소. 3일 지나자
그는 세상일에 집착하지 않았소. 세상일에 더 이상 집착하지 않자, 나는 또
그에게 도를 닦게 했소. 7일이 지나자 그는 사물에 집착하지 않았소. 사물
에 더 이상 집착하자, 나는 그에게 또 도를 닦게 했소. 9일이 지나자 삶에
집착하지 않았소. 삶에 더 이상 집착하지 않자, 아침에 환하게 돋는 해처럼
그의 생각이 트였소. 생각이 트이자 어떤 영향도 받지 않고 독립적으로 존
재하는 도가 보였소. 독립적으로 존재하는 도가 보이자, 시간의 속박을 받
지 않았소. 시간의 속박을 받지 않자, 죽지도 않고 살지도 않는 (즉, 생사의
관념이 없는) 경지에 들어갈 수 있었소. 생명을 소멸시키는 것은 죽지 않고,
생명을 낳는 것은 살지 않소. 도는 만물을 보내지 않음이 없으나 그렇다고
맞이하지 않음도 없소. 또 훼손하지 않음이 없으나 그렇다고 이루어주지
않음도 없소. 이를 '어긋남 속에서 평온을 유지하는 것(攖寧)'이라 하오. '어

대
종
사
大
宗
師

145

굿남 속에서 평온을 유지하는 것'은 (만물이 생성되고 소멸되는) 어긋남 속에서 마음의 평정을 이루는 것을 말하오."

남백자규가 말했다.

"선생님께서는 누구에게서 (이런 얘기를) 들으셨습니까?"

여우가 말했다.

"('문자'의 의미를 가진) 부묵(副墨)의 아들에게 들었습니다. 부묵의 아들은 ('암송'의 의미를 가진) 낙송(洛誦)의 손자에게 들었고, 낙송의 손자는 ('밝게 봄'의 의미를 가진) 첨명(瞻明)에게 들었고, 첨병은 ('귀로 들음'의 의미를 가진) 섭허(聶許)에게 들었고, 섭허는 ('부지런히 행함'의 의미를 가진) 수역(需役)에게 들었고, 수역은 ('읊고 노래함'의 의미를 가진) 오구(於謳)에게 들었고, 오구는 ('그윽하고 깊음'의 의미를 가진) 현명(玄冥)에게 들었고, 현명은 ('드넓고 텅 빔'의 의미를 가진) 참료(參寥)에게 들었고, 참료는 ('의혹의 시작'의 의미를 가진) 의시(疑始)에게 들었소."

해설

도를 터득하는 과정과 전래과정을 말하고 있다. 도를 터득하는 과정은 세상일을 잊는 "외천하(外天下)" → 사물에 집착하지 않는 "외물(外物)" → 삶에 집착하지 않는 "외생(外生)" → 아침에 환하게 돋는 해처럼 생각이 트이는 "조철(朝徹)" → 독립적으로 존재하는 도가 보이는 "견독(見獨)" → 시간의 속박을 받지 않는 "무고금(無古今)" → 죽지도 않고 살지도 않는 "불사불생(不死不生)" 7단계로 나누어 진행됨을 말하고 있다. 도의 전래과정은 "부묵(副墨)"에서 "의시(疑始)"까지를 들고 있다. 여기서 "의시"는 의혹의 시작, 즉 무(無)의 세계로 아무 것도 없어 알 수 없는 의혹투성이 세계를 말하는데 바로 도가 있는 곳이다. 도는 여기에서 조금씩 드러나면서 문자의 의미를 가진 "부묵" 단계까지 온다. "부묵"은 문자로 쓰여지는 단계이기 때문에 도로 보자면 가장 낮은 단계라고 할 수 있다.

南伯子葵問乎女偶曰 : "子之年長矣, 而色若孺子, 何也?" 曰 : "吾聞道矣."
南伯子葵曰 : "道可得學邪?" 曰 : "惡! 惡可! 子非其人也. 夫卜梁倚有聖人之

才而无聖人之道, 我有聖人之道而无聖人之才, 吾欲以教之, 庶幾其果爲聖人乎! 不然, 以聖人之道告聖人之才, 亦易矣. 吾猶告而守之, 三日而後能外天下; 已外天下矣, 吾又守之, 七日而後能外物; 已外物矣, 吾又守之, 九日而後能外生; 已外生矣, 而後能朝徹; 朝徹, 而後能見獨; 見獨, 而後能无古今; 无古今, 而後能入於不死不生. 殺生者不死, 生生者不生. 其爲物, 無不將也, 無不迎也; 無不毀也. 無不成也. 其名爲攖寧. 攖寧也者, 攖而後成者也." 南伯子葵曰: "子獨惡乎聞之?" 曰: "聞諸副墨之子, 副墨之子聞諸洛誦之孫, 洛誦之孫聞之瞻明, 瞻明聞之聶許, 聶許聞之需役, 需役聞之於謳, 於謳聞之玄冥, 玄冥聞之參寥, 參寥聞之疑始."

葵(규): 해바라기. 偊(우): 혼자 걷다. 孺(유): 젖먹이. 徹(철): 통하다. 攖(영): 다가서다. 洛(낙): 강 이름. 瞻(첨): 보다. 聶(섭): 소곤거리다. 謳(구): 노래하다. 寥(료): 텅 비다.

▶ 南伯子葵(남백자규): ≪제물론≫의 "남곽자기(南郭子綦)"와 ≪인간세≫의 "남백자기(南伯子綦)"와 동일인물인 듯함. "규"에 대해 이이(李頤)는 "'기'가 되어야 하고, 이는 소리상의 오류이다(當爲'綦', 聲之誤)."라고 했다. ▶ 女偊(여우): 장자가 만든 허구의 인물. 도를 터득한 인물로 나옴. ▶ 卜梁倚(복량의): 사람이름. 성이 복량(卜梁), 이름이 의(倚)임. ▶ 庶幾(서기): 아마도. ▶ 外天下(외천하): 세상일을 잊음(宣穎說). 즉, 세상일에 집착하지 않게 됨. "외"는 잊다. ▶ 外物(외물): 사물을 잊음. 즉, 사물에 집착하지 않게 됨. ▶ 朝徹(조철): 원의는 아침 해가 돋아날 때의 환함. 이곳에서는 큰 깨달음을 얻는 의미. ▶ 見獨(견독): 어떤 영향을 받지 않고 홀로 존재하는 도를 봄. ▶ 無古今(무고금): 시간의 개념을 느끼지 못하는 경지. ▶ 攖寧(영녕): 어긋남 속에서 평온함을 유지함. 임희일(林希逸)은 "'영'은 '어긋나다'의 의미이다(攖者, 拂也)."라고 했다. ▶ 副墨(부묵): 문자. ▶ 洛誦(낙송): 암송함. ▶ 瞻明(첨명): 환하게 봄. 즉, 통찰력이 있음. ▶ 聶許(섭허): 귀로 들음. ▶ 需役(수역): 태만하지 않고 부지런히 행함(成玄英說). ▶ 於謳(오구): 읊조리고 노래함(宣穎說). ▶ 玄冥(현명): 그윽하고 깊은 경지. ▶ 參寥(참료): 드넓고 텅 빈 경지. ▶ 疑始(의시): 의혹의 시작.

자사(子祀)·자여(子輿)·자리(子犁)·자래(子來) 네 사람이 서로 이야기를 했다. "누가 없음(無)을 머리로 삼고, 삶(生)을 척추로 삼으며, 죽음(死)을 꽁무니로 삼을 수 있을까? 생사와 존망은 하나임을 아는 자라면, 나는 그와 친구가 되겠네."

네 사람은 서로를 보며 웃었다. 그들은 마음이 잘 맞는 것 같아 결국 친구가 되었다.

얼마 후 자여가 병이 나자, 자사가 위문하러 갔다. (자여가 말했다.)

"위대하다, 만물을 만든 도가 내 몸을 이렇게 구부정하게 만든 것이!"

그의 등은 굽고 등뼈는 튀어나왔으며, 오장(五臟)의 혈관은 위로 향했다. 또 턱은 배꼽 아래에 가려있고, 어깨는 정수리보다 높았으며, 머리 뒤쪽의 상투는 하늘로 향해있었다. 음양의 기운이 (그의 몸을 이렇게) 어지럽혔는데도, 그의 마음은 아무 일도 없다는 듯 여유로웠다. 그는 비틀거리며 우물가로 가서 자신의 모습을 비춰보고는 말했다.

"아! 만물을 만드신 도가 또 내 육신을 이렇게 구부정하게 만드셨구나!"

자사가 말했다.

"자네는 자네의 모습이 싫은가?"

자여가 말했다.

"아닐세, 내가 왜 싫어하겠는가! 가령 나의 왼팔이 닭으로 변한다면, 나는 사람들에게 날이 밝았음을 알려줄 것일세. 가령 나의 오른팔이 탄알로 변한다면, 나는 부엉이를 잡아 구워먹을 걸세. 가령 나의 꽁무니가 수레바퀴로 바뀌고, 나의 정신이 말(馬)로 바뀐다면, 나는 그것을 타고 갈 것일세. 어찌 다른 수레와 말을 찾겠는가! 게다가 (사람이) 삶을 얻은 것은 때에 맞춘 것이고, 삶을 잃는 것은 때를 따르는 것이네. 편안하게 때를 맞추고 (변화를) 따를 수 있다면, 슬픔과 기쁨은 마음에 들어올 수 없을 것일세. 이것이 옛 사람들이 말하는 걸려 있다가 풀려나는 것일세. 스스로 풀지 못하는 자는 사물의 속박을 받게 되는 것이네. 사물이 하늘을 넘어설 수 없다는 것은 오랜 사실인데, 내가 왜 이를 싫어하겠나!"

얼마 후 자래가 병이 났다. 그는 거친 숨을 몰아쉬며 곧 숨이 끊어질 듯했다. 그의 아내와 자식들이 둘러싸고 울었다. 자리가 그를 위문하러 갔다. 자리가 자래의 아내에게 말했다.

"쯧쯧! 비키시오! 변화하는 사람을 슬퍼할 필요는 없소."

자리는 문에 기대 자래에게 말했다.

"위대하다, 만물을 만드신 도는! 자네를 무엇으로 만들려는 것인가? 자네를 어디로 보내려는 것인가? 자네를 쥐의 간으로 만들려는 것인가? 자네를 곤충의 팔로 만들려는 것인가?"

자래가 말했다.

"자식은 부모가 동서남북 어디를 가라하든 (부모의) 명을 따라야하오. 자연이 사람에 대해서도 부모의 명과 다를 것이 있겠소. 저것이 나를 죽게 하려는데 내가 따르지 않는다면, 내가 모진 것이오. 저것이 무슨 잘못이 있겠소! 대지는 나에게 육신을 부여하고, 나를 삶으로 수고롭게 하고, 나를 늙음으로 편안하게 하고, 나를 죽음으로 쉬게 하오. 그래서 내가 살아있다는 것은 훌륭한 것이고, 내가 죽는 것도 훌륭한 것이오. 지금 훌륭한 대장장이가 쇠를 주조하고 있소. 그런데 쇠가 튀어 올라 '나를 꼭 막야(鏌鋣) 같은 보검으로 만들어 주시오.'라고 한다면, 훌륭한 대장장이는 분명히 상스럽지 못한 쇠라고 생각할 것이오. 지금 어쩌다 사람의 형체로 태어났다고 해서 '나는 사람이다, 나는 사람이다.'라고 외친다면, 만물을 만든 도는 (나를) 상스럽지 못한 사람으로 여길 것일세. 지금 천지를 큰 화로(火爐)로 삼고, 만물을 만든 도를 훌륭한 대장장이로 삼는다면, 어디를 가든 안 될 것이 뭐가 있겠소!"

(자래는 말을 다하고) 기분 좋게 깨어난 듯 편안하게 잠들었다.

해설

한 사람은 자신의 신체적 결함에 얽매이지 않고 자연의 섭리를 따른다. 또 한 사람은 병에 걸려 죽음이 임박했음에도 슬퍼하거나 두려워하지 않고 자연의 부름으로 여긴다. 오로지 자연을 따를 때 진정한 해탈과 즐거움이 온다는 것을 장자는 다시 한 번 설파하고 있다.

子祀, 子輿, 子犁, 子來四人相與語曰: "孰能以無爲首, 以生爲脊, 以死爲尻, 孰知死生存亡之一體者, 吾與之友矣." 四人相視而笑, 莫逆於心, 遂相與爲友. 俄而子輿有病, 子祀往問之. 曰: "偉哉夫造物者, 將以予爲此拘拘也!" 曲僂發背, 上有五管, 頤隱於齊, 肩高於頂, 句贅指天. 陰陽之氣有沴, 其心閒而無事, 跰𨇤而鑑於井, 曰: "嗟乎! 夫造物者又將以予爲此拘拘也!" 子祀曰: "女惡之乎?" 曰: "亡, 予何惡! 浸假而化予之左臂以爲雞, 予因以求時夜; 浸假而化予之右臂以爲彈, 予因以求鴞炙; 浸假而化予之尻以爲輪, 以神爲馬, 予因以乘之, 豈更駕哉! 且夫得者, 時也, 失者, 順也; 安時而處順, 哀樂不能入也. 此古之所謂縣解也, 而不能自解者, 物有結之. 且夫物不勝天久矣, 吾又何惡焉!" 俄而子來有病, 喘喘然將死, 其妻子環而泣之. 子犁往問之, 曰: "叱! 避! 無怛化!" 倚其戶與之語曰: "偉哉造化! 又將奚以汝爲, 將奚以汝適? 以汝爲鼠肝乎? 以汝爲蟲臂乎?" 子來曰: "父母於子, 東西南北, 唯命之從. 陰陽於人, 不翅於父母; 彼近吾死而我不聽, 我則悍矣, 彼何罪焉! 夫大塊載我以形, 勞我以生, 佚我以老, 息我以死. 故善吾生者, 乃所以善吾死也. 今之大冶鑄金, 金踊躍曰: '我且必爲鏌鋣', 大冶必以爲不祥之金. 今一犯人之形, 而曰: '人耳人耳', 夫造化者必以爲不祥之人. 今一以天地爲大鑪, 以造化爲大冶, 惡乎往而不可哉!" 成然寐, 蘧然覺.

祀(사): 제사. 輿(여): 수레. 犁(리): 쟁기. 脊(척): 등뼈. 尻(고): 꽁무니. 俄(아): 갑자기. 拘(구): 구애받다. 僂(루): 구부리다, 곱사등이. 頤(이): 턱. 頂(정): 정수리. 贅(췌): 혹. 沴(려): 해치다. 跰(변): 굳은 살. 𨇤(선): 비틀 비틀거리다. 浸(침): 담그다. 鴞(효): 부엉이. 炙(자): 굽다. 喘(천): 헐떡거리다. 環(환): 돌다. 叱(질): 혀를 차는 소리. 怛(달): 슬퍼하다. 戶(호): 지게문. 翅(시): 다만. 悍(한): 모질다. 冶(야): 대장장이. 鑄(주): 쇠를 부어 만들다. 踊(용): 뛰다. 躍(약): 뛰다. 鏌(막): 칼이름. 鋣(야): 칼 이름. 鑪(로): 화로. 寐(매): 잠자다.

▶ 子祀 · 子輿 · 子犁 · 子來(자사 · 자여 · 자리 · 자래): 네 사람 모두 장자가 만든

허구의 인물. ▶ 莫逆於心(막역어심) : 마음에 거슬림이 없음. 즉, 서로 생각이 잘 맞는 의미. ▶ 俄而(아이) : 얼마 후. ▶ 造物者(조물자) : 만물을 만든 것. 즉, 도를 말함. ▶ 拘拘(구구) : 몸이 굽고 펴지지 않는 모양. ▶ 曲僂發背(곡루발배) : 등이 굽고 등뼈가 튀어나옴. "발배"는 등뼈가 드러남(成玄英說). ▶ 五管(오관) : 오장(五臟)의 혈관. ▶ 齊(제) : 배꼽. 제(臍)의 고자(古字). ▶ 句贅(구췌) : 상투. ≪인간세≫에는 "회촬(會撮)"로 나옴. "구"는 음과 뜻이 계(髻)와 같음. "췌"는 "촬(撮)"과 통함(武延緒說). ▶ 有沴(유려) : 어지러워짐(郭象說). ▶ 跰𨇠(변선) : 뒤뚱거리며 걷는 모양. ▶ 浸假(침가) : 만약, 가령(成玄英說). ▶ 時夜(시야) : 수탉이 새벽을 알림. ▶ 縣解(현해) : 매달려있다 풀려남. 즉, 어떤 속박이나 구속으로부터 풀려나는 것의 의미. 이 단어는 ≪양생주≫에도 보임. "현"은 "현(懸)"과 통함. ▶ 喘喘(천천) : 숨이 넘어가는 모양. ▶ 造化(조화) : 도를 말함. 진계천(陳啓天)은 "도를 말한다. 모든 사물의 변화는 도에 의해 만들어진다(謂道, 以一切物化皆爲道所造)."라고 했다. ▶ 父母於子(부모어자) : "자어부모(子於父母)"가 도치된 형태(宣穎說). ▶ 陰陽(음양) : 자연. ▶ 不翅於父母(불시어부모) : 부모의 명과 다름. "시"는 다만. "어"는 "여(如)"와 같음(王引之說). ▶ 大冶(대야) : 훌륭한 대장장이. ▶ 踊躍(용약) : 뛰어 오름. ▶ 鏌鋣(막야) : 오(吳) 나라의 간장(干將)이 만들었다는 보검이름. ▶ 一犯人之形(일범인지형) : 어쩌다 사람의 몸을 만남. 즉, 사람의 형체로 태어남. "범"은 만나다(成玄英說). ▶ 成然寐(성연매) : 편안하게 잠을 자는 모습. "성"은 "숙(熟)"의 의미. ▶ 蘧然(거연) : 놀라고 기뻐하는 모양(成玄英說).

[06]

자상호(子桑戶)·맹자반(孟子反)·자금장(子琴張) 세 사람이 서로 이야기를 나누었다.

"누가 서로 함께 하지 않는 것에서 서로 함께 할 수 있고, 서로 하지 않는 것에서 서로 할 수 있을까? 누가 하늘에 올라 안개 속을 노닐고, 끝없는 세계를 뛰어다니며, 생사를 잊고 영원히 지낼 수 있을까?"

세 사람은 서로 쳐다보며 웃었다. 그들은 서로 마음이 잘 맞는 것 같아, 결국 친구가 되었다.

(세 사람은) 왕래가 뜸해졌다. 그 사이에 자상호가 죽었다. 아직 그의 장례를 치르지 않았다. 공자가 소식을 듣고 자공을 보내 장례를 치르는 일을 돕도록 했다. (자공이 가보니) 어떤 사람은 장송곡을 짓고, 어떤 사람은 거

문고를 타고 있었다. 이들은 서로 박자를 맞추며 노래를 불렀다.

"아, 상호는! 아, 상호는! 이미 자연으로 돌아갔건만, 우린 아직 사람이로구나."

자공이 얼른 나아가 말했다.

"실례합니다만 시신을 두고 이렇게 노래를 부르시는 것이 예(禮)인지요?"
두 사람은 서로 쳐다보더니 웃으며 말했다.

"이 사람이 어찌 예(禮)의 참뜻을 알겠는가?"

자공이 돌아와 공자에게 알렸다. (자공이 말했다.)

"저들은 어떤 사람인지요? 덕을 닦지 않고, 육신을 도외시했습니다. 게다가 시신 앞에서 노래를 부르면서 얼굴색 하나 바뀌지 않았습니다. 저들을 어떻게 설명할 방법이 없습니다. 도대체 어떤 사람들인지요?"

공자가 말했다.

"저들은 (예교의 속박을 받지 않고) 세상 밖을 노니는 사람들이다. 나는 (예교의 속박을 받는) 세상 안 사람이다. 세상 밖과 안은 서로 간섭할 수 없다. 내가 너를 조문하러 보내다니, 내 생각이 좁았구나. 저들은 만물을 만든 도와 짝이 되어, 천지의 하나 된 기운에서 노닌다. 저들은 삶을 몸에 붙은 혹이나 달려있는 사마귀로 여기고, 죽음을 종기를 터뜨리거나 악창을 짜는 일쯤으로 여긴다. 그런 사람들이 또 삶과 죽음에 선후가 있음을 어찌 알겠느냐! 알 수 없는 사물을 빌려 (우리와) 같은 형체에 기탁하고, (몸 안의) 간이나 쓸개를 잊고, (몸 밖의) 귀와 눈을 버려둔다. (삶을 자연에 맡겨) 시종 반복하나 그 끝을 알 수 없지. 아무런 속박 없이 세상 밖에서 거닐고, 하는 것이 없이 저절로 돌아가는 경지에서 노닌다. 그러니 저들이 어찌 번잡한 세속의 예를 행하며 사람들의 이목을 끌려하겠느냐!"

자공이 말했다.

"그러시면 스승님께서는 어느 쪽을 따르시겠는지요?"

공자가 말했다.

"나는 자연의 형벌을 받은 사람이지. 그러하나 나와 너는 세상 밖의 도를 함께 찾아야겠지."

자공이 말했다.

"그 방법에 대해 여쭈겠습니다."

공자가 말했다.

"물고기는 서로 물로 나아가고, 사람은 서로 도로 나아간다. 서로 물로 나아가는 것은 연못을 파면 기르기에 충분하다. 서로 도로 나아가는 것은 (성품이) 하는 것 없이 자연에 맡기며 스스로 만족할 줄 알아야 한다. 그래서 물고기는 강과 호수에서 서로를 잊고, 사람은 도를 닦는 길에서 서로를 잊는다고 하는 것이다."

자공이 말했다.

"기인(奇人)에 대해 여쭈겠습니다."

공자가 말했다.

"기인이란 사람들과 다르고 자연과 어울리는 사람이다. 그래서 자연에서의 소인은 사람에게는 군자요, 자연에서의 군자는 사람에게는 소인이라고 하는 것이다."

해설

사람이 죽으면 정중하게 치러주는 것이 예의이다. 그러나 자연의 도를 깨달은 사람은 오히려 이를 즐거워하며 노래를 부른다. 왜냐하면 이들에게 사람의 죽음은 자연으로 돌아가는 것이자 아무런 속박이 없는 세상으로 가는 것이기 때문이다. 이 때문에 사람들은 맹자반(孟子反)이나 자금장(子琴張) 같은 사람을 보면, 그 사람됨을 이해하지 못하고 기이한 사람(奇人)으로 보는 것이다. 이 단락은 장자의 사상과 유가의 사상의 차이를 극명하게 잘 보여주고 있다.

子桑户, 孟子反, 子琴張三人相與語曰："孰能相與於無相與, 相爲於無相爲? 孰能登天遊霧, 撓挑無極；相忘以生, 無所終窮?" 三人相視而笑, 莫逆於心, 遂相與爲友. 莫然有間而子桑户死, 未葬. 孔子聞之, 使子貢往侍事焉. 或編曲, 或鼓琴, 相和而歌曰："嗟來桑户乎! 嗟來桑户乎! 而已反其眞, 而我猶爲人猗!" 子貢趨而進曰:"敢問臨尸而歌, 禮乎?" 二人相視而笑曰:"是惡知禮意!" 子貢反, 以告孔子, 曰:"彼何人者邪? 修行無有, 而外其形骸, 臨尸而歌, 顔色不變, 無以命之, 彼何人者邪?" 孔子曰:"彼, 遊方之外者也;而丘, 遊方之内者也. 外内不相及, 而丘使女往弔之, 丘則陋矣. 彼方且與造物者爲人, 而遊乎天地之一氣. 彼以生爲附贅縣疣, 以死爲決㶟潰癰, 夫若然者, 又惡知死生先後之所在! 假於異物, 託於同體;忘其肝膽, 遺其耳目;反覆終始, 不知端倪;芒然彷徨乎塵垢之外, 逍遙乎無爲之業. 彼又惡能憒憒然爲世俗之禮, 以觀衆人之耳目哉!" 子貢曰:"然則夫子何方之依?" 孔子曰:"丘, 天之戮民也. 雖然, 吾與汝共之." 子貢曰:"敢問其方." 孔子曰:"魚相造乎水, 人相造乎道. 相造乎水者, 穿池而養給;相造乎道者, 無事而生定. 故曰, 魚相忘乎江湖, 人相忘乎道術." 子貢曰:"敢問畸人." 曰:"畸人者, 畸於人而侔於天. 故曰, 天之小人, 人之君子;天之君子, 人之小人也."

撓(요) : 어지럽다. 挑(도) : 휘다. 猗(의) : 아름답다. 趨(추) : 빨리 가다. 贅(췌) : 혹, 군더더기. 疣(우) : 사마귀, 살가죽에 돋은 것. 決(결) : 터지다. 㶟(환) : 종기. 潰(궤) : 문드러지다. 癰(옹) : 악창, 등창. 倪(예) : 끝, 가. 芒(망) : 털, 털끝. 業(업) : 일. 憒(궤) : 심란하다. 戮(륙) : 벌, 형벌. 造(조) : 이르다. 穿(천) : 뚫다. 術(술) : 길. 畸(기) : 기이하다. 侔(모) : 가지런하다.

▶子桑戶, 孟子反, 子琴張(자상호, 맹자반, 자금장) : 세 사람 모두 장자가 만든 허구의 인물. ▶撓挑無極(요도무극) : 끝이 없는 세계로 도약함. "요도"에 대해, 임희일(林希逸)은 "'뛰다'는 의미이다(踊躍之意)."라고 했다. ▶莫然(막연) : 왕래가 뜸한 모양(宣穎說). ▶有間(유간) : 얼마 후. ▶子貢(자공) : 공자의 제자. 이름은 사(賜)임. "자공"은 그의 자임. ▶侍事(시사) : 장례를 치르는 일을 도와줌. ▶編曲(편곡) : 장송곡을 지음(陳啓天說). ▶嗟來(차래) : 아! 오! 등의 탄식하는 말. "차호(嗟乎)"와 같음. "래"는 어조사로, 의미가 없음. ▶已反其眞(이반기진) : 이미 자연으로 돌아감. "진"은 도 내지 자연의 의미(陳啓天說). ▶猗(의) : 어조사로, 의미가 없음. "혜(兮)"와 같음. ▶修行(수행) : 자신의 덕을 닦음. ▶無以命之(무이명지) : 저들을 말할 방법이 없음. ▶方之外(방지외) : 세상 밖. 즉, 예교의 속박을 받지 않는 곳. ▶方且(방차) : ~하려고 함. ▶爲人(위인) : 짝이 됨. "인"은 "우(偶)"와 같음(王引之說). ▶附

贅(부췌) : 붙어있는 혹. ▶ 縣疣(현우) : 달려있는 사마귀. ▶ 決疣(결환) : 종기를 터뜨림. ▶ 潰癰(궤옹) : 악창을 짜냄. ▶ 端倪(단예) : 끝. ▶ 芒然(망연) : 얽매임이 없는 모양(李頤說). ▶ 無爲之業(무위지업) : 아무 것도 할 것이 없는 경지. ▶ 憒憒然(궤궤연) : 번거로운 모양. ▶ 觀(관) : 과시함(陳鼓應說). ▶ 養給(양급) : 기르기에 충분함. "급"은 넉넉하다. ▶ 生定(생정) : 성품이 스스로 만족할 줄 앎. "생"은 "성(性)"과 통함. "정"은 "족(足)"이 잘못된 글자(俞樾說). ▶ 道術(도술) : 도를 닦는 길. ▶ 畸人(기인) : 기인(奇人)과 같음.

[07]

안회(顔回)가 공자에게 물었다.

"맹손재(孟孫才)는 모친이 돌아가셨을 때, 흐느꼈을 뿐 눈물을 흘리지 않았습니다. 또 속으로 슬퍼하지 않았고, 상을 치름에 애통해하지 않았습니다. 이 셋을 하지 않았는데도 노나라에는 그가 상례(喪禮)를 잘 치른다는 평판이 파다합니다. 실로 해야 할 일을 하지 않고 명성을 얻은 것이 아니겠습니까? 회(回)는 이것이 이상하옵니다."

공자가 말했다.

"맹손씨(孟孫氏)는 상례를 다했느니라. 상례를 안다는 사람보다 나았느니라. 사람들이 간단히 치르고 싶어도 못하는 일을 (그는) 간단하게 처러냈기 때문이지. 맹손씨는 (사람이) 태어난 까닭을 모르고, (사람이) 죽는 까닭을 모른다. (또) 살면 (무엇을) 알게 되는지 몰랐고, 죽으면 (무엇을) 알게 되는지 몰랐지. 그는 변화를 따라 일개 사물(사람)이 되는 것으로, (자신이) 알지 못하는 변화를 대했을 뿐이었다! 게다가 지금 (육신이) 변하는데, 어떻게 변하지 않음을 알겠느냐? 지금 (육신이) 변하지 않는데, 어떻게 이미 변한 것을 알 수 있겠느냐? 나와 너는 꿈에서 아직 깨어나지 않은 사람들이다! 그 사람은 형체는 바뀌어도 마음은 손상되지 않으며, 마음이 깃든 곳(육신)은 다르게 이어져도 정신은 사라지지 않는다고 생각한 것이지. 맹손씨는 그저 사람들이 울면 자신도 울면 된다고 여긴 것이야. 이것이 그가 그렇게 한 까닭이지. 사람들은 서로에게 이것은 나라고 말하지. 그러나 내가 말하는 내가, 내가 아님을 어떻게 알겠는가? 자네가 꿈에 새가 되어 하늘을 날거나 꿈에 물고기가 되어 연못에서 노니는 것과 같지. 지금 이렇게 말하고 있는 우리도 깨어있는 것인지, 꿈을 꾸고 있는 것인지 알 수 없네. (마음이) 편해지면 웃음이 나오지 않고, 마음이 편해서 자연스럽게 나오는 웃음은 (미리) 안배하지 않지. 자연에 편안히 몸을 맡기고 생사의 변화를 잊는다면, 아무것도 없는 텅 빈 세계와 하나가 되는 경지에 들어갈 수 있지."

해설

모친의 상을 치르는 맹손재(孟孫才)의 태도에 대해 말하고 있다. 유가사상을 익힌 안회(顔回)의 눈에는 맹손재가 모친상을 제대로 치르지 않는 사람으로 보였다. 그러나 맹손재는 죽은 사람의 몸은 사라져도 그 정신은 사라지지 않는다고 생각했기 때문에 모친상을 당했음에도 슬퍼하지 않을 수 있었다. 이 단락은 현실의 예절을 벗어나 자연 그대로의 변화를 받아들임을 말한다. 장자는 이렇게 할 때만이 생사의 변화를 잊고 아무것도 없는 텅 빈 세계와 하나가 될 수 있다고 말한다.

顔回問仲尼曰 : "孟孫才, 其母死, 哭泣無涕, 中心不戚, 居喪不哀. 無是三者, 以善處喪蓋魯國. 固有無其實而得其名者手? 回壹怪之." 仲尼曰 : "夫孟孫氏盡之矣, 進於知矣, 唯簡之而不得, 夫已有所簡矣. 孟孫氏不知所以生, 不知所以死 ; 不知孰先, 不知孰後 ; 若化爲物, 以待其所不知之化已手! 且方將化, 惡知不化哉? 方將不化, 惡知已化哉? 吾特與汝, 其夢未始覺者邪! 且彼有駭形而無損心, 有旦宅而無耗精. 孟孫氏特覺, 人哭亦哭, 是自其所以乃. 且也相與吾之耳矣, 庸詎知吾所謂吾之非吾手? 且汝夢爲鳥而厲乎天, 夢爲魚而沒於淵. 不識今之言者, 其覺者手, 其夢者手? 造適不及笑, 獻笑不及排, 安排而去化, 乃入於寥天一."

涕(체) : 눈물을 흘리며 울다. 戚(척) : 슬퍼하다. 損(손) : 줄이다. 耗(모) : 줄다, 없어지다. 特(특) : 단지. 沒(몰) : 가라앉다. 淵(연) : 연못. 適(적) : 알맞다. 排(배) : 밀치다. 寥(요) : 텅 비다, 하늘.

▶孟孫才(맹손재) : 노나라 사람. 성이 맹손(孟孫)이고, 이름이 재(才)임. ▶中心(중심) : 심중(心中), 마음속. ▶壹(일) : 어조사로, 의미가 없음(王引之說). ▶進於(진어) : ~보다 나음. ▶所以生(소이생) : 태어난 까닭 내지 이유. ▶不知孰先(부지숙선) : 살면 (무엇을) 알게 되는지를 모름. "숙"은 잘 알다. "숙(熟)"과 통함. "선"은 살아있을 때, 생전. ▶不知孰後(부지숙후) : 죽으면 (무엇을) 알게 되는지를 모름. "후"는 죽었을 때, 사후. ▶若化爲物(약화위물) : 변화를 따라 사람(物)이 됨. "약"은 따르다. ▶且方(차방) : 마침, 바야흐로. ▶駭形(해형) : 육신이 바뀜. 양수달(楊樹達)은 "'해'는 '개'로 읽어야 하는데, 형태가 바뀐다는 것을 말한다('駭'當讀爲'改', 謂形態有變易)."라고 했다. ▶旦宅(단택) : 마음이 깃든 곳, 육신이 이어지는 것. "단"은 "선(嬗)"의 가차자(章炳麟說). "택"은 마음이 깃든 곳(成玄英說). 즉 육신을 의미. ▶所以乃(소이내) : 이렇게 한 까닭. "내"는 "이(爾)"와 통함. ▶相與吾之耳(상여오지이) : 서로에게 이것은 나(吾)라고 함(王先謙·宣穎說). ▶厲(려) : 려(戾)와 통함(王先謙說). "려(戾)"는 이르다. ▶造適(조적) : 마음이 가장 편한 경지에 이름(李勉說). "조"는 이르다. ▶不及笑(불급소) : 웃음이 나오지 않음. ▶獻笑(헌소) : 마음이 편안해서 자연스럽게 나오는 웃음. ▶不及排(불급배) : 미리 안배하지 않음. ▶安排(안배) : 자연의 안배에 편안히 몸을 맡김. ▶去化(거화) : 생사의 변화를 잊음. ▶寥天一(요천일) : 아무것도 없는 텅 빈 세계와 하나가 됨. 선영(宣穎)은 이를 도(道)라고 했음.

[08]

의이자(意而子)가 허유(許由)를 만났다. 허유가 말했다.

"요가 당신에게 어떤 가르침을 주었습니까?"

의이자가 말했다.

"요임금께서는 저에게 '인과 의를 몸소 행하고 시비를 분명하게 말해야 한다.'고 하셨습니다."

허유가 말했다.

"뭐 하러 (여기까지) 오신 것이오? 요는 인과 의를 행한답시고 그대의 얼굴에 죄목을 새겼고, 시비를 판단한답시고 그대의 코를 베었소. 그런 그대가 어찌 저 자유롭고 거침이 없으며 일절의 속박이 없는 변화의 길에서 노닐 수 있단 말이오?"

의이자가 말했다.

"그래도 저는 그 (길의) 울타리에서 노닐고 싶습니다."

허유가 말했다.

"그럴 순 없소. 색맹인 자는 눈썹·눈·안색의 아름다움을 느낄 수 없고, 눈이 먼 자는 알록달록 수놓인 아름다운 무늬를 느낄 수 없소."

의이자가 말했다.

"(미인) 무장(無莊)이 자신의 아름다움을 잊고, (용사) 거량(據梁)이 자신의 힘을 잊고, 황제(黃帝)가 자신의 지혜를 잊은 것은 모두가 무쇠를 단련하듯 도를 닦는 과정에서 이루어진 것입니다. 만물을 만든 도가 저의 얼굴에 새겨진 글자를 지워주고, 저의 잘린 코를 보수해주실 것입니다. 이로 저의 몸이 온전하게 되어 선생님을 따르게 될 것을 어찌 알겠습니까?"

허유가 말했다.

"허! (그거야) 알 수 없지. (그렇지만) 내 그대에게 대략적으로 말해주겠소. 나의 스승인 도는! 나의 스승인 도는! 만물을 조화시키면서도 의롭다 여기지 아니하며, 만대까지 은택을 내리면서도 어질다 여기지 아니하며, 태고 적보다 더 오래되셨으면서도 늙었다 여기지 아니하며, 하늘과 땅을 덮고 받아들이며 뭇 모양을 조각하면서도 솜씨가 뛰어나다 여기지 아니하오. 이것이 (내가) 노니는 것이오."

해설

　　인과 의를 행하다가 해를 입은 사람은 세속의 속박을 받기 때문에 도의 경지에서 이를 수 없음을 말하고 있다. 이를 색맹인 자가 색깔의 아름다움을 보지 못하고, 눈먼 자가 아름다운 무늬를 보지 못하는 것에 비유한 것이 절묘하다.

　　意而子見許由. 許由曰："堯何以資汝?" 意而子曰："堯謂我：'汝必躬服仁義而明言是非.'" 許由曰："而奚來爲軹? 夫堯旣已黥汝以仁義, 而劓汝以是非矣, 汝將何以遊夫遙蕩恣睢轉徙之塗乎?" 意而子曰："雖然, 吾願遊於其藩." 許由曰："不然. 夫盲者無以與乎眉目顔色之好, 瞽者無以與乎靑黃黼黻之觀." 意而子曰："夫无莊之失其美, 據梁之失其力, 黃帝之亡其知, 皆在鑪捶之間耳.

庸詎知夫造物者之不息我黥而補我劓, 使我乘成以隨先生邪?" 許由曰: "噫!
未可知也. 我爲汝言其大略. 吾師乎! 吾師乎! 齏萬物而不爲義, 澤及萬世而不
爲仁, 長於上古而不爲老, 覆載天地刻雕衆形而不爲巧. 此所遊已."

躬(궁) : 몸소. 軹(지) : 굴대 머리. 黥(경) : 묵형(墨刑). 劓(의) : 코 베다. 蕩(탕) : 쓸
어버리다. 恣(자) : 하고 싶은 대로 맡기다. 睢(휴) : 부릅떠 보다. 徙(사) : 옮기다.
塗(도) : 길. 藩(번) : 울타리. 盲(맹) : 소경. 瞽(고) : 소경. 黼(보) : 흰 실과 검은 실
로 도끼 모양의 무늬를 수놓은 예복. 黻(불) : 두 개의 기(己)자 서로 등대고 있는
모양의 수. 莊(장) : 풀 무성하다. 鑪(노) : 화로. 捶(추) : 망치. 息(식) : 멎다, 중지하
다. 噫(희) : 탄식하다. 齏(제) : 뒤섞다.

▶意而子(의이자) : 장자가 만든 허구의 인물. ▶資(자) : 도움을 줌, 가르침을 줌.
▶躬服(궁복) : 몸소 행함. ▶而(이) : 너, 당신. ▶軹(지) : 어조사로 쓰여, 의미가 없
음(成玄英說). "지(只)"와 같음. ▶遙蕩(요탕) : 자유롭게 거침이 없음. ▶恣睢(자
휴) : 속박 없이 아주 자유로움. ▶轉徙(전사) : 돌고 옮김. 즉, 쉼 없이 변화한다는
의미. ▶黼黻(보불) : 고대의 예복에 수놓인 아름다운 무늬. "보"는 흰 실과 검은 실
로 도끼 모양의 무늬를 수놓은 예복. "불"은 두 개의 기(己)자 서로 등대고 있는 모
양의 수. ▶無莊(무장) : 중국 고대의 미인 이름. 장자가 만든 허구의 인물이라는
견해도 있음. 원의는 꾸미지 않음. ▶據梁(거량) : 중국 고대의 용사이름. 장자가 만
든 허구의 인물이라는 견해도 있음. ▶鑪捶(노추) : 원의는 화로와 망치. 이곳에서
는 화로 곁에서 쇠를 단련시키듯 도를 닦았다는 의미. ▶乘成(승성) : (형벌로 망가
진) 육신을 다시 자라게 함(陳鼓應說). "승"은 "재(載)"와 같음. "성"은 "비(備)"와
같음. ▶吾師(오사) : 나의 스승. 즉, 도 장자는 도로써 스승을 삼았기 때문에 이곳
에서는 도의 의미. ▶齏萬物(제만물) : 만물을 조화시킴. "제"는 "화(和)"의 의미(陸
樹芝說). ▶覆載天地(복재천지) : 하늘은 만물을 덮고, 땅은 모든 것을 받아들임.
▶已(이) : ~일 따름이다.

[09]

안회가 말했다.
"(스승님) 저는 깨달음을 얻었습니다."
공자가 말했다.

"무엇이더냐?"

안회가 말했다.

"저는 예교와 음악을 잊었습니다."

공자가 말했다.

"훌륭하구나, (그러나) 그것만으로는 부족하니라."

다른 날, 안회가 다시 공자를 만나 말했다.

"(스승님) 저는 큰 깨달음을 얻었습니다."

공자가 말했다.

"무엇이더냐?"

안회가 말했다.

"인과 의를 잊었습니다."

공자가 말했다.

"훌륭하구나, (그러나) 그것만으로는 부족하니라."

다른 날, 안회가 다시 공자를 만나 말했다.

"(스승님) 저는 더 큰 깨달음을 얻었습니다."

공자가 말했다.

"무엇이더냐?"

안회가 말했다.

"가만히 앉아서 사물과 나를 잊게(坐忘) 되었습니다."

공자가 놀라며 말했다.

"가만히 앉아 사물과 나를 잊는다는 것이 무슨 말이냐?"

안회가 말했다.

"사지를 비롯한 육신을 버리고, 듣고 보는 눈과 귀의 활동을 물리치며,
형체를 떠나고 지혜를 버려서, 어떤 방해를 받지 않는 것과 같게 되는 것을
가만히 앉아 사물과 나를 잊는다고 합니다."

공자가 말했다.

"(어떤 방해를 받지 않는 것과) 같아지면 한쪽을 좋아하는 마음이 생기지

않고, 변화를 따르면 한쪽에 집착하지 않게 된다. 과연 너는 총명하구나! 내가 너의 뒤를 따라 배워야겠구나."

해설

    가만히 앉아서 사물과 나는 잊는 "좌망(坐忘)"의 경지를 말하고 있다. 우리를 들러 싸고 있는 인·의·예·악 같은 규범들을 철저히 벗어날 때 "좌망"의 경지에 들어 갈 수 있다. 장자는 "좌망"의 경지에 들어가면 형체를 떠나고 지혜를 버리며 일절의 속박을 받지 않게 된다고 말하고 있다.

顔回曰:"回益矣." 仲尼曰:"何謂也?" 曰:"回忘禮樂矣." 曰:"可矣, 猶未也." 他日, 復見, 曰:"回益矣." 曰:"何謂也?" 曰:"回忘仁義矣." 曰:"可矣, 猶未也." 他日, 復見, 曰:"回益矣." 曰:"何謂也?" 曰:"回坐忘矣." 仲尼蹴然曰:"何謂坐忘?" 顔回曰:"墮肢體, 黜聰明, 離形去知, 同於大通, 此謂坐忘." 仲尼曰:"同則無好也, 化則無常也. 而果其賢乎! 丘也請從而後也."

    蹴(축) : 차다. 墮(타) : 떨어지다, 무너지다. 肢(지) : 사지(四肢). 黜(출) : 물리치다.

    ▶ 坐忘(좌망) : 가만히 앉아서 사물과 나를 잊는 경지. ▶ 蹴然(축연) : 놀라 불안해 하는 모습. ▶ 大通(대통) : 어떠한 것의 방해를 받지 않고 통함. ▶ 無常(무상) : 한쪽 에 빠지지 않음.

[10]

    자여(子輿)와 자상(子桑)이 친구가 되었다. 이미 비가 10일간이나 계속 내렸다. 자여가 말했다.

    "자상이 어쩌면 병이 났을 것이다."

    자여는 밥을 싸들고 그에게 먹여주려고 갔다. (자여가) 자상의 집 문에 오자, (집 안에서) 노래하는 것 같기도 하고 곡하는 것 같기도 한 소리가 나면서, 이렇게 거문고를 타는 소리가 들렸다.

"아버지인가! 어머니인가! 하늘인가! 사람인가!"

소리가 제대로 나오지 않아 말만 급히 중얼대는 것이었다.

자여가 들어가 말했다.

"자네의 노래, 어찌 이런가?"

자상이 말했다.

"나는 내가 이렇게 곤궁하게 된 이유를 생각했네만 (그 이유를) 알 수 없었네. 부모라면 어찌 내가 가난하기를 바라시겠는가? 하늘은 사사로이 (어느 개인을) 덮어주지 않고, 땅은 사사로이 (어느 개인을) 성장시켜주지 않지. 그러니 하늘과 땅이 어찌 사사로이 나를 가난하게 할 수 있겠나? 나는 곤궁하게 된 이유를 찾아보았으나 찾을 수 없었네. 그렇다면 이렇게 곤궁하게 된 것은 운명이겠지!"

해설

가난한 것은 어느 개인이 물려준 것이 아닌 운명이라는 것이다. 이 운명이라는 것도 만물이 성장해나가는 법도의 하나이므로 이를 수긍하고 받아들여야 한다는 의미이다.

子輿與子桑友, 而霖雨十日. 子輿曰 : "子桑殆病矣!" 裹飯而往食之. 至子桑之門, 則若歌若哭, 鼓琴曰 : "父邪! 母邪! 天乎! 人乎!" 有不任其聲而趨擧其詩焉. 子輿入, 曰 : "子之歌詩, 何故若是?"

曰 : "吾思夫使我至此極者而弗得也. 父母豈欲吾貧哉? 天無私覆, 地無私載, 天地豈私貧我哉? 求其爲之者而不得也. 然而至此極者, 命也夫!"

霖(림) : 장마. 殆(태) : 아마도. 裹(과) : 싸다. 食(사) : 먹이다. 載(재) : 성장하다.

▶而(이) : 이미. "이(已)"와 통함. ▶霖雨(임우) : 3일 이상 내리는 비. ▶不任其聲(불임기성) : 기력이 없어 소리가 제대로 나오지 않음. ▶趨擧其詩(추거기시) : 음정 박자는 맞지 않고 가사만 급히 중얼거림. "추"는 "촉(促)"과 통함. "시"는 가사. ▶私載(사재) : 사사로이 성장시켜줌. ▶也夫(야부) : 구말 어조사가 연이어 사용된 형태로 감탄이나 판단의 뜻을 나타냄.

응제왕 應帝王

자연에 몸을 맡겨 왕이 되는 법

〈력원필유하조어도(櫟園筆柳下釣魚圖)〉
력원(?~?)
출처 : 국립중앙박물관

응제왕應帝王

자연에 몸을 맡겨 왕이 되는 법

해제

"응제왕(應帝王)"은 자신을 잊고 자연에 몸을 맡기면 이에 응하여 제왕이 된다는 의미이다. 곽상(郭象)은 "마음을 두지 않고 스스로 변화하는 것에 맡기면 응당 제왕이 된다(夫無心而任乎自化者, 應爲帝王)."라고 했다.

본편은 내용상 세 부분으로 나눌 수 있다. 첫째는 진정한 어진 임금과 그의 다스림에 대해 말하고 있다. 장자에 의하면, 어진 임금이란 덕은 순수하며 사물에 빠지지 않으며 공이 있어도 자신과 아무런 관계가 없는 듯 여긴다고 하였다. 또 어진 임금은 사물의 자연스런 본성을 따르며 자신의 의지를 개입시키지 않는다고 하였다. 둘째는 도의 여러 가지 모습을 말하고 있다. 이곳에서는 진정으로 도를 깨친 사람은 어떤 특정한 사람이나 외물에 흔들리지 않으며 오히려 자신의 도를 따르도록 한다고 하였다. 셋째로 인위적인 행위를 배제해야 한다고 말했다. 이곳에서는 명예나 지혜를 사용하지 말며 도의 경지를 깨닫고 하늘로부터 받은 본성을 다해야 한다고 했다. 마지막 단락의 숙(儵)·홀(忽)·혼돈(混沌)의 이야기는 이런 내용을 잘 보여주고 있다.

[01]

설결이 왕예에게 네 가지 질문을 했다. 그런데 (왕예는) 네 가지 질문에 답을 하지 못했다. 이 때문에 설결은 껑충 뛰며 크게 기뻐했다. (그는) 포의자(蒲衣子)에게 가서 알렸다. 포의자가 말했다.

"자네 이제야 알겠나? 유우씨(有虞氏 : 순임금)가 (명성이 없는 임금) 태씨(泰氏)만 못하다는 것을 말이네. 유우씨는 어짊을 내세워 사람의 마음을 얻으려 했네. 민심을 얻었지만 사물의 속박에서 벗어나지 못했지. 태씨는 잘 때는 평온했고, 깨어있을 때는 스스로 즐거워했네. 또 사람들이 자신을 말(馬)로 봐도 내버려두었고, 사람들이 자신을 소(牛)로 봐도 개의치 않았네. 그 사람의 앎은 진실하고 믿음이 있었네. 또 덕은 매우 순수해 사물에 빠지는 법이 없었지."

해설
순임금 유우씨(有虞氏)가 아무런 명성도 없는 임금인 태씨(泰氏)보다 못함을 지적하고 있다. 장자는 명성과 민심을 얻어도 사물의 속박을 받는다면 그것은 오히려 자신을 해치는 것이라고 봤다. 그래서 순임금이 사물의 속박에서 벗어나 스스로 즐거워한 태씨만 못하다고 했던 것이다.

齧缺問於王倪, 四問而四不知. 齧缺因躍而大喜, 行以告蒲衣子. 蒲衣子曰:"而乃今知之乎? 有虞氏不及泰氏. 有虞氏, 其猶藏仁以要人;亦得人矣, 而未始出於非人. 泰氏, 其臥徐徐, 其覺于于;一以己爲馬, 一以己爲牛;其知情信, 其德甚眞, 而未始入於非人."

齧(설) : 물다. 倪(예) : 가, 끝. 缺(결) : 이지러지다. 蒲(포) : 부들. 虞(우) : 헤아리다. 徐(서) : 평온하다. 藏(장) : 간직하다.

▶齧缺(설결) : 장자가 만든 허구의 인물(林希逸說). ▶四問(사문) : 네 가지 질문. 설결이 왕예에게 질문한 네 가지 질문은 ≪제물론≫ [12]에 보임. ▶蒲衣子(포의자) : 장자

가 만든 허구의 인물. ▶ 有虞氏(유우씨) : 순임금. "유우"는 순임금이 세운 나라이름. ▶ 泰氏(태씨) : 상고 때의 제왕이라는 설(司馬彪說)과 명성이 없는 임금이라는 설(李頤說)이 있다. 장자의 내용상 본서는 후자의 설을 따랐음. ▶ 藏仁(장인) : 어짊을 간직함. ▶ 要人(요인) : 민심을 얻음. ▶ 出於非人(출어비인) : 사물의 속박을 벗어남. "비인"에 대해서는 "하늘"이라는 설(林希逸說)과 "사물"이라는 설(宣穎說)이 있음. 본서는 후자의 설을 따름. ▶ 徐徐(서서) : 평온한 모습. ▶ 于于(우우) : 스스로 즐거워하는 모양. "우우(迂迂)"의 가차자. ▶ 情信(정신) : 진실하고 믿을 수 있음.

[02]

견오(肩吾)가 미치광이 행세를 하는 접여(接輿)를 만났다. 접여가 말했다.

"일중시(日中始)가 자네에게 뭐라 하던가?"

견오가 말했다.

"나에게 이렇게 말하더군. '임금이 된 자가 자신의 뜻대로 법도를 만들면, 어느 백성이 감히 이를 따라 교화되지 않겠소!'"

접여가 말했다.

"그건 사람을 속이는 말일세. 그렇게 세상을 다스리는 것은 바다에 들어가 강을 뚫고, 모기에게 산을 지게 하는 것과 같네. 성인이 세상을 다스림에, 어찌 밖의 법도로 다스리시겠는가? 자신부터 바르게 하고 백성들을 교화시키지. 그런 후에 사람들이 그 일을 잘 할 수 있게 내버려두지. 또 새는 높이 날아 주살의 해로움을 피하고, 생쥐는 지신(地神)에게 제사를 올리는 제단 밑에 깊은 굴을 파서, 구멍이 연기에 그을리고 삽으로 파헤쳐지는 재앙을 피하지. 사람들이 설마 이 두 동물만 못하다는 것인가!"

해설

법도를 만들어 세상 사람들을 교화시키는 것의 어리석음을 설파하고 있다. 법도를 만든다는 것은 결국 사람들에게 인위적인 제약을 가하는 것이다. 인위적인 제약은 장자가 가장 금기시했던 것이다. 장자는 가장 훌륭한 다스림은 그냥 그대로 내버려 두는 것이라고 말한다.

肩吾見狂接輿, 狂接輿曰 : "日中始何以語女?" 肩吾曰 : "告我君人者以己
出經式義度, 人孰敢不聽而化諸!" 狂接輿曰 : "是欺德也. 其於治天下也, 猶涉
海鑿河, 而使蚊負山也. 夫聖人之治也, 治外乎? 正而後行, 確乎能其事者而已
矣. 且鳥高飛以避矰弋之害, 鼷鼠深穴乎神丘之下, 以避熏鑿之患, 而曾二蟲
之無如!"

肩(견) : 어깨. 輿(여) : 수레. 女(여) : 너, 그대. 涉(섭) : 이르다. 鑿(착) : 뚫다. 蚊
(문) : 모기. 確(확) : 강하다. 矰(증) : 주살. 弋(익) : 주살. 鼷(혜) : 생쥐. 穴(혈) : 구
멍, 뚫다. 熏(훈) : 그을리다.

▶肩吾(견오) : 장자가 만든 허구의 인물. ▶狂接輿(광접여) : 장자가 만든 허구의
인물. ▶日中始(일중시) : 장자가 만든 허구의 인물. 일설에는 "일"을 "일자(日者)"
(예전의 의미)로 보고, "중시(中始)"를 인명으로 봄(兪樾說). ▶出(출) : 내다, 만들다.
▶經式(경식) : 법도(王念孫說). ▶義度(의도) : 법도(王念孫說). "의"는 의(儀)와 통
함. ▶諸(제) : 어조사로, 의미가 없음. "호(乎)"와 같음. ▶欺德(기덕) : 사람을 속이
는 말(陳鼓應說). ▶涉海鑿河(섭해착하) : 바다에 들어가 강을 뚫음. ▶治乎外(치호
외) : 법도 이외의 것으로 다스림. ▶確乎能其事者(확호능기사자) : 그 일을 분명하
게 할 수 있게 함. "확호"는 또렷함, 분명함. ▶矰弋(증익) : 주살, 줄이 달린 화살.
▶且(차) : 또. 왕숙민(王叔岷)은 "'차'는 '백'의 형태상의 잘못으로 의심된다('且'疑
'百'之形誤)."라고 했는데, 참고할만함. ▶鼷鼠(혜서) : 생쥐. ▶神丘(신구) : 지신(地
神)에게 제사지내는 제단(成玄英說). ▶熏鑿(훈착) : 구멍을 연기로 그을리고 삽으
로 파헤침. ▶曾(증) : 어찌, 설마. ▶二蟲(이충) : 두 곤충. 즉 새와 생쥐를 말함.
▶無如(무여) : ~만 못함.

[03]

천근(天根)이 은산(殷山)의 남쪽에서 노닐다 요수(蓼水)까지 왔다. 마침 한 이
름이 없는 사람을 만나 물었다.
"세상을 다스릴 방법에 대해 여쭙고 싶습니다."
이름이 없는 사람이 말했다.

"돌아가시오! 보잘 것 없는 사람 같으니. 어찌 그리 기분 나쁜 질문을 하시오! 나는 지금 세상을 만드신 도와 짝이 되어 노닐고 있소 (이것이) 싫증나면, 아무것도 없는 하늘을 유유히 나는 새를 타오. 그리고는 천지사방의 밖을 나가 아무것도 없는 곳에서 노닐고, 고요하고 끝이 없는 들판에 있소 그대는 또 어째서 세상을 다스린다는 잠꼬대 같은 소리로 내 마음을 흔드는 것이오?"

(천근이) 또 물었다.

이름이 없는 사람이 말했다.

"그대는 (집착과 욕심이 없는) 담담한 경지에서 마음을 노닐고, 고요한 경지에서 기운을 합하시오. 그리고 사물의 자연스런 본성을 따르되 자신의 의지를 개입시키지 마시오. 그러면 세상은 잘 다스려질 것이오."

해설

　"천근(天根)"이라는 이름을 가진 사람과 이름이 없는 사람(無名人)은 각자 유와 무의 세계를 암시한다. 유는 현실세계이고, 무는 현실을 떠난 세계, 즉 아무 것도 없는 초탈의 세계를 말한다. 천근이 세상을 다스릴 방법을 묻는 것 자체가 그가 아직 세속에 얽매여 있음을 말한다. 이름이 없는 사람은 천근에게 자신이 어떤 세계에서 사는지를 말한다. 누구나가 자신의 의지를 개입시켜 세상을 구제해야 한다고 생각한다. 아마 천근도 자신의 의지를 개입시켜 세상을 다스릴 방법을 듣길 바랬을 것이다. 그러나 이름이 없는 사람은 반대로 자신의 의지를 개입시키지 않고 가만히 내버려두는 것이 세상을 다스리는 길이라고 말한다. 이 단락은 역설의 역설로 논지를 강화하는 장자 문장의 일면을 잘 보여준다.

天根遊於殷陽, 至蓼水之上, 適遭無名人而問焉, 曰:"請問爲天下." 無名人曰:"去! 汝鄙人也, 何問之不豫也! 予方將與造物者爲人, 厭, 則又乘夫莽眇之鳥, 以出六極之外, 而遊無何有之鄕, 以處壙埌之野. 汝又何帠以治天下感予之心爲?" 又復問. 無名人曰:"汝遊心於淡, 合氣於漠, 順物自然而無容私焉, 而天下治矣."

陽(양) : 남쪽. 蓼(료) : 여뀌. 遭(조) : 만나다. 鄙(비) : 어리석다. 豫(예) : 즐겁다.

厭(염) : 싫다. 莽(망) : 무성하다. 眇(묘) : 아득하다. 壙(광) : 공허하다. 垠(랑) : 끝 없이 넓은 모양. 帠(예) : 법, 법칙. 淡(담) : 담박하다. 漠(막) : 조용하다.

▶ 天根(천근) : 장자가 만든 허구의 인물. ▶ 殷陽(은양) : 은산(殷山)의 남쪽(成玄英 說). 장자가 만든 허구의 지명이라는 설도 있음(陳鼓應說). ▶ 蓼水(요수) : 장자가 만든 허구의 강 이름으로 의심됨. ▶ 爲人(위인) : 짝이 됨. "인"은 "우(偶)"와 통함. ▶ 莽眇之鳥(망묘지조) : 아무것도 없는 하늘을 유유히 나는 새. "망묘"에 대해 ≪경 전석문(經傳釋文)≫은 "아무것도 없이 가벼운 모양(輕虛之狀)."이라고 했음. ▶ 六極 (육극) : 천지사방. ▶ 無何有之鄕(무하유지향) : 아무것도 없는 곳. ≪소요유≫ [07] 에도 보임. ▶ 壙垠之野(광랑지야) : 고요하고 끝이 없는 들판. ▶ 帠(예) : 두 가지 설 이 있음. 첫째는 "가(叚)"의 잘못된 형태로 보고, "겨를"의 의미로 해석한 설이다(孫 詒讓・朱桂曜・王叔岷說). "가(叚)"는 "가(假)"와 "가(暇)"의 가차자. 둘째는 "얼(臬)" 의 잘못된 형태로 보고, "잠꼬대"로 해석한 설이다(兪樾說). "얼"은 "예(囈)"와 통함. "예"는 잠꼬대의 의미. 본서는 후자의 설을 따랐음. ▶ 遊心於淡(유심어담) : 집착과 욕심이 없는 경지에서 마음을 노님. ▶ 合氣於漠(합기어막) : 고요한 경지에서 기운 을 일치시킴 ▶ 容私(용사) : 자신의 의지를 개입시킴.

[04]

양자거(陽子居)가 노담을 만나 물었다.

"여기에 이런 사람이 있습니다. 일처리가 메아리처럼 빠르고 과감하며 결단성이 있습니다. 또 사물의 이치에 트이고, 도를 배움에 게으름을 피우지 않습니다. 이러하면, 어진 임금에 견줄 수 있겠는지요?"

노담이 말했다.

"성인이 보기에, 관리는 공무를 처리할 때 자신의 재능에 얽매이며, 몸을 수고롭게 하고 마음을 어지럽히네. 또 호랑이와 표범의 가죽은 아름답기 때문에 사람들로 하여금 사냥하게 만들고, 원숭이들은 재빠르기 때문에 사람들에 의해 밧줄에 묶이는 것이네. 이렇다면, 어진 임금에 견줄 수 있겠는가?"

양자거가 부끄러워하며 말했다.

"어진 임금이 세상을 다스리는 것을 여쭙겠습니다."

노담이 말했다.

"어진 임금이 세상을 다스리는 것은 이렇다네. 공적은 세상을 뒤덮으나 자신과 아무런 상관이 없는 듯 하고, 교화가 세상만물에까지 미치나 백성들은 그 의지하는 것을 느끼지 못하네. 또 공이 있어도 (말로) 언급하지 않으며, 세상만물이 스스로 기뻐하게 만들지. 헤아릴 길 없는 곳에 서서 아무 것도 없는 세계에서 노닌다네."

해설

이 단락은 진정한 임금이 어떻게 세상을 다스리는 지에 대해 설명하고 있다. 일반 사람이라면 신속함·과감함·결단성·근면함은 임금이 갖추어야 할 자질로 생각할 것이다. 그러나 노담은 이런 자질로 인해 도리어 자신의 몸은 피곤해지고 마음은 어지러워진다고 했다. 진정한 임금이란 세상 사람들을 교화시키나 그것을 말로 나타내지 않으며 저절로 돌아가게 한다고 했다. 이것은 유가에서 말하는 임금의 모습과 사뭇 다르다.

陽子居見老聃, 曰:"有人於此, 嚮疾强梁, 物徹疏明, 學道不勧. 如是者, 可比明王乎?" 老聃曰:"是於聖人也, 胥易技係, 勞形怵心者也. 且也虎豹之文來田, 猨狙之便來藉. 如是者, 可比明王乎?" 陽子居蹵然曰:"敢問明王之治." 老聃曰:"明王之治:功蓋天下而似不自己, 化貸萬物而民弗恃;有莫擧名, 使物自喜;立乎不測, 而遊於無有者也."

嚮(향):향하다. 疾(질):빠르다. 徹(철):통하다. 疏(소):트이다. 勧(권):게으르다. 胥(서):서로, 돕다. 怵(출):두려워하다. 豹(표):표범. 猨(원):원숭이. 狙(저):원숭이. 便(편):편하다. 藉(자):빌다, 꾸다. 蹵(축):차다. 貸(대):베풀다. 恃(시):믿다.

▶陽子居(양자거):장자가 만든 허구의 인물. 성이 양자(陽子), 이름이 거(居)임. ▶嚮疾(향질):(일처리가) 메아리처럼 빠름(李頤說). "향"은 "향(響)"과 통함. ▶强梁(강량):(일처리가) 과감하고 결단성이 있음(成玄英說). ▶物徹(물철):사물의 도리 내지 이치. "철"은 도(李勉·陳鼓應說). ▶疏通(소통):(생각이) 트이고 통함. ▶胥易技係(서이기계):"기계"는 재주에 얽매임. "서이"에 대해서는 여러 가지 설이 있는데 대체로 두 가지 설이 유력하다. 첫째는 "서"를 "서(謂)"로, "역"을 "치(治)"로 본 것이다(孫詒讓說). 이 설에 따라 해석하면, "관리들은 공무를 처리함에 자신의 재능

에 얽매인다."가 된다. 둘째는 "서"를 악무를 관장하는 관리로, "역"을 점을 치는 관리로 본 것이다(劉武說). 이 설에 따라 해석하면, "악무를 관장하는 관리와 점을 관장하는 관리는 자신의 재능에 얽매인다."가 된다. 본서는 전자의 설을 따랐음. ▶ 來田(내전) : 사냥을 불러옴. 즉, 사람들이 사냥하게 만듦. ▶ 來藉(내자) : 밧줄에 묶임을 불러옴. 즉, 사람들에 의해 밧줄에 묶임. "자"는 묶다(崔譔說). ▶ 虅然(축연) : 부끄러운 모습. ▶ 擧名(거명) : 말로 나타냄.

장자
내
편

역
주

장자의
마음

[05]

정나라에 계함(季咸)이라는 점을 잘 보는 무당이 있었다. 사람의 생사와 흥망은 물론 화복(禍福)과 수명까지도 알아내고, 연·월·일을 귀신처럼 예언했다. 정나라 사람들은 (불길한 말을 듣고 싶지 않아) 그를 보면, 하던 일을 멈추고 모두 달아나버렸다. 열자(列子)는 그를 만나 감명을 받았다. 돌아와 (스승인) 호자(壺子)에게 말했다.

"저는 원래 스승님의 도가 가장 지극한 줄 알았습니다. 그런데 이보다 더 지극한 것이 있었습니다."

호자가 말했다.

"나는 너에게 도의 겉모습만 가르쳤지, 도의 실체에 대해서는 아직 가르치지 않았다. 너는 정말로 도를 알았다고 생각하느냐? 암컷이 많아도 수컷이 없다면, 어떻게 알을 낳을 수 있겠느냐! 너는 도의 겉모습만 가지고 세상 사람들과 겨루려고 한다. 이는 너의 생각을 (사람들에게) 내보이고 싶은 것이다. 이 때문에 그 사람이 너의 생각을 알아차린 것이다. (그 사람을) 모시고 오너라. 내 관상은 어떤지 한번 들어보자꾸나."

다음날, 열자가 계함과 함께 호자를 만나러 갔다. (계함은 호자를 만나고) 나와 열자에게 말했다.

"아! 자네의 스승은 죽을 걸세! 살 수 없네! 열흘을 못 넘길 것이네! 내가 보니 그의 육신은 괴이하고, 안색은 젖은 재처럼 생기가 없었네."

열자는 들어가 옷깃이 젖도록 울고 나서 호자에게 (계함이 한 말을) 전해주었다. 호자가 말했다.

"조금 전에 내가 그에게 보여준 것은 땅처럼 고요하고 움직임이 없는 상태였느니라. 그건 둔해서 움직이지도 않고 멈추지도 않지. 그는 활력을 잃은 내 모습을 보았을 것이다. 한 번 더 모시고 오너라."

다음날, 또 (열자는 계함과) 함께 호자를 만나러 갔다. (계함이) 나와서 열자에게 말했다.

"자네의 스승이 날 만난 것을 정말 다행스럽게 생각해야 할 걸세! 병이 나았네, 완전히 생기가 돌아왔네! 나는 잃었던 생기가 돌기 시작한 것을 봤네."

열자가 들어가 호자에게 전했다. 호자가 말했다.

"조금 전에 내가 그에게 보여준 것은 천지간의 생기(生氣)였다. 그건 명성과 실리가 마음속에 들어오지 못하고, 발꿈치에서 생기가 나타나는 것이지. 그는 이렇게 생기가 도는 것을 봤을 것이다. 한 번 더 모셔오너라."

다음날, 또 (열자는 계함과) 함께 호자를 만나러 갔다. (계함이) 나와서 열자에게 말했다.

"자네 스승은 (관상을 볼 때마다) 마음이 일정하지 않아 관상을 제대로 볼 수 없네. 마음이 차분해지면 그때 다시 보세."

열자가 들어가 호자에게 전했다. 호자가 말했다.

"조금 전에 내가 그에게 보여준 것은 일절의 조짐이 없는 완전히 비어있는 경지였지. 그는 내 음양의 기운이 균형을 이루는 조짐을 봤을 것이다. 고래가 깊은 물속에서 빙빙 돌며 유영하면 깊은 못이 되고, 물이 깊은 곳에 정지해있으면 깊은 못이 되고, 물이 깊은 곳에서 흐르면 깊은 못이 된다. 깊은 못에는 아홉 가지가 있다. 나는 겨우 세 가지만 들었을 뿐이다. 한 번 더 모셔오너라."

173

다음날, 또 (열자는 계함과) 함께 호자를 만나러 갔다. 계함은 제대로 서 있지 못하다 당황스럽고 창피해 가버렸다. 호자가 말했다.

"쫓아가게!"

열자는 그를 따라가지 못하고 놓쳐버렸다. 돌아와서 호자에게 알렸다.

"이미 종적을 감추었습니다, 이미 사라져서 제가 따라잡을 수 없었습니다."

호자가 말했다.

"조금 전에 내가 그에게 보여준 것은 나를 벗어난 적이 없는 도였다. 나는 그와 마음을 비우고 자연의 변화에 맡기려고 했다. 그런데 그는 내가 누구이며 무엇을 하는지 알지 못했지. 마치 바람에 어린 싹들이 쓰러지고, 물결 따라 흘러가듯이 말이다. 그래서 도망간 것이지."

이 일로 열자는 자신이 깨달은 것이 없다고 여겨 집으로 돌아왔다. 그는 3년 동안 집밖을 나가지 않았다. 아내를 위해 밥을 짓고, 사람에게 밥을 먹이듯 돼지를 키웠다. 일 할 때는 사사로운 마음을 갖지 않고, 화려함을 버리고 소박한 모습으로 돌아갔다. (자연의) 흙덩이처럼 누구에게도 의지하지 않고 자신의 몸을 세웠다. 그는 어지러운 세상에서 소박한 모습을 지키며 평생을 이렇게 했다.

해설

도의 세계가 얼마나 무궁무진하며 깊은지를 설명하고 있다. 열자는 알고 있다고 자신한 도는 사실 진짜 도가 아닌 피상적인 도이다. 이는 사람들이 생각하는 도는 사실 진짜가 아님을 말한다. 그래서 열자는 정나라의 무당 계함의 말에 쉽게 설득당하거나 유혹된다. 호자는 점을 보는 계함의 앞에서 도의 다양한 세계를 보여준다. 결국 계함을 점을 제대로 보지 못하고 당황하며 달아나버린다. 진정으로 도를 깨달은 사람은 어떤 사람이 와도 흔들리지 않고 자신만의 세계를 견지한다.

鄭有神巫曰季咸, 知人之死生存亡, 禍福壽夭, 期以歲月旬日, 若神. 鄭人見之, 皆棄而走. 列子見之而心醉, 歸, 以告壺子, 曰: "始吾以夫子之道爲至矣, 則又有至焉者矣." 壺子曰: "吾與汝旣其文, 未旣其實, 而固得道與? 衆雌而无雄, 而又奚卵焉! 而以道與世亢, 必信, 夫故使人得而相汝. 嘗試與來, 以予示之." 明日, 列子與之見壺子. 出而謂列子曰: "嘻! 子之先生死矣! 弗活矣! 不以旬數矣! 吾見怪焉, 見濕灰焉." 列子入, 泣涕沾襟以告壺子. 壺子曰: "鄉吾

示之以地文, 萌乎不震不止. 是殆見吾杜德機也. 嘗又與來." 明日, 又與之見
壺子. 出而謂列子曰: "幸矣, 子之先生遇我也! 有瘳矣, 全然有生矣! 吾見其
杜權矣." 列子入, 以告壺子. 壺子曰: "鄕吾示之以天壤, 名實不入, 而機發於
踵. 是殆見吾善者機也. 嘗又與來." 明日, 又與之見壺子. 出而謂列子曰: "子
之先生不齊, 吾無得而相焉. 試齊, 且復相之." 列子入, 以告壺子. 壺子曰: "鄕
吾示之以太沖莫勝. 是殆見吾衡氣機也. 鯢桓之審爲淵, 止水之審爲淵, 流水
之審爲淵. 淵有九名, 此處三焉. 嘗又與來." 明日, 又與之見壺子. 立未定, 自
失而走. 壺子曰: "追之!" 列子追之不及. 反, 以報壺子曰: "已滅矣, 已失矣,
吾弗及已." 壺子曰: "鄕吾示之以未始出吾宗. 吾與之虛而委蛇, 不知其誰何,
因以爲弟靡, 因以爲波流, 故逃也." 然後列子自以爲未始學而歸, 三年不出.
爲其妻爨, 食豕如食人. 於事无與親, 雕琢復朴, 塊然獨以其形立. 紛而封哉,
一以是終.

季(계) : 끝, 막내. 期(기) : (시일을) 정하다. 旬(순) : 열흘. 壺(호) : 병, 단지. 亢(항) : 오르
다. 相(상) : 보다. 嘻(희) : 아! 沾(첨) : 젖다. 襟(금) : 옷깃. 震(진) : 움직이다. 杜(두) : 막
다. 瘳(추) : 낫다. 權(권) : 저울추. 壤(양) : 흙, 땅. 踵(종) : 발꿈치. 沖(충) : 비다. 衡
(형) : 저울질하다. 鯢(예) : 암고래. 桓(환) : 군세다. 淵(연) : 못, 소. 靡(미) : 쓰러지
다. 爨(찬) : 밥을 짓다. 豕(시) : 돼지. 雕(조) : 새기다. 琢(탁) : 쪼다, 옥을 다듬다.
塊(괴) : 흙덩이. 紛(분) : 어지럽다.

▶ 神巫(신무) : 점을 잘 보는 무당. ▶ 心醉(심취) : 탄복하다, 매혹되다. ▶ 壺子(호
자) : 정나라 사람으로, 열자의 스승이 됨. 이름은 "임(林)"이고, "호자"는 그의 호
임. ▶ 旣其文(기기문) : 도의 겉모습만 모두 전수함. "기"는 다하다(李頤說). "문"은
겉모습. ▶ 而(이) : 너(2인칭). ▶ 亢(항) : 다투다. 항(抗)과 통함. ▶ 信(신) : 자신의
생각을 펼침(王先謙說). "신(伸)"과 통함. ▶ 濕灰(습회) : 젖은 재. 생기가 조금도 없
음을 의미. ▶ 沾襟(첨금) : 옷깃이 젖음. ▶ 鄕(향) : 조금 전. "향(嚮)"과 통함. ▶ 地
文(지문) : 땅의 모습. 즉, 움직이지 않고 고요한 모습. 성현영(成玄英)은 "움직이지
않는 것을 지문으로 삼는다(以不動爲地文)."라고 했고, 임운명(林雲銘)은 "대지가
고요한 것을 말한다(猶大地寂然)."라고 했음. "문"은 모습. ▶ 萌乎(맹호) : 어리석은
모양(朱桂曜說). "맹"은 "망(芒)"과 같음. ▶ 不震不止(부진부지) : 움직이지도 않고

175

멈추지도 않음. ▶杜德機(두덕기) : 생기가 없음, 활력이 없음. "두"는 막히다. "덕기"는 생기. ▶杜權(두권) : 막혀있던 것에서 움직임이 생김. 즉, 잃었던 생기가 돌기 시작함(林雲銘說). "권"은 움직이다. ▶泉壤(천양) : 천지. 이곳에서는 천지간의 생기(生氣)를 의미함(李勉說). ▶機(기) : 생기(生機). ▶善者機(선자기) : 생기(生機)가 자라남. 즉, 생기가 돔. "선"에 대해 선영(宣穎)은 "즉 자란다는 의미이다(卽生意)."라고 했음. ▶不齊(불제) : 일정하지 않음. 즉, 마음이 분명치 않고 모호함. ▶太沖莫勝(태충막승) : 일절의 조짐이 없는 완전히 비어있는 경지. "태충"은 완전히 비어있음. "막승"은 어떠한 조짐도 없음. "승"은 "짐(朕)"과 통함(王叔岷說). ▶衡氣機(형기기) : 음양의 기운이 균형을 이루는 조짐. "형"은 균형을 이룸. "기"는 계기, 실마리. ▶鯢桓之審(예환지심) : 고래가 깊은 물속에서 빙빙 돌며 유영함. "환"은 "선(旋)"과 같음. "심"은 "심(潘)"을 줄여서 쓴 글자. 또 "심(潘)"은 물의 깊은 곳. ▶淵有九名(연유구명) : 이 말은 ≪열자・황제편≫에 보임. "고래가 유영하는 곳은 못이 되고, 물이 정지되어 있는 곳은 못이 되고, 흐르는 물이 있는 곳은 못이 되고, 솟아오르는 물이 있는 곳은 못이 되고, 위에서 떨어지는 물이 있는 곳은 못이 되고, 스며 나오는 물이 있는 곳은 못이 되고, 물길이 합쳐지는 곳은 못이 되고, 흘러가는 물길이 있는 곳은 못이 되고, 여러 갈래의 물길이 모이는 곳은 못이 된다. 이것이 아홉 가지 연못이다(鯢桓之潘爲淵, 止水之潘爲淵, 流水之潘爲淵, 濫水之潘爲淵, 沃水之潘爲淵, 氿水之潘爲淵, 雍水之潘爲淵, 汧水之潘爲淵, 肥水之潘爲淵, 是爲九淵焉)." 이 부분은 물의 여러 갈래를 말한 것이지만 사람의 모습도 그만큼 일정하지 않음을 말한다. ▶自失(자실) : 당황스럽고 창피함. ▶未始出吾宗(미시출오종) : 나를 벗어난 적이 없는 도. ▶虛而委蛇(허이위사) : 마음을 비우고 자연의 변화에 맡김(陳啓天說). "사"는 변하다. ▶不知其誰何(불지기수하) : 내가 누구고 무엇을 하는지 알지 못함. ▶弟靡(제미) : 바람에 싹이 쓰러짐. "제"는 "제(稊)"와 통함. "제(稊)"는 싹. ▶於事无與親(어사무여친) : 일을 함에 치우치거나 사사로움이 없음(陳啓天說). ▶雕琢復朴(조탁부박) : 화려함을 버리고 소박한 원래의 모습으로 돌아감. 이면(李勉)은 "'조'자는 잘못되었다. '거'가 되어야 한다. 조탁하는 일은 모두 없애고 소박함으로 돌아가야 한다고 말하는 것이다('雕'字誤, 應作'去'. 言雕琢之事, 悉皆廢去, 復歸於樸)."라고 했음. ▶塊然獨(괴연독) : 흙덩이처럼 홀로 있음. ▶紛而封哉(분이봉재) : 어지러운 세상에서 소박함을 지켜나감. "봉"은 지키다(成玄英說). ▶一以是終(일이시종) : 평생을 한결 같이 이렇게 함.

[06]

명예로운 자리를 차지 않고, 지략을 모으지 않는다. 어떤 일이라도 인위적으로 하지 않고, 지혜를 으뜸으로 여기지 않는다. 끝이 없는 도의 경지를 깨닫고, 일절의 조짐이 없는 적막의 경지에서 노닌다. 하늘로부터 받은 본성을 다하면서 (그 받은 본성을) 드러내지 않으면, 이 역시 마음을 비운 경지에 이른 것이다. 지인이 마음을 씀은 거울과 같아서, (어떤 사물도) 보내거나 맞이하지 않으며, 자연의 변화에 응하고 사사로운 뜻을 가지지 않는다. 그래서 사물을 감당해내면서도 상처를 입지 않는다.

해설

명예로운 자리·지략·지혜는 세속에서 사람들이 추구하거나 사용하는 것이다. 장자는 이런 것에 얽매이게 되면 자신을 피곤하게 만든다고 했다. 따라서 장자는 이를 떠나 자신의 본성을 따르고 마음을 깨끗하게 비울 것을 강조한다. 이러한 경지에 다다른 사람은 자연의 변화에 응하고 사사로운 뜻을 갖지 않으며 어떤 사물이라도 감당하면서 상처를 입지 않는다고 하였다.

无爲名尸, 无爲謀府 ; 无爲事任, 无爲知主. 體盡无窮, 而遊无朕 ; 盡其所受乎天, 而无見得, 亦虛而已. 至人之用心若鏡. 不將不迎, 應而不藏. 故能勝物而不傷.

无(무) : 없다. 尸(시) : 시체, 시동. 府(부) : 곳집. 朕(짐) : 조짐. 見(현) 나타나다. 應(응) : 응하다. 藏(장) : 숨기다, 간직하다. 勝(승) : 견디다. 감당하다.

▶ 名尸(명시) : 명예로운 자리에 있으려고 함. "시"는 (자리에) 임하다. ▶ 謀府(모부) : 지혜를 모으려고 함. 덕청(德淸)은 "지모가 모이는 곳을 '모부'라고 한다(智謀所聚曰'謀府')."고 했다. ▶ 无爲事任(무위사임) : 어떤 일이라도 억지로 하지 않음. "사임"은 어떠한 일. ▶ 无爲知主(무위지주) : 지혜를 으뜸으로 삼음. "주"는 중심이 되다. ▶ 體盡无窮(체진무궁) : 무궁한 대도의 경지를 완전히 체득함. "체"는 몸으로 깨달음. ▶ 无朕(무짐) : 일절의 조짐이 없는 적막의 경지. "짐"은 조짐. ▶ 无見得(무현득) : 하늘로부터 받은 본성을 드러내지 않음. "현"은 드러내다. ▶ 不將不迎(불장불영) : 보내지도 않고 맞이하지도 않음. "장"은 보내다(成玄英說). ▶ 不藏(불장) : 간직하지 않음. ▶ 勝物(승물) : 사물을 감당해냄. "승"은 감당하다.

177

[07]

　남쪽 바다의 제왕을 숙(儵)이라 하고, 북쪽 바다의 제왕을 홀(忽)이라 하고, 중앙의 제왕을 혼돈(混沌)이라 한다. 숙과 홀은 수시로 혼돈의 땅에서 만났다. 혼돈은 이들을 잘 대해주었다. 숙과 홀이 혼돈의 덕에 보답하려고 상의했다. "사람은 일곱 개의 구멍으로 보고 듣고 먹고 숨을 쉬지. 그런데 이 친구에게만 (이 일곱 개의 구멍이) 없으니 우리가 구멍을 파주세."

　(그들은) 하루에 구멍을 한 개씩 파주었다. 7일이 지나자 혼돈은 죽었다.

해설

　이 단락은 허구의 인물을 내세워 인위적 것의 해를 설명하고 있다. 자신에게 잘해준다고 그 사람의 본성이나 특징을 무시한 채 인위적으로 손을 본다면 이 또한 하늘이 내려준 고유한 본성을 위배하는 것이라고 할 수 있다. 이곳에서 "숙(儵)"과 "홀(忽)"은 신속·빠름의 의미로 인위적인 것을 나타내고, "혼돈(混沌)"은 소박하고 자연스런 의미로, 무위(無爲)를 나타낸다.

　南海之帝爲儵, 北海之帝爲忽, 中央之帝爲渾沌. 儵與忽時相與遇於渾沌之地, 渾沌待之甚善. 儵與忽謀報渾沌之德, 曰："人皆有七竅以視聽食息, 此獨無有, 嘗試鑿之." 日鑿一竅, 七日而渾沌死.

　儵(숙)：빠르다. 忽(홀)：돌연. 渾(혼)：흐리다. 沌(돈)：어둡다. 竅(규)：구멍. 鑿(착)：뚫다.

　▶ 南海之帝爲儵……中央之帝爲混沌(남해지제위숙……중앙지제위혼돈)：
"숙"·"홀"·"혼돈"은 장자가 만든 허구의 인물. 이면(李勉)은 "'숙'과 '홀'은 민첩하고 인위적인 의미를 갖고 있어, '혼돈'과 상반된다. '혼돈'은 순박하고 자연스러움을 말한다. '숙과 '홀'이 '혼돈'의 자연스러움을 다치게 한 것이다('儵', '忽'皆取其敏捷有爲之義, 與'混沌'反, '混沌'則譬其純樸自然. 儵忽有爲, 反傷'混沌'之自然)."라고 했다. ▶ 時(시)：수시로, 자주. ▶ 七竅(칠규)：입 하나, 귀 두 개, 눈 두 개, 코 두 개를 말함.

찾아보기索引

179

찾
아
보
기

181

역자후기

　중국문학을 공부하면서 ≪장자≫를 읽지 못한 것이 두고두고 아쉬웠다. 책꽂이에 꽂힌 ≪장자≫책을 보면서 언제 읽어 보나 하며 한숨을 내 쉰 적이 한두 번이 아니었다. 그러던 차에 한 번은 용기를 내 한글 번역본을 읽어보았다. 그런데 생각보다 잘 읽혀지지 않아 다 읽지 못하고 그만 포기하고 말았다. 나와 ≪장자≫의 인연이 이렇게 끝나는가 싶었다. 지금 생각해 보니 책의 양이 너무 많았고 이해도 잘 되지 않아 흥미를 잃었던 것 같다. 몇 년 전부터 중국의 고전인 ≪서경(書經)≫·≪맹자(孟子)≫·≪초사(楚辭)≫를 차례로 읽으면서 다시 한 번 ≪장자≫를 읽어보겠노라고 다짐했었다. 이번에는 ≪장자≫ 원문과 주석본을 대조해가며 읽어보았다. 이렇게 하니 번역본을 읽을 때보다 ≪장자≫에 대한 이해가 훨씬 잘 되었다. ≪장자≫를 연구하는 학자들에 따르면, ≪장자≫ 사상의 정수는 ≪장자≫ 내편(內篇)에 있다고 한다. 역자도 ≪장자≫ 내편 부분을 집중적으로 읽으면서 우리말로 옮겨보는 작업을 시도했다. 그리고 작업한 원고를 그냥 버려두기에는 아쉬워 이렇게 ≪장자≫ 내편 번역서를 내게 되었다.

　나의 ≪장자≫ 읽기는 원래 문학적인 측면에서 시작되었다. 책을 읽고 문학사에서 거론되는 ≪장자≫ 문장의 특징을 확인한 것도 소득이었지만 그것보다 유(有)와 무(無)·생(生)과 사(死)·유용(有用)과 무용(無用) 같은 삶의 문제에 대해 더 많이 고민하게 된 것이 더 큰 소득이었다. 예를 하나 들면, 필자는 평소 "죽음"에 대해 많은 고민을 해왔다. 인간이라면 죽음에 대해서 막연한 두려움을 갖고 있을 것이다. 장자는 죽음을 이 세상에 왔다가 다시 자연으로 돌아가는 것이라고 하며 슬퍼해야할 이유도 집착해야할 이유도 없다고 말한다. 심지어 장자는 이 죽음이란 것은 자연과 하나가 되는 것이기에 오히려 기뻐해야 한다고까지 말한다. 필자는 장자의 글을 읽고 죽음에 대한 생각이 많이 바뀌었다. 때로는 이것으로 인해 마음의 평안과 위로를 얻곤 한다. 그래서 장자를 읽는 내내 행복했다. 곧 50세에 접어드는 나이에 어떤 책보다 ≪장자≫의 울림이 더 크게 와 닿는다. ≪장자≫를 두고두고 읽을 것이다.

권 용 호 삼가 씀

▌권용호

중앙대학교 대학원 중문과에서 석사학위를 했고, 중국 남경대학교 중문과에서 문학박사학위를 취득했다. 현재 한동대학교 객원교수로 중국문학연구와 번역에 힘을 쏟고 있다. 저서로는 『아름다운 중국문학』(역락, 2015)이 있고, 번역한 책으로는 『중국역대곡률논선』(학고방, 2005), 『송원희곡사』(학고방, 2007), 『중국고대의 잡기』(공역, 울산대출판부, 2010), 『측천무후』(학고방, 2011), 『6년 교육』(에쎄, 2014), 『그림으로 보는 중국연극사』(학고방, 2015) 등이 있다.

장자내편 역주

- 장자의 마음 -

초판 1쇄 인쇄 2015년 6월 3일
초판 1쇄 발행 2015년 6월 10일

역주자 권용호
펴낸이 이대현
편 집 오정대
디자인 이홍주

펴낸곳 도서출판 역락
등록 1999년 4월 19일 제303-2002-000014호
주소 서울시 서초구 동광로 46길 6-6(문창빌딩 2F)
전화 02-3409-2058(영업부), 2060(편집부)
팩시밀리 02-3409-2059
이메일 youkrack@hanmail.net
역락블로그 http://blog.naver.com/youkrack3888

정가 13,000원
ISBN 979-11-5686-186-7 03820
* 파본은 구입처에서 교환해 드립니다.

이 도서의 국립중앙도서관 출판시도서목록(CIP)은 서지정보유통지원시스템 홈페이지(http://seoji.nl.go.kr)와 국가자료공동목록시스템(http://www.nl.go.kr/kolisnet)에서 이용하실 수 있습니다.(CIP제어번호 : CIP2015014864)